박쥐

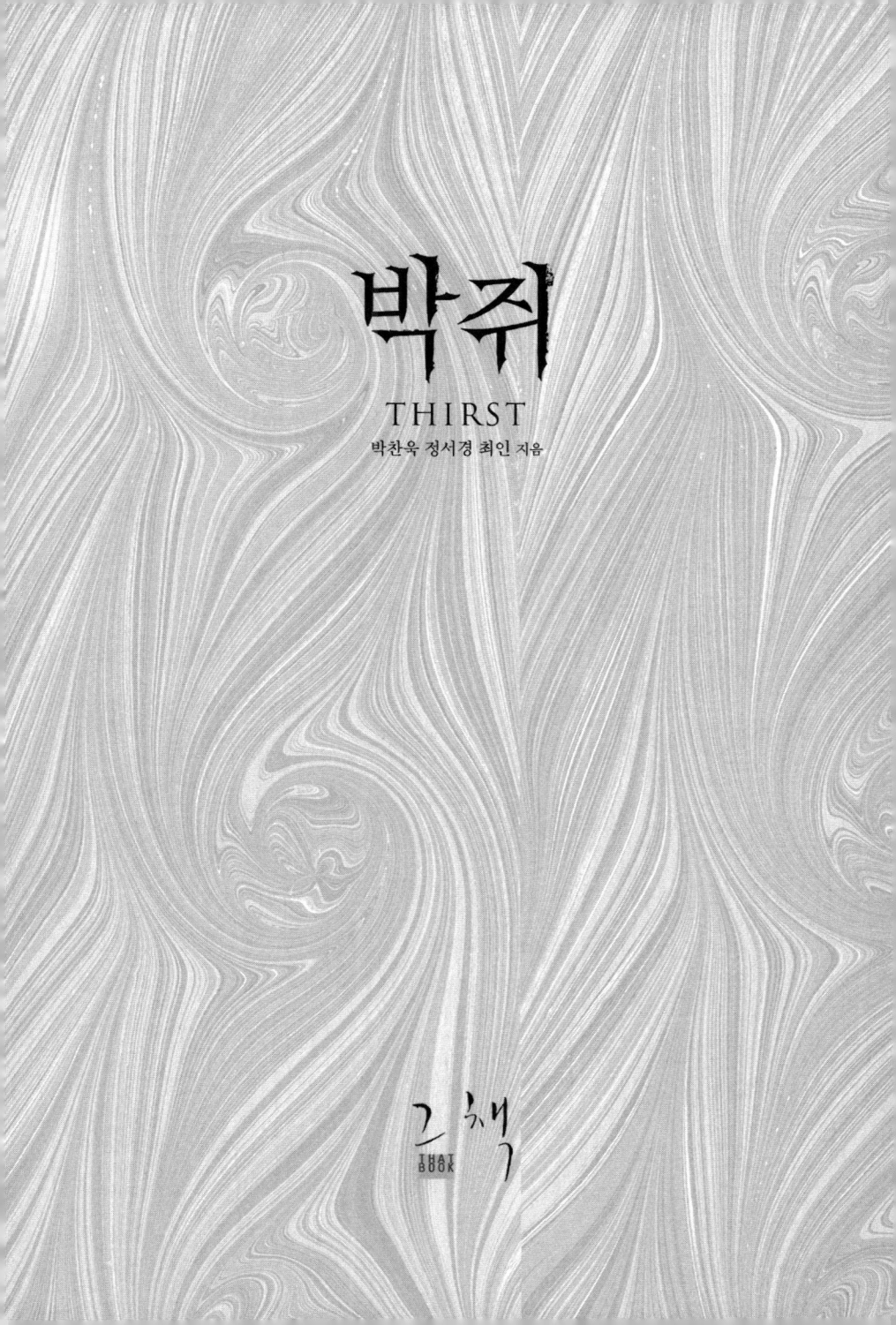

박쥐
THIRST

박찬욱 정서경 최인 지음

그책

†

이 작품은 에밀 졸라의 『테레즈 라캥』에서 영감을 얻어
두 나라, 세 세기, 네 작가가 만들어낸 하나의 이야기이다.

차례

프롤로그 9

01장 붕대 감은 성자 12

02장 오아시스 모임 32

03장 피맛 50

04장 내가 다리를 벌리면 너는 가위를 집어넣으렴 57

05장 그가 나를 데려다주리라 76

06장 천국을 현현하는 여자 92

07장 참으로 복된 밤 102

08장 피로 맺은 계약 109

09장 성가신 먹구름 115

10장 밤낚시 133

11장 안개 147

12장 해를 보여드릴게요 153

13장 애도의 절차 166

14장 이브가 태어나다 190

15장 포식과 향연 214

16장 괴물일까, 성자일까 246

17장 마지막 합일 251

에필로그 260

작가후기 264

프롤로그

†

내 얘기 좀 들어보련? 아주 재미있는 가족 얘긴데. 친절한 엄마와 착한 오빠가 사는 호숫가 오두막집 얘기야. 어둠 속에 버려진 여자애가 하나 있었는데, 엄마가 친절한 손을 내밀며 말했어. 내가 엄마가 되어줄게. 엄마 방에 와서 자련? 좋아요, 착한 딸이 될게요. 엄마 품에서 잠들게요. 그들은 그렇게 함께 살게 되었어. 친절한 엄마와 착한 오빠와 그리고 버려졌던 여자애의 이야기야.

자, 이 맛있는 음식들을 먹으렴, 그래야 무럭무럭 자라지.
벌써 많이 먹었어요, 배가 이렇게 불렀는걸요.
그래도 먹어라, 그래야 오빠가 따라 먹는단다.
좋아요, 먹을게요, 배가 터져도 먹을게요.

자, 이 약들을 먹으렴. 하얀 약 노란 약 빨간 약.

나는 아프지 않은걸요?

그래도 먹어라, 네가 먼저 먹어야 오빠도 먹는단다.

좋아요, 먹을게요. 무슨 약인지 몰라도 꿀떡꿀떡 잘 먹을게요.

자, 이 지네를 먹으렴, 개구리를 먹으렴, 뱀술도 마시렴.

이건 너무 징그럽잖아요. 간도 맞지 않아요.

그래도 먹어라, 그래야 네 오빠 병이 낫는단다.

좋아요, 먹을게요. 오빠 병이 낫는다면 산 채로도 먹을게요.

자, 우리 예쁜 강아지, 강아지처럼 꼬리를 흔들어보렴?

나는 꼬리가 없는걸요?

그래도 흔들어라, 그래야 네 오빠가 웃는단다.

좋아요, 흔들게요. 멍멍 소리도 낼게요. 배를 쓰다듬어주세요.

자, 이제 네 오빠 방에 가서 자렴?

하지만 오빠는 오빠인걸요?

그래도 가서 자거라, 오빠 방이 훨씬 아늑하고 따뜻하단다.

좋아요, 그럴게요. 오빠 품에서 잠들게요.

자, 예쁜 한복을 입으렴. 마네킹처럼 앉아 있으렴.

하지만 나는 밖에 나가고 싶은걸요?

그래도 앉아 있어라, 먹여주고 키워줬으니 은혜를 갚아야지?

좋아요, 갚을게요. 꼼짝 않고 앉아 은혜를 갚을게요.

어때? 정말 친절한 엄마와 착한 오빠지? 정말로 정말로 행복한 가족 얘기지? 그들은 아주 오래오래 잘 살았겠지? 그렇겠지?

붕대 감은 성자

✝

　소녀는 수도원 나무문에 기대앉아 있었다. 숨 쉬는 것만으로도 힘겨워 보이는 가냘픈 소녀였다. 외투를 여러 벌 껴입었는데도, 여읜 몸이 고스란히 드러나 보였다. 소녀는 턱을 괴고 쪼그리고 앉아 길 건너까지 가 닿은 그림자를 보았다. 첨탑 십자가가 이쯤까지 늘어날 시간이면 그가 나타난다는 걸 소녀는 몇 번의 경험을 통해 알고 있었다.
　소녀는 핏기 없는 손으로 장대를 그러쥐었다. 소녀는 입술을 깨물며 자리에서 일어났다. 금방이라도 쓰러질 것처럼 휘청이더니, 마지막 남은 기를 모아올리듯 힘을 주어 장대를 추켜올렸다. 장대 끝에는 붕대를 감은 예수상이 매달려 있었다. 수도원 문만 쳐다보며 서 있던 사람들이 장대를 중심으로 모여들었다. 그들 사이에는 깊은 정적만이 감돌았다. 이제 그가 나올 것이다. 기적을 보여줄 사람. 붕대 감은 성자.

 사람들은 그를 성자라 칭했다. 붕대 감은 성자. 병자들을 고치기 위해 머나먼 아프리카로 고행의 길을 떠나 몸소 병을 얻은 자. 그리고 기적을 일으킨 자. 그가 아프리카로 떠난 것은 일 년 전이었다. 그는 편지 한 통을 남겨놓고 수도원을 떠나 엠마뉴엘 연구소로 갔다. 엠마뉴엘 신부가 분리해낸 바이러스와 백신을 인간에게 직접 투여하여 실험을 하는 연구소. 사람 살리기 위한 일을 하기 위해 연구를 한다는 것 말고는, 그곳에서 정확히 어떤 일이 일어났는지를 아는 사람은 없었다. 어쨌든 실험 지원자들 중 살아남은 사람은 그가 유일했다. 그는 오백 명 중에 살아난 단 한 사람이었다.

 그를 붕대 감은 성자라 칭하는 사람들은 대부분 병자들이거나 병자들의 가족들이었다. 피부병을 앓는 갓난아이와 백혈병을 앓고 있는 소녀, 눈먼 자와 귀먼 자, 허리를 펴지 못하는 늙은이들, 말기 암환자와 난치병자들. 기적의 사나이가 궁금해서 구경을 나온 사람도 더러는 있었다. 사람들은 그가 스스로 기적을 이루었듯이, 다른 이들에게도 기적을 행할 수 있을 거라고 생각했다. 벼락을 맞고서도 거뜬하게 살아남은 사람의 몸 속에 전류 같은 것이 남아 흘러서, 선풍기를 돌리거나 라디오를 틀 수 있는 놀라운 일들이 일어나기도 하는 것처럼, 그의 몸 속에도 여전히 기적의 기운이 남아 있다고 믿는 것이었다. 사람들이 믿는 것은 붕대를 감고 나타난 성자가 아니라, 성자의 몸 속에 흐르고 있는 기적의 전류였다.

　병이 깊고 절망적인 사람일수록 기적에 대한 믿음은 강했다. 과학의 힘이 무색해질 때 사람들이 마지막으로 믿는 것은 기적이었다. 하지만 그 믿음은 실체가 없는 것이었으므로, 그만큼 쉽게 무너지기도 했다. 믿음이 계속 생명을 가지고 살아남기 위해서는 특별한 영양분이 필요했다. 기적적으로 살아난 사람. 그 사람이 가진 기적의 전류.

　기적을 직접 경험했다고 증언하는 사람들도 있었다. 그의 손길이 닿아 피부병이 나았다는 사람이 있는가 하면 암이 없어졌다는 사람도 있었다. 목에서 종양이 발견되었다는 그 여자는 그가 머리에 손을 대는 순간 뜨거운 기운이 배꼽까지 밀고 내려오는 기분이 들더니 암 덩어리가 사라졌다고도 했다.

　그에 대한 소문을 듣고 하나둘씩 모인 사람들은 어느 결엔가 집단이 되어 있었다. 그들은 수도원 근처 호숫가에 텐트를 치고 공동체 생활을 하기 시작했다. 그가 했던 것처럼 기도를 외고 금욕과 금식을 지켰다. 서로를 보살피고 위로하면서 그들은 곧 다가올 기적을 신봉했다.

　"붕대 입은 성자가 나오신다!"

　누군가 소리를 질렀다. 굳게 닫혀 있던 문이 움직였다. 그리고 그가 모습을 드러냈다. 붕대로 얼굴을 친친 감은 사제복의 남자.

　"신부님, 저희를 위해 기도해주세요!"

"우리 애가 백혈병이에요, 신부님!"

"손 한 번만, 제발!"

사람들은 저마다의 사연을 들려주려 소리를 지르며 그의 주변을 에워쌌다. 갓난아이를 업고 울부짖는 여자와, 옷자락이라도 잡아보려 안간힘을 쓰는 노인과, 감긴 눈을 치켜뜨며 허우적거리는 남자. 힘겹게 장대를 들고 서 있던 소녀는 막무가내로 달려드는 사람들에 밀려 바닥에 힘없이 주저앉았다. 넘어지면서도 장대만은 놓치지 않았다. 소녀는 거의 울 것 같은 표정으로 앉아 성자의 발부리만 쳐다보았다.

"이러시면 안 됩니다. 제발 돌아들 가세요!"

어디선가 건장한 수사들이 나와 그의 몸을 감싸며 호통을 쳤다. 사람들은 그의 목소리라도 듣고 싶어했지만, 그는 입을 열지 않았다. 얼굴을 온통 붕대로 감은 탓에 입술의 움직임조차 볼 수가 없었다. 안경 그늘 뒤에 숨겨진 눈빛만 겨우 알아볼 수 있을 정도였다. 수사들이 사람들을 물리며 길을 텄다. 그가 어렵사리 차에 탄 후에도 사람들은 물러서지 않았다. 차를 에워싸고 차창에 얼굴을 들이대고 보닛 위에 올라타는 사람들 때문에 차는 쉽게 나아가질 못했다. 조금씩 움직이던 차가 무리를 벗어나는가 싶더니 이내 속력을 높였다. 성자를 태운 차가 길모퉁이를 돌아나갔다. 사람들은 차가 사라진 길모퉁이를 아쉬운 표정으로 바라볼 뿐이었다.

소녀는 뿌옇게 일어난 먼지를 뒤집어쓴 채 그 자리에 앉아 있었다. 소녀가 힘에 겨운 듯 장대를 품에 안고 눈을 감았다. 그가 사라지고 나자, 사람들은 저마다 알고 있는 붕대 감은 성자에 대해 말하기 시작했다. 휠체어를 탄 남자가 성자의 눈빛에 대해 말했다.

"그는 한없이 편안하고 너그럽고 슬픈 빛의 눈을 가지고 있어, 그것은 병자들의 고통을 진정으로 이해한 사람만이 가질 수 있는 빛이야."

"어느 순간 냉혹하고 날카롭고 섬뜩한 칼의 빛을 띤다던데, 그건 아마도 병의 뿌리를 뽑아내려는 치유의 빛이 숨어 있기 때문일 거야."

한 노파가 덧붙여 말했다.

눈이 먼 한 늙은 남자는 그가 기도하는 소리를 들어본 적이 있다고 했다. 그리고 그의 성스러운 목소리에 대해 증언했다.

"그의 목소리는 두려울 정도로 크고 깊어. 더없이 간절하고 힘이 있단 말이지. 내가 볼 수는 없어도 성당에서 울려퍼지던 기도 소리가 그의 목소리였다는 것만은 확실해. 확실하고말고."

그런 강력한 목소리로 기도를 드린다면 신도 그만큼 더 잘 들을 수밖에 없을 거라고 사람들은 고개를 끄덕였다.

병자들을 위해 고행의식을 치르는 것을 보았다는 사람도 있었다. 그는 중세의 수도사처럼 채찍 같은 것을 휘둘러 상처를 내면서 기도를 한다고 했다. 채찍이 아니라 피리 같은 것이라고 누군가 토를 달았다. 그러자 또 누군가가 피리가 아니라 가시가 달린 나뭇가지라고 알은체를 했다. 그것이 가시나무건 피리건 간에 그가 그의 몸에 상처를 내는 것은 스스로 병을 얻어 기적을 일으킨 자가 병자들을 위해 행하는 고행의 한 방법임에는 틀림없었다.

사람들이 저마다 자신이 알고 있는 것들을 말하느라 목소리를 높일 때, 장대소녀는 묵묵히 듣고만 있었다. 소녀는 두려웠다. 그에 대한 소문들은 단정적이면서도 모호했다. 변화무쌍하면서도 짐작과는 다른 어떤 상반된 느낌들을 불러일으키는 성자. 소녀는 성자에게 존경이나 경외심보다는 두려움을 느꼈다.

사람들은 더이상 할말이 없자 입을 다물고 그가 사라진 쪽을 흘금거렸다. 찬바람이 사람들 사이를 헤집고 돌아나갔다. 성자를 직접 보았다는 흥분과 소문을 말하던 열기가 급격히 식고 있었다.

사람들에게는 그것을 지속시킬 만한 무언가가 필요했다. 소녀는 말없이 서 있는 사람들의 얼굴을 하나하나 쳐다보았다. 입맛을 다시는 사람, 멍하니 수도원 문을 쳐다보는 사람, 땅바닥만 쏘아보는 사람, 허탈하게 하늘만 보는 사람, 눈물을 닦아내는 사람. 발갛게 상기된 얼굴에 두려움이 감돌고 있었다. 자신만만했던 사람들도 소녀처럼 그를 두려워하고 있는 것이 분명했다.

"나는 그가 두려워요."

소녀가 한 노파의 손을 잡아끌며 말했다.

"그건 신부님이 죽음에서 살아 걸어나온 사람이기 때문에 그래. 한번 죽었다 살아난 사람을 두려워하는 건 당연한 거야."

노파가 소녀를 내려다보며 대답했다. 노파의 거친 손이 소녀의 얼어붙은 볼을 만졌다. 죽었다 살아난 사람에 대한 두려움. 어쩌면 믿음이라는 것도 그 처음은 두려움에서부터 시작되는 것인지도 몰랐다. 소녀는 그렇게 스스로를 위안하며 장대를 품에 안았다.

"자, 기도문을 외웁시다!"

남자 하나가 소리를 높이며 정적을 깼다.

"그래요, 그가 가르쳐준 기도문을 외워요!"

누군가 소녀에게서 장대를 빼앗아 들었다. 그리곤 하늘 높이 장대를 올렸다. 사람들이 기도문을 외우기 시작했다.

"주 예수 그리스도의 이름으로 저에게 다음과 같은 것을 허락하소서. 살이 썩어가는 나환자처럼 모두가 저를 피하게 하시고……"

붕대 감은 성자의 기도문. 병자들을 위한 기도문. 한없이 낮아지고 낮아져서 기적을 일으키는 기도문. 사람들은 그가 가르쳐준 기도문을 외우며 다시 기적을 꿈꾸기 시작했다. 그들은 저마다 머릿속의 종양과 시력을 잃은 눈과 썩어가는 피부를 생각하며 기도를 했다. 기도문을 외는 사람들의 얼굴에는 희망의 빛이 감돌기 시작했다. 지금까지 그래왔던 것처럼, 그들이 가진 것을 서로 나누고, 함께 기도하며 고통을 공유하고, 성자가 그랬듯이 금욕 생활을 하다 보면 언젠가는 자신의 병이 나을 것이라 믿었다. 그의 병이 나았듯이. 그리고 언젠가 올 기적을 믿었다. 그에게 기적이 있었듯이.

장대를 선두로 길게 줄을 선 사람들이 호수 쪽으로 걸어갔다. 한 목소리로 기도문을 외우는 사람들의 머릿속에는 저마다의 간절한 소원으로 가득 차 있었다. 이제 남은 것은 그들이 직접 기적을 체험하는 일뿐이었다.

✝

"붕대 감은 성자 운운하면서 기도를 청하러 온다구요?"
 노신부는 상현을 향해 무심히 툭 내뱉었다. 그리곤 능숙한 손놀림으로 와인을 땄다. 코르크가 빠지면서 경쾌한 소리가 났다. 시큼한 와인 냄새도 함께 밀려왔다. 늘 먹는 종류의 와인이었는데도 유난히 시고 텁텁한 냄새가 났다. 어쩐지 비릿한 냄새가 풍기는 것도 같았다. 다르게 느껴지는 것은 와인 냄새만은 아니었다. 보이지 않는 저편, 약 다섯 발짝쯤 떨어져 제의복으로 갈아입고 있는 상현의 숨소리가 여느 때와는 사뭇 다르게 느껴졌다.
 상현은 말이 없었다. 장백의를 걸치느라 몸을 움직이며 내는 옷자락 스치는 소리만 들릴 뿐이었다. 노신부는 온 신경을 귀로 모아 상현의 의중을 파악하려고 애를 써보았다. 아무 짐작도 할 수가 없었다. 숨소리 목소리 걸음걸이만으로도 속내를 다 알아차릴 수 있다고 자부했었는데. 편지 한 장을 남겨놓고 아프리카 행을 감행하기 전까지만 해도 그랬었다. 고아원에서 함께 자란 효성이

코마 상태에만 빠지지 않았더라도 상현이 노신부를 속이면서까지 아프리카로 가지는 않았을 것이었다. 세 살 때부터 보아온 아이였다. 그동안 상현이 노신부의 말을 어겼던 적은 단 한 번도 없었다. 노신부는 수사가 대신 읽어주는 상현의 편지를 귀로 들으며, 상현이 영영 돌아오지 못할 거라는 불길한 예감이 들었었다.

엠마뉴엘 연구소. 처음부터 내키지 않았다. 바티칸에서도 인정하지 않은 곳이었다. 병을 고치기 위해 인간을 실험대상으로 한다는 것만으로도, 신의 뜻을 거역한 타락한 일임에 분명해 보였다.

"어쩌다 그런 헛소문이 났는지…… 성자라니요. 그저 전과 다름없이 병자들을 위해 주님만 믿고 기도를 할 뿐인데요."

어쩐지 상현의 목소리에서 억울함 같은 게 묻어나왔다. 노신부는 와인잔을 귀에 바싹 들이대고 와인을 따랐다. 넘치지 않을 정도로, 딱 반만큼만. 병을 휠체어 주머니에 넣고 와인을 한 모금 마셨다.

상현은 어릴 적부터 아픈 사람들을 그냥 지나치지 못했다. 길거리에 버려진 병든 동물들을 고아원으로 데리고 들어온 일도 부지기수였다. 이유도 모른 채 죽어나가는 환우들을 보며 상현은 같은 병을 앓고 있는 사람처럼 고통스러워했다. 노신부는 상현이 의사가 되었으면 하는 바람이었다. 병자들에 대한 깊은 애정과 상현이 가진 성실함이라면, 신부로써의 삶을 사는 것보다 훨씬 더 많은 사람들을 현실적으로 구원할 수 있을 테니까. 하지만 상현은 대학 진학을 포기했다. 더이상 누를 끼치지 않겠다는 몸에 밴 정결함 때문이었을 것이다. 신부가 되는 것만이 자신을 보살펴준 고아원과 수도원에 빚을 갚는 유일한 길이라도 되는 것처럼 상현의 결심은 단호했다. 신부가 되겠다는 상현의 말에 노신부는 토를 달 수 없었다.

"더러는……"

상현이 조심스럽게 말을 꺼냈다. 무언가 불만족스러운 일이 있을 때, 말꼬리를 늘이며 눈치를 보는 게 상현의 오랜 습성이었다. 시큼한 침이 솟구쳤다.

"치유됐다는 분이 있기는 합니다."

위험신호였다. 신을 믿는 자가 스스로의 기적을 믿는다는 것은 분명 위험했다. 기적은 신의 영역이다. 신을 섬기는 자가 신의 영역을 넘보아서는 안 되는 법이었다. 신을 갈구하며 기도를 청하는 사제라 할지라도, 직접 신을 보았다고 자처하는 순간 신에게 버림을 받게 마련이다.

사람들이 기적을 운운하며 성자라 칭하지만, 노신부에게 상현은 그저 어린애일 뿐이었다. 여전히 보살피고 제어하고 관리해야 할 미약한 어린 신부. 동네아이들이 둘러앉아 나뭇가지로 이리저리 찔러보다 버리고 간 참새 한 마리를 두 손에 담아들고 노신부에게 다가와 울음을 터뜨리던 작고 여린 아이일 뿐이었다.

죽은 참새 한 마리를 하루 종일 바라보며 동네 아이들을 향한 분노를 삭이지 못하던 어린 상현의 작은 어깨가 아직도 흐느끼고 있는 것 같았다. 언제라도 다가가 어깨를 감싸안고 다독여주어야 하는, 싸늘하게 죽은 심장이 어디로 날아가 어떠한 안식을 누리고 있을지를 조곤조곤 말해주어야 겨우 진정이 되는, 여린 심장을 지닌 아이.

 절제와 배려가 몸에 밴 상현이었지만, 그 차분한 태도 속에 숨겨진 분노와 울분 또한 노신부는 잘 알고 있었다. 물론 그 울분들은 자신의 처지에 대한 비관에서 나오는 것은 아니었다. 어릴 때 남들보다 발육이 빨랐던 상현은 괴롭힘이나 부당한 처사를 당하는 어린아이들을 위한 처벌자로 나서곤 했었다. 덩치가 산만한 효성이 또래 아이들에게 집단 구타를 당하고 돌아왔을 때, 상현이 그 아이들 모두를 찾아가 으르렁거리며 팔뚝을 물어뜯었던 일은 수도원에서도 유명한 일이었다.

 구원을 자처하여, 잘못된 믿음을 갖게 되는 자. 상현은 충분히 그럴 만한 위험요소를 갖고 있었다. 타인을 구원하고 싶어하는 자가, 자신의 힘을 믿을 때 생길 수 있는 잘못들. 그 힘은 자칫 징벌과 같은 악의 형태로 발현될 수도 있는 것이었다.

 "심리적인 효과가 있을 수도 있겠죠."

 노신부는 와인을 한 모금 마시고 난 후, 단호하게 잘라 말했다.

 "오십 명 지원자들 중에 혼자 살아남은 분이시니…… 그렇죠?"

 조용히 상현의 대답을 기다렸다. 하지만 들려오는 것은 대답이 아니라 익숙한 기도 소리였다.

 "주여 조찰함의 띠로 나를 매여주시고 내 안에 사욕을 없이 하시어 절제와 정결의 덕이 있게 하소서."

상현이 하는 기도 소리가 꼭 노신부를 향해 항의하는 소리처럼 들렸다. 장백의 위에 띠를 맬 때 하는 기도문. 노신부는 와인잔을 기울이며 두 팔을 벌리고 서 있는 상현의 모습을 그려보았다. 띠를 매기 위해 두 팔을 벌릴 때마다 노신부는 피 흘리는 예수상을 떠올리곤 했다. 악마와의 투쟁, 극기의 필요성을 각성케 하는 띠. 젊었을 때는 그 띠가 자신을 옭아매는 오라처럼 느껴지기도 했었다. 상현은 지금 무얼 주장하고 싶은 걸까. 정말 자신이 기적을 일으킬 수 있다고 믿기라도 하는 것일까? 아니면 노신부의 마음속에 슬그머니 자리잡았던 질투의 싹을 알아차리기라도 한 것일까? 가슴이 먹먹했다.

사실 오십 명이든 오백 명이든 숫자는 중요하지 않았다. 오백 명으로 부풀려진 것도 상현의 책임은 아니었다. 소문은 스스로 몸을 부풀리는 법이니까. 어쨌든 그는 지금 살아 있고, 그가 살아난 것은 그야말로 기적이었다. 같은 바이러스와 백신을 맞았음에도 불구하고 오십 명의 지원자들 중에 살아남은 사람은 상현이 유일했다. 상현이 앞으로 무얼 할 수 있을지는 확실치 않지만, 전에 없던 어떤 강인한 힘이 상현의 내부에 생겨났다는 것만은 느낄 수 있었다.

상현은 분명 죽었다 다시 살아난 사람이었다. 스스로 병을 얻고 죽은 다음 되살아난 유일한 사람. 그에게 일어난 기적을 다른 사람에게 전하지 못하리라는 법도 없었다. 신이 그를 되살렸다면 분명 이유가 있을 것이었다. 그걸 신의 뜻이라 믿어야 하는 걸까?

단지 심리적인 효과라 해도 병자들이 낫는다면 그것이 진정 기적이 아닐까?

 정신이 산란했다. 문득 상현에게 일어났던 기적이 노신부에게도 일어날 수 있겠다는 생각을 했다. 상현이 그런 힘을 가진 것이 사실이라면, 그것이 신의 뜻이라면, 어쩌면 노신부도 눈을 뜰 수 있게 되지 않을까?

 노신부는 숨을 깊게 들이마시며 볼에 와 닿는 따사로운 햇빛을 느껴보았다. 햇빛. 나뭇잎 사이에 일렁이는 햇살. 조각조각 부서지는 빛. 붉은 석양과 일출. 그런 걸 본 게 언제였는지. 한 번이라도 빛을 볼 수만 있다면. 노신부도 어쩐지 상현을 믿고 싶어졌다. 상현에게 남아 있는 어떤 기적의 힘이 자신에게도 전해질지 모른다고.

 그는 정말 신에게서 선택받은 사람일까? 노신부는 상현이 있는 쪽을 향해 손을 뻗으며 이름을 불러보았다. 살아 계신 성삼위의 '이레네오' 신부님이 아니라, 어릴 적 코 흘리며 노신부의 뒤를 쫓아다니던 어린아이의 이름.

 "상현아……"

 상현은 대답하지 않았다. 인기척도 없었다. 불안정하게 흔들리며 튀어나온 노신부의 목소리만이 빈 방에 울리고 있었다. 상현이 말도 없이 나가버린 건지 아직도 방에 있는 건지 노신부는 확신할 수가 없었다. 무언가 자신을 노려보고 있는 듯 무서운 눈길이 피부에 와 닿을 뿐이었다.

다시 상현의 이름을 불러보고 싶었다. 먼 곳에서도 들릴 만큼 큰 소리로. 밖에 나가 노는 아이를 부르는 화난 아버지처럼. 하지만 노신부는 입도 뻥긋할 수 없었다. 알 수 없는 어떤 두려움이 노신부의 입을 막고 있었다. 뻗었던 손이 허공을 휘젓다 툭 떨어졌다.

✝

 구박사는 신부의 얼굴에서 붕대를 풀어냈다. 붕대를 벗겨낸 신부의 맨얼굴에는 몇 개의 수포만 드문드문 남아 있었다. 생각했던 것보다 훨씬 좋았다. 살아 있는 것만으로도 기적이라 생각했다. 이브에 감염된 사람 중에 호전되기는커녕 살아남았다는 사람의 사례는 들어보지 못했다.
 이브. 이브 바이러스에 감염되면 제일 먼저 손가락 끝에 수포가 형성되기 시작한다. 사지 끝에서 한두 개로 시작된 수포는 순식간에 입술과 눈꺼풀 콧속까지 퍼지고, 호흡기와 소화기의 관을 타고 몸의 중심부로까지 번지게 된다. 수포들은 서로 뭉치고 크기가 커져서 터지는데 이 병변이 근육층에 형성되면 큰 궤양이 생겨 여기저기 출혈을 하고 내장에까지 이르면 다량의 토혈을 하다가 출혈과다로 사망하게 되는 병이다.
 신부에게 거울을 내밀었다. 거울을 본 신부의 표정에 희미한 미소가 드리웠다가 이내 사라졌다. 구박사는 신부가 차가운 얼음가면을 쓰고 있는 사람 같다고 생각되었다. 그 가면 속에 유일하게 살아 움직이고 있는 것은 눈빛이었다. 어쩐지 침울해 보이는가 하면, 슬며시 감도는 경멸의 빛. 그리고 다시 기대와 절망의 교차.

"그래, 기적을 일으킨 기분이 어떠세요?"

구박사는 신부의 표정을 살피면서 조심스럽게 물었다.

"글쎄요. 요즘엔 부쩍 예민해지네요. 소리하구 냄새에…… 그러니까 머리가 어지럽구 속이 자꾸 메스꺼워요."

"그건 이브하구는 상관없는 증상인데…… 어째 듣고 보니 임신 증상인데요, 안 그래요, 신부님?"

웃자고 하는 소리였다. 고해성사를 마친 후라, 마음이 편해진 탓도 있었다. 상현의 눈에 경멸의 빛이 확연히 드러났다. 무언가 좋지 않은 위험신호가 몸 속에 울려퍼졌다. 구박사는 웃음을 멈추고 눈을 내리깔았다. 다시는 그의 눈을 똑바로 쳐다보지 못할 것 같았다. 구박사는 처음으로 신부의 얼굴에서 얼음처럼 차갑고 날카로운 살의 같은 걸 엿보았다.

신부가 병원에 오기 전 구박사는 먼저 신부에게 고해성사를 청했다. 그렇게 하지 않고서는 찝찝한 마음을 버릴 수가 없어서였다. 기적에 대한 소문 때문만은 아니었지만, 살아 돌아온 신부에게 효성의 일을 먼저 털어놓아야만 할 것 같았다. 장막 너머 신부의 표정은 보이지 않았다.

"워낙 말기에 진단이 돼서 몰핀도 주고 거짓말도 좀 해가면서 어영부영 넘기는 수밖에 없겠다 했던 거죠."

구박사는 천천히 운을 떼었다. 고해성사를 하는 것인지 그냥 넋두리를 하는 것인지 분간이 가지 않았다. 하지만 이상하게도 한번 말을 하기 시작하니 자신감이 붙었다.

"아파서 울부짖으면서도 카스테라가 어떻고, 뭐가 어떻고, 얼마나 말이 많던지. 하도 많이 들어서 모두 외울 지경이었어요."

구박사는 그런 효성이 슬슬 지겨워지기 시작했었다. 효성만 없으면 의사 생활이 좀 더 할 만할 것 같았다. 그날은 정말 지긋지긋한 날이었다. 응급환자들 때문에 밤을 꼬박 새우고 당직실에서 겨우 잠이 들려 할 때 이머전시 콜이 들어왔다. 구박사는 효성을 보낼 수 있는 절호의 기회라는 생각을 했다. 한동안 깜박이는 불을 쳐다보며 그대로 앉아 있었다. 되도록 천천히 일어나 응급실로 걸어갔다.

"조금만 더 천천히 조금만 더 천천히. 그렇게 되도록 천천히 병실에 도착했을 때, 효성씨는 이미 저산소증 뇌손상이 꽤 진행된 상태였어요. 그러고는 그 상태로 일 년이 지났지요. 그냥 두었으면 며칠 내로 죽을 환자였는데, 며칠 먼저 보내자 한 것이 일 년을 더 끈 셈이죠."

"마음이……"

신부가 조용히 물었다.

"마음이 아픈가요?"

"마음이 아프다기보다는……"

구박사가 대답했다.

"불편하죠. 그래요, 불편해요. 효성씨 볼 때마다. 그리고 류간호사도……"

그저 불편할 뿐이었다. 효성의 입원실을 지날 때마다, 효성을 지극정성으로 보살피고 있는 효성의 애인 류간호사를 볼 때마다 불편했다. 구박사는 그 불편함을 어떻게 해서든 덜어버리고 싶었다.

구박사는 이 모든 것을 신부에게 털어놓았다. 얘기하고 나니 후련했다. 어차피 신부님은 신을 대신해 죄를 사해주어야 하는 사람이 아닌가. 그러니 그것이 구박사의 분명한 잘못이라 해도 신부는 그 죄를 사해야 할 것이었다.

✝

라여사는 기적을 일으킨 신부가 상현이라는 사실에 마음이 놓였다. 그 수줍음 많던 고아원 아이. 말 한번 딱 부러지게 못하고 사람들 눈치만 살피던 소심한 아이. 라여사가 끓여준 라면을 조심조심 받아먹던 불쌍한 아이. 지금은 신부가 되어 수십 명의 기적신봉자들의 추앙을 받는 기적의 성자가 되었지만, 라여사에게는 그 어릴 적 수줍음 많던 고아원 아이로 남아 있었다. 선행을 베풀었던 과거가 있으니, 아무리 기적의 신부라 해도 라여사의 청을 물리칠 수는 없을 것이었다. 오래 전 들어둔 적금을 잊고 있다가 우연히 발견한 듯 횡재한 기분이 들었다.

상현에겐 우유부단하고 어물쩡거리는 태도가 그대로 남아 있었다. 라여사가 신부에게 가 다짜고짜 기도를 청했을 때, 라여사의 손길을 뿌리치지 못하는 것만 봐도 그랬다. 신부에 대한 소문을 들은 건 병원에서였다. 강우를 위해서라면 팔도를 돌아다니며 몸에 좋다는 모든 약초와 곤충들을 구해온 라여사였지만, 기적이니 믿음이니 기도니 하는 것들은 절대로 가까이 하지 않았었다. 믿음의 길로 잘못 빠져서 패가망신한 병자들의 가족을 여럿 봐왔기 때문이었다. 그런데 자꾸 들으니 괜스레 궁금해지는 것이었다.

라여사는 기적신봉자들의 대열에서 멀찍이 떨어져 서서 붕대 감은 성자를 기다렸다. 신부가 떠나고 난 후, 사람들이 모두 호숫가 텐트 쪽으로 사라지고 나서도 라여사는 그곳에 그대로 남아 있었다. 그리고 기적을 행한다는 신부가 한참 뒤에 돌아와 수도원 고아원 쪽으로 가는 것을 지켜보았다. 붕대로 친친 감고서 차에 올랐던 신부가 돌아올 때는 몇 개의 거즈를 얼굴에 붙이고서 나타났다. 라여사는 눈앞에서 벌어진 기적적인 모습을 믿지 않을 수 없었다.

수도원 정문은 단단히 닫혀 있었다. 라여사는 과감히 담장을 넘어 안으로 들어갔다. 신부는 고아원 아이들을 모아놓고 마술쇼를 하고 있는 중이었다. 창문이 잠겨 안으로 들어갈 수가 없었다. 라여사는 창문을 두들겼다. 신부가 어쩔 수 없다는 듯 창문을 열었고, 라여사는 치마를 그러쥐고 창문을 넘어 안으로 들어갔다. 아들을 위해서라면 어떤 억척스러움도 부끄럽지 않았다.

　신부가 기도를 한 지 이틀 만에 강우가 퇴원을 했다. 기도나 기적 따위에는 코웃음만 치던 강우도 상현을 알아보곤 순순히 축복기도를 받았다. 강우의 얼굴에는 화색이 돌았다. 라여사는 어떻게 해서든 상현을 가까이 두어야겠다고 생각했다. 세상 살면서 하나쯤은 꼭 가까이 두어야 할 사람들이 있다. 예를 들면 병원관계자들. 의사나 간호사면 좋겠지만 안 되면 청소부나 관리인이라도 상관없다. 혹은 경찰관계자들. 파출소끄나풀이라도 필요할 땐 도움이 되게 마련이다. 그런 인맥이 세상 사는 데 편안함을 준다는 것은 라여사가 누구보다도 잘 알고 있었다. 그런 명단에 신부라는 사람은 물론 없었다. 하지만 기적을 일으킨 신부라면 말이 달랐다.

　"인제 보니까 알겠다, 야…… 아이 나 좀 봐, 신부님한테! 죄송합니다, 신부님. 왜, 우리 집에서 라면도 먹고 가고 그러셨잖아, 그렇죠, 신부님?"

　확실히 해두어야 했다. 배고픈 고아원 아이에게 선행을 베푼 사람이 바로 라여사라는 사실을. 오래 전에 적금 들어두었던 선행의 빚을 이제는 갚아야 한다는 것을 상현에게 상기시켜야 했다. 상현은 부끄러운 듯 눈을 내리깔았다. 그리곤 고개를 들어 강우와 강우의 처가 된 태주를 번갈아 쳐다보았다. 오누이로 지내던 강우와 태주가 부부가 된 과정을 라여사는 설명해주어야 했다. 과거와 현재 사이에는 상기시켜야 할 기억과 설명되어야만 하는 진실이 함께 들어 있게 마련이었다.

 라여사는 상현을 오아시스 모임에 초대했다. 상현은 내키지 않는 듯 머뭇거리다가 강우의 강력한 권유에 고개를 끄덕여 승낙의 표시를 했다. 라여사는 그제야 마음이 놓였다. 드디어 오아시스 모임에 새로운 멤버가 생긴 것이었다.

오아시스 모임

†

 상현은 가끔 식은땀을 흘리며 잠에서 깨곤 했다. 어릴 적 꿈을 꾸고 일어난 아침이면 늘 그랬다. 그런 날은 가장 간절한 기도로 하루를 열곤 했다. 상현에게 유년은 더이상 떠올리고 싶지 않은 시절일 뿐이었다.
 고아원 친구들의 호주머니는 번번이 훔친 물건들로 채워져 있었다. 고작해야 꼬질꼬질한 지우개이거나 손아귀에 꼭 쥐어 짓물러진 빵이었지만, 체벌은 언제고 두렵고 수치스러웠다. 고아원 아이들 중 누구 하나가 잘못을 하면 모두가 발가벗고 밤늦도록 마당에서 벌을 섰다. 무사히 넘어가는 밤은 거의 없었다. 어두운 부엌에 숨어들어가 쥐새끼처럼 찬장에서 먹을 것을 찾아내곤 했다. 뒷집 지붕 뒤에 숨은 동네 아이들은 고아원 아이들이 벌을 서는 걸 지켜보며 킥킥대곤 했다.

꿈속에서 어린 상현은 햇살 아래에서 무엇을 한 적이 없었다. 언제나 어둠 속에서 수치심과 죄책감에 사로잡혀 벌벌 떨며 신부가 된 상현을 처참하게 바라보았다. 그 어둠들을 완전무결하게 세척하기 위해 신부가 되었는지도 몰랐다.

'행복한복집'은 그나마 환한 기억을 떠올리게 하는 유일한 공간이었다. 고아원 아이들 말고 유일한 친구였던 강우를 따라 도착한 강우네 집. 그곳엔 태주가 있었다. 고아원 아이들만큼이나 꼬질꼬질했던 태주는 늘 볕 좋은 골목에 혼자 앉아 공기놀이를 하고 있었다. 상현을 보면 쑥스러워 금세 한복집으로 숨어들어가던 태주. 상현은 태주에게 줄 공깃돌을 줍느라 땡볕 아래서 오랜 시간을 보낸 기억이 있었다. 호주머니에 그걸 챙겨넣고 '행복한복집'을 찾아가 유리문을 통해 태주를 쳐다보던 기억도 있었다. 태주는 재봉틀 앞에 앉아 있는 라여사에게 바느질을 배우고 있는 듯했다. 그때 쇼윈도 너머로 상현을 먼저 발견한 것은 라여사였다. 라여사가 끓여준 라면은 정말 맛있었다. 일인분을 냄비째 놓고 먹어본 라면은 그때가 처음이었다. 커다란 찜통에다 끓여내 퉁퉁 분 고아원표 라면과는 차원이 달랐다.

라여사네 집을 찾아가는 것은 어렵지 않았다. 골목은 좁아졌고 초라해졌지만, 모퉁이마다 어릴 적 모습 그대로인 건물들이 있었다. 그때나 지금이나 버스정류장인 약국. 그리고 다방. 그리고 점방. 변해버린 사이사이 건물들은 우람하게 커져 있었고, 옛날 모습을 그대로 간직한 건물들은 푹 꺼진 채 초췌했다. 이 모퉁이를 돌면 태주가 기대앉아 공기놀이를 하던 빨간 우체통이 하나 놓여 있고, '행복한복집' 입간판이 보일 것이다. 상현은 걸음을 빨리했다. 어린 시절 태주에게 줄 조약돌을 주머니 속에 넣고 달려가던 그때처럼 가슴이 뛰었다.

 조도가 낮은 실내에서는 오래 버려둔 창고 냄새가 났다. 창고라기보다는 수몰된 집 안에 들어온 느낌이었다. 눅눅하고 숨 막히고 물기 가득한 집. 삐걱거리는 나무 계단을 올라 거실에 발을 들이자, 콧속으로 온갖 냄새가 밀려들었다. 참기름 냄새, 달걀 부치는 냄새, 깨소금 냄새, 밥 뜸 들이는 냄새. 그리고 사람들의 살비듬 냄새와 함께 오랫동안 집 안 곳곳에 스며든 냄새들. 한약 다리는 냄새, 마른 약초 냄새, 알코올 냄새, 시큼한 술 냄새.

 집 안에 스민 냄새를 맡으면 그 집안의 역사를 짐작하게 된다. 상현은 그동안 병약했던 강우와 그런 강우를 위해 갖은 노력을 했을 라여사, 그리고 현재의 모임을 위해 몇 시간 전부터 부산을 떨며 음식을 준비했을 태주를 생각했다.

 라여사의 성화에 못 이겨 오아시스 모임에 오긴 했지만, 상현은 수도원을 벗어나, 사람들과 섞여 가족적인 어떤 일을 한다는 것이 쉽지 않았다. 상현이 거실에 발을 들여놓는 순간, 강우와 라여사는 오아시스 멤버들을 인사시키느라 부산을 떨었다.

 오아시스 멤버는 라여사와 강우를 포함해서 모두 여섯 명이었다. 댐 환경과장 영두와 영두의 부인 이블린, 라여사가 서장님이라 부르는 댐 경비과장 승대, 그리고 지금은 강우의 처가 된 태주.

"여기는 우리 서장님!"

"아이구, 면구스럽게 자꾸…… 경찰 관둔 지 언젠데……"

경비과장 승대의 반듯하게 빗어올린 머리에서는 역한 기름 냄새가 풍겼다. 나이에 어울리지 않게 혀 안에서 굴리는 은단 냄새와 함께 왠지 기분을 상하게 만드는 사람이었다.

"낚시 좋아하세요, 낚시? 이 냥반한테 잘 보이면 원없이 할 수 있어요. 댐에선 원래 낚시가 안 되는데……"

영두가 끼어들며 너스레를 떨었다.

"낮엔 좀 그렇고…… 밤에 오세요, 밤에. 낚시야 원래 밤에 해야 제 맛이지, 안 그래요?"

승대는 거드름을 피우며 말했다. 환경과장 영두에게서는 물비린내가 났다. 죽은 민물고기 냄새 같았다. 영두가 데려온 이블린에게서는 오이향 비누 냄새가 났다. 두꺼운 분홍색 리본을 허리에 매단 모습 때문인지 영두 품에 안긴 봉제인형처럼 보였다. 나이 들고 추레한 영두와는 어쩐지 어울리지 않았다. 이블린을 상현 쪽으로 밀며 영두가 해벌쩍 웃었다.

"자, 이블리인…… 신부님께 인사드려야지이…… 어서, 인사!"

이블린은 무릎을 꿇고 상현의 손등에 입을 맞추었다.

"당황하셨나? 필리핀 출신이라…… 가톨릭이에요."

영두는 킬킬거리며 혼자 묻고 대답했다.

태주에게서는 피비린내가 났다. 그것은 상처 따위에서 새어나오는 피 냄새는 아닌 듯했다. 몸에서 흘러나온 지 얼마간 시간이 흘러 딱딱하게 뭉친 핏덩어리 냄새. 김밥을 싸고 있는 태주 옆에 가까이 갔을 때, 상현은 저도 모르게 구역질을 했다. 불결하다거나 역한 느낌은 아니었다. 그냥 저절로 그렇게 되었다.
 "왜요? 김밥이 그렇게 싫어요?"
 라여사가 걱정스럽게 물었다.
 "그게 아니라, 요즘 냄새에 예민해져서…… 갑자기 피비린내 같은 게…… 훅 끼쳐서……"
 상현이 우물거리며 대답하자, 태주가 갑자기 얼굴을 붉히며 화장실로 달려갔다. 무언가 결례를 범한 듯했다. 상현은 그런 태주의 뒷모습을 눈으로 쫓으면서 침을 삼켰다. 속이 울렁거렸다. 이상한 기분이 들었다. 비릿하면서도 들큰한 느낌. 심장이 뛰고 신물이 넘어왔다. 강우가 포터블 LP 플레이어에 판을 올리고 돌아서면서 손뼉을 쳤다.
 "자, 음악이 있어야 본격적인 게임에 들어가겠지?"
 '아 우는구나, 아 우는구나, 우는 건 달빛이냐 길을 잃은 물새냐, 이 항구 저 항구에 두고 온 그 사랑을 안타까이 생각해 무얼 하나, 아 아 생각을 말아야지, 생각을 말아야지, 생각하면 애달파.'
 먹을 것들을 나르느라 부산히 움직이는 태주와 이블린을 제외하고 모두 마작판에 둘러앉았다. 상현은 사람들 사이에서 이리저리 채이다가 겨우 자리를 잡고 앉았다. 라여사는 마작보다는 술을 먹는 데 힘을 모으는 듯했고, 승대는 전투적인 자세로 마작패를 집어왔고, 영두는 헤벌쩍 웃으며 수선을 피웠다. 지지직거리는 잡음과 이난영의 목소리 때문인지 집 안이 더욱 눅눅하게 느껴졌다. 실내는 훈훈하다 못해 땀이 흐를 정도였다. 모두들 셔츠 단추를 하나씩 풀어헤치고 손부채질을 하거나 찬물을 마시는데, 강우는 연신 코를 훌쩍이며 옷을 여몄다. 방 안에는 온통 마작패를 버리고 되가져오면서 나는 플라스틱 부딪치는 소리와 이난영의 노랫소리만 가득했다.

"아. 생각을 말어야지, 생각하면 무엇 해."

강우는 훌쩍이며 후렴구를 따라불렀다. 상현은 사람들을 둘러보며 조용히 앉아 있었다. 눈에 띄지 않게 앉아 있는 것은 상현이 가장 잘 하는 것 중에 하나였다.

"우리 신부님 기도해주신 얘기, 내가 했던가?"

술에 취한 목소리였다. 라여사의 물음에 대답하는 사람은 없었다. 라여사도 딱히 대답을 기다리고 한 말은 아닌 듯싶었다. 라여사는 개의치 않고 말을 이었다.

"내가 신부님이랑 이렇게 옆에 앉아 있었거든요."

"그랬는데?"

"근데 여기 정수리에서부터 뜨끈한 기운이 내려오더니 손끝이며 발끝이며 막 저릿저릿하는 거야, 누가 막 바늘로 찌르는 것처럼."

"어이구 저런."

"그랬구만."
 사람들은 이미 들은 얘기인 듯 건성으로 말대답을 하며 마작에만 열중하고 있었다. 라여사의 말에 집중하고 있는 것은 상현밖에 없었다. 승대가 쌓여 있는 마작패를 가지고 와버리자, 라여사는 손으로 마작판 위쪽을 휘휘 젓더니 명치끝을 꾹 눌렀다.
 "그때 얘가 그러더라구. 엄마, 나 여기가 뜨거워."
 라여사는 일부러 뜸을 들이느라 술잔을 쫙 비워냈다. 그러더니 선언문을 외기라도 하듯 한 손을 번쩍 들고 말했다.
 "그러구 나서 종양이 없어졌잖아요!"
 "종양이 없어져요?"
 상현은 저도 모르게 자리를 박차고 일어났다. 강우와 라여사를 번갈아보며 누군가 대답을 해주길 기다렸다.
 "에이, 엄마 원래 저릿저릿하잖아, 혈압 때문에. 혹시나 해서 조직검사 해봤는데 만성 역류성 식도염으로 나온 거야."
 "처음 내시경 했을 때 분명히 식도종양이라고 씌어 있었잖아!"
 라여사가 상현을 의식하며 큰 소리로 말했다. 상현은 머쓱하게 자리에 도로 앉았다. 그때 승대가 소리를 낮추고 끈적끈적한 목소리로 끼어들었다.
 "여자는 수면내시경 하면 안 돼, 의사들이 몰래 성추행하거든."
 승대의 말에 라여사가 입을 다물었다. 승대는 태주 쪽을 향해 느끼한 웃음을 흘리고 있었다. 승대의 시선을 따라가던 라여사가 못마땅한 표정을 지었다. 라여사의 표정을 읽은 강우가 승대와 태주를 번갈아 쳐다보았다.

상현은 승대와 라여사와 강우 사이에 그려지는 시선의 위태한 부딪침을 감지했다. 시선들은 모두 태주를 중심으로 움직이고 있었고, 그 움직임은 톡 건드리기만 해도 불꽃을 튀기며 끊어져버릴 듯 팽팽하게 당겨져 있었다. 상현의 눈에는 끊어진 전선이 불꽃을 날리며 미쳐 날뛰는 모습이 선명하게 그려졌다.

팽팽한 시선의 움직임과는 상관없이 태주는 무표정했다. 태엽이 느슨하게 감긴 자동인형처럼 부엌과 거실만을 오갈 뿐이었다. 과일을 깎든 찻잔을 씻든, 태주의 눈동자에는 초점이 없었다. 시선이 교차하고 당겨지고 풀리는 사이 승대가 어느새 마작패를 가지고 와 제 패에 붙이며 호기롭게 소리를 질렀다.

"자, 났어요!"

강우와 라여사를 포함해서 다른 모든 사람들의 시선이 승대의 마작패로 향했다.

"맨, 당, 쓰, 겐쇼, 사만코! 자 여덟 판입니다!"

그리고 다시 태주를 향해 돌아가는 승대의 느끼한 시선. 승대는 라여사나 강우는 괘념치 않는 듯했다. 끈적하고 답답하고 무거운 침묵이 흘렀다.

"여사님, 보일러 좀 줄이면 안 될까요?"

땀을 질질 흘리고 있던 영두가 허탈한 표정으로 말했다. 영두의 말에 상현도 한마디 거들려는데 강우가 코를 훌쩍이며 선수를 쳤다.

"추워요, 엄마."

"강우, 춥단다! 뭐 하냐! 핫백 하나 제대로 못 갈고!"

라여사는 태주를 향해 신경질적으로 소리쳤다. 김밥을 썰고 있던 태주가 반사적으로 일어나 강우에게 다가갔다. 핫백을 거칠게 잡아채서는 쿵쿵 발소리를 내며 부엌으로 돌아갔다. 사람들은 개의치 않고 다시 머리를 모으고 패를 섞기 시작했다.

갑작스럽게 변한 라여사의 말투에 당황한 사람은 상현뿐이었다. 사람들은 당연한 일이라는 듯 다시 마작에 열중했다. 라여사는 말투뿐 아니라 눈빛 또한 달랐다. 언제라도 할퀴고 물어뜯어 상처를 낼 준비가 되어 있는 다소 공격적인 얼굴. 발톱을 세운 늙은 암코양이 같은 태도. 그것이 태주만을 향한 것인지, 아니면 병약한 강우에 대한 예민한 반응인지 알 수는 없었다.

상현은 슬그머니 일어나 태주가 있는 부엌 쪽으로 갔다. 태주는 기계적인 움직임으로 핫백에서 클립을 풀고 물을 짜냈다. 라여사의 짜증 따위에는 이미 이골이 나 있는 상태인 듯했다. 상현은 보지 않는 척하면서 태주의 옆얼굴을 유심히 쳐다보았다. 태주는 상현의 시선은 의식하지도 않고 핫백에 뜨거운 물을 따라 붓고 있었다. 태주는 상현에게 무관심했다. 상현은 궁금했다. 태주가 어린 상현의 모습을 기억은 하고 있는지. 그녀에게 줄 조약돌을 줍기 위해 땡볕에서 땅바닥을 훑고 다녔다는 걸 알고는 있는지……

"기억나요? 내가 놀러 가면 동생이 부끄럼 타서 막 뛰어나가고 그랬는데……"

오아시스 모임

상현은 태주에게 붙어서서 낮은 목소리로 빠르게 말했다. 태주는 대답이 없었다. 태주는 모든 걸 다 잊어버렸는지도 몰랐다. 상현은 태주에게 더 바싹 붙어섰다.

"왜…… 발에 굳은살 박여가지고…… 강우가 동생 발바닥 딱딱한 거 만져보라고 그러곤 했었는데……"

태주는 입매를 일그러뜨리며 신경질적으로 핫백을 팽개쳤다. 다소 헝클어진 모습의 태주는 어쩐지 골이 잔뜩 나 있는 것 같았다. 무언가 비웃는 듯한 태도. 상현은 태주의 입매가 거슬렸다. 패거리와 등을 돌리고 있는 이 순간에 태주는 무언가를 경멸하고 있었다. 상현은 사람들을 둘러보았다. 태주가 경멸하는 대상이 누구인지, 어떤 것인지는 파악할 수 없지만, 바싹 신경이 쓰였다.

태주가 블라우스 단추를 하나 풀었다. 땀에 젖은 머리카락이 목덜미에 붙어 있었다. 상현은 갑자기 짙어진 땀 냄새를 추적하느라 태주를 빤히 쳐다보았다.

상현은 미간을 찌푸렸다. 여전히 풍겨오는 피비린내. 상현은 태주의 허리 아래로 자신의 시선이 가 있는 것을 깨닫고 눈을 깜박이며 시선을 돌렸다. 상현은 태주의 가느다란 목덜미를 쳐다보았다. 땀에 젖은 머리카락, 몸을 움직일 때마다 드러나는 뼈. 헛구역질이 나왔다. 손으로 입을 틀어막자, 태주의 맨발이 눈에 들어왔다.

상현은 눈을 돌리면서도 자꾸 시선이 가고, 역하게 느껴지면서도 자꾸 숨을 들이마셨다. 이 이상한 끌림이 무엇을 향한 것인지 알 수 없었다. 점점 더 강도가 더해지는 피비린내 때문인지, 휜 목덜미에 들러붙은 땀에 전 머리카락 때문인지, 아니면 갈라진 발뒤꿈치 때문인지.

  태주의 맨발. 오래 전 강우가 억지로 손을 끌어다 만져보게 했던 발뒤꿈치. 야생동물의 발바닥처럼 유난히 딱딱했던 발뒤꿈치의 굳은살. 입술을 깨물고 발바닥을 내어주었다가는 이내 팽하니 돌아서 도망을 치던 태주의 뒷모습이 선연히 떠올랐다. 태주의 맨발은 그때보다 훨씬 더 사납게 갈라지고 단단해져 있었다. 상현은 서둘러 시선을 돌렸다.

  수도원 방에 돌아와서도 태주의 맨발은 여전히 상현의 눈앞에 어른거렸다. 상현은 신발을 벗어 가지런히 놓은 다음, 침대 끄트머리에 걸터앉았다. 그리곤 천천히 방 안을 둘러보았다. 액자 하나 걸려 있지 않은 방이 허전했다. 시선을 둘 곳이 없어서 난처했다. 상현은 벽에 걸린 십자가상을 일부러 바라보지 않으려고 애쓰고 있었다는 걸 알아챘다. 상현은 눈을 부릅뜨고 십자가상을 바라보았다. 예수의 발끝만이 보였다.

  상현의 코에는 여전히 태주의 냄새들이 남아 있는 듯했다. 목덜미에 붙은 머리카락도 눈에 선했다. 분한 듯 씩씩거리는 숨소리도 들려왔다. 상현은 고개를 저으며 태주의 냄새와 숨소리를 떨쳐냈다.

 섬뜩하리만치 차가운 공기가 알몸에 휘감겼다. 상현은 알몸이 되어서야 비로소 숨이 쉬어졌다. 다시 머릿속에 태주가 들어찼다. 침대 위에 올려진 리코더를 보았다. 플라스틱 소재의 상아색 리코더. 리코더를 손에 쥐었다. 리코더는 손에 딱 맞았다. 그리고 고개를 떨어뜨리며 잔뜩 성이 난 성기를 내려다보았다. 그것은 상현의 의지와는 상관없이 독자적으로 존재하는 생물체 같았다. 상현은 언제나 성기를 내려다볼 때면 이물감을 느꼈다. 도무지 제 신체의 일부분이라는 생각을 할 수가 없었다.

 입을 앙다물고 손에 힘을 주었다. 오른손을 치켜들었다. 상아색 리코더 끄트머리에서 빛이 났다. 상현은 부풀어오른 제 성기를 내려다보며 리코더를 내려쳤다. 짝 소리가 났다. 허벅지 안쪽이 붉게 변했다. 상현은 다시 손을 들어 허벅지를 후려갈겼다. 묵직한 알토 음을 내던 리코더에서 비명 소리가 들리는 것 같았다. 그것은 죽기 직전의 동물이 포효하며 내지르는 마지막 울음소리 같기도 했다. 포식자의 심장을 정확히 조준한 맹수의 날카로운 이빨과 그 상처에서 막 솟구쳐 올라온 핏줄기. 섬뜩하면서 애처롭고, 처절하면서 아름다운 절규.

 상현은 처음 채찍을 들었을 때를 떠올렸다. 노신부의 목소리가 들리는 것 같았다. 노신부의 목소리에 상현은 자기 목소리를 얹었다. 굵직하고 낮은 두 남자의 목소리가 방 안을 맴돌았다.

주 예수 그리스도의 이름으로 저에게 다음과 같은 것을 허락하소서. 살이 썩어가는 나환자처럼 모두가 저를 피하게 하시고, 사지가 절단된 환자와 같이 몸을 마음대로 움직일 수 없게 하시고, 두 뺨을 떼어내어 그 위로 눈물이 흐를 수 없도록 하시고, 입술과 혀를 짓찧으시어 그것으로 죄를 짓지 못하게 하시며, 손톱과 발톱을 뽑아내어 아주 작은 것도 움켜쥘 수 없고 어깨와 등뼈가 굽어져 어떤 짐도 질 수 없게 하소서. 머리에 종양이 든 환자처럼 올바른 지력을 갖지 못하게 하시고, 영원히 순결에 바쳐진 부분을 능욕하여 어떤 자부심도 갖지 못하게 하시며, 저를 치욕 속에 있게 하소서. 아무도 저를 위해 기도하지 못하게 하시고, 다만 주 예수 그리스도의 자비만이 저를 불쌍히 여기도록 하소서.

 화장실에 숨어 수음을 하던 시절, 회초리를 손에 든 노신부가 상현의 머리에 한 손을 얹고 암송해주던 구절이었다. 암송이 끝나면 노신부는 상현에게 회초리를 건넸다. 상현을 그걸 받아들고 방으로 돌아와 바지를 벗고 자신의 성기를 향해 내려치곤 했다.
 리코더를 허벅지에 내려쳤다. 앙다문 입술 사이로 옅은 신음 소리가 새어나왔다. 상현은 다시 한 번 리코더를 들어 같은 자리를 내려쳤다. 핏방울이 맺혔다. 목욕 마친 새에 매달린 물방울처럼 정갈한 핏방울이 될 때까지, 상현은 계속해서 허벅지를 내려쳤다. 허연 허벅지가 핏자국으로 얼룩덜룩해진 후에야 상현의 매질은 멈추었다.

이것은 참회의식이었다. 삿된 마음이 들 때마다, 육체가 의식을 배반할 때마다 해왔던 상현만의 방식이었다. 상현은 이 방법밖에 알지 못했다. 욕망을 억누르는 것은 상현의 장기였다. 처음부터 욕망이라는 것 자체를 가질 수 없었는지도 몰랐다. 노신부의 의중을 파악하고 노신부의 바람대로 따르는 것이 고아원에서 살아남는 유일한 방법이었다. 눈 밖에 나지 않도록 조심조심 걷는 것. 욕망의 싹이 자라나지 않도록 씨앗을 제거하는 것. 그것만이 상현이 살 길이었다.

다시 리코더를 쳐들었다. 리코더를 내려치는 손길이 빨라지기 시작했다. 고통스러운 신음 소리가 새어나왔다. 소름이 돋았던 피부가 갈라지면서 말랑말랑하고 끈적한 속살이 드러나기 시작했다. 검고 더러운 붉은색이었다. 피는 허벅지를 지나 하얀 시트를 적셨다. 벌린 입으로 침이 흘러나왔다. 늑대의 이빨에서 떨어진 침처럼 끈적끈적했다.

고통은 점점 무뎌지고 있었다. 고통이 무뎌지자 사라졌던 목소리들이 되살아났다. 상현은 어쩐지 자신이 하고 있는 행위가 참회를 위한 채찍질만은 아닌 것 같았다. 매질을 할수록 점점 더 강해지는 자신을 느꼈다. 참회는 습관이 되었고, 습관이 희열로 바뀌는 순간, 참회는 더이상 참회가 아니었다.

리코더를 치켜든 상현의 억센 팔뚝에 어떤 폭력적인 힘이 존재하고 있는 것 같았다. 그 폭력적인 존재는 상현의 팔을 장악하고 의식을 장악했다. 조금 더 세게, 조금 더 강하게. 목소리가 들렸다. 상현은 그 목소리를 거부하고 싶지 않았다. 그 목소리를 거부하는 것이 육체의 고통을 참는 것보다 더 고통스러웠다.

고통은 사라졌다. 고통에 익숙해진 것이 아니라 육체의 모든 부분에 존재하고 있던 통점들이 일제히 사라져버린 것인지도 몰랐다. 통점들이 사라지고 난 육체에는 감미로움만 남았다. 상현은 십자가상을 향해 으르렁거렸다. 야수가 된 기분이었다.

피 묻은 리코더를 씻던 상현은 자신의 몸에서 흘러나온 피 냄새에 헛구역질을 했다. 너무나 강력하고 역해서 참을 수가 없었다. 눈을 질끈 감으며 숨을 참았다. 피 냄새. 어떤 이상한 감정의 솟구침. 역하면서도 감미롭고 불결하면서 달콤한. 이것은 피다.

변화가 일어나고 있었다. 어떤 절대적인 힘이 귀와 코를 장악해 가고 있었다. 심장과 위와 장이 위치를 바꾸고 피의 흐름이 뒤바뀌고 심장의 판막과 혈관들이 팽창과 수축을 반복했다. 귀가 터져버릴 것 같았다. 눈알이 터지고 심장이 바깥으로 튀어나올 것 같았다. 상현은 두 손으로 귀를 막으며 주저앉았다.

눈을 감았다. 눈을 감으니 소리가 들렸다. 무언가 퍼덕거리며 창문에 부딪치는 소리, 고양이 울음소리, 수음하는 소리, 변기 물 내려가는 소리, 바람에 흔들리는 정원의 나뭇가지, 누군가의 신음 소리, 기적신봉자들의 기도 소리. 천둥처럼 울리는 온갖 소리들.

귀를 막았다. 귀를 막자 냄새가 났다. 노신부의 시거 냄새, 땀 냄새, 막 뿜어져나온 정액 냄새, 고양이 오줌 냄새, 곰팡이 냄새, 좀 약 냄새, 와인 냄새. 겨드랑이의 체액 냄새. 귀를 막아도 소리는 들렸다. 숨을 참아도 냄새는 흘러들어왔다. 딱 죽을 것만 같았다. 숨이 막혔다.

몸이 간질거렸다. 벌레들. 온몸에 감겨드는 진드기들. 상현의 눈은 현미경처럼 살갗을 확장시켜 솜털과 살비듬과 숨구멍과 그 속에 숨은 세포들까지 들여다보고 있었다. 몸에 붙은 벌레들이 살을 갉아먹고 있는 것도 보였다. 벌레들은 성기를 물어뜯고 체모 사이를 기어다니며 맨살을 파고들었다.

이건 환상이야, 상현은 미친 듯이 고개를 저었다. 눈을 질끈 감아버렸다. 감은 두 눈 속으로 해질녘 아프리카 하늘을 날아오르던 박쥐떼의 모습이 그려졌다. 들판에 서 있는 누에 들러붙어 흡혈을 하던 박쥐들. 그 음산한 울음소리들.

으아아아악.

상현은 고함을 지르며 화장실 바닥에 그대로 쓰러졌다. 꼭 죽은 것만 같았다.

눈을 떴다. 눈알을 굴려보았다. 아무것도 보이지 않았다. 뿌연 빛이 안개처럼 시야를 가로막고 있었다. 서서히 타일 바닥의 곰팡이가 눈에 들어왔다. 창문으로 푸르스름한 기운이 번지고 있었다. 새 울음소리도 들렸다. 상현은 그날의 감각을 떠올렸다. 죽음에서 돌아오던 날.

바이탈 사인에 다시 불이 들어오기도 전에, 상현은 자신이 되살아났다는 것을 알았다. 눈을 뜨자 얼굴에 덮인 면 시트가 보였다. 희고 빳빳한 천. 잠깐 잠을 잤던 것도 같았다. 입에서는 자동적으로 기도문이 외워졌다.

'입술과 혀를 짓찧으시어 그것으로 죄를 짓지 못하게 하시며 손톱과 발톱을 뽑아내어 아주 작은 것도 움켜쥘 수 없고 어깨와 등뼈가 굽어져……'

몸은 움직일 수 없었지만 지독한 악몽 속을 헤매다가 막 깨어난 기분이 들었다. 말간 햇살 속에 있는 기분. 아침의 부드러운 햇살과 숲 냄새를 품은 공기. 깜깜하고 짓눌리고 답답하고 고통스러웠던 악몽의 여운은 말끔히 지워졌다.

지금은 분명 그때와는 다른 느낌이었다. 악몽에서 깨어난 게 아니라 더 극심한 악몽 속으로 빠져든 것 같았다. 무거운 돌덩이를 껴안고 진창으로 빠져들어가는 기분. 고개를 돌릴 힘도 없었다.

푸르스름한 기운이 지워지면서 해가 비치기 시작했다. 창을 넘어온 햇살이 손가락 끝에 와 닿았다. 순간, 상현은 벼락이 내리꽂히는 통증을 느꼈다. 살이 썩어들어가는 느낌, 뼛속까지 타들어가는 느낌. 살이 타는 냄새도 함께 맡아졌다.

상현은 가까스로 몸을 일으켰다. 그리고 손등에 번진 수포들을 보았다. 사라졌던 수포들이 순식간에 온몸을 덮고 있었다. 조심스럽게 손을 내밀었다. 햇빛이 닿는 순간, 살이 타들어갔다. 빛이 닿았던 손가락 끝에 드러난 뼈가 보였다. 그 주변으로 누런 진물이 흘러내렸다. 핏줄 하나하나가 터져버리는 느낌이었다. 상현은 빛을 피해 장롱 안으로 몸을 숨겼다. 문을 닫고 몸을 최대한 웅크렸다. 빛이 이토록 두려웠던 적은 없었다.

피맛

✝

　전화벨이 울렸다. 저절로 몸이 옴츠러들었다. 상현은 해가 질 때까지 장롱 속에 숨어 겨우겨우 숨만 내쉬고 있었다. 방 안에는 이미 어둠이 가득 차 있었지만 마음이 놓이지 않았다. 빛에 살이 닿았을 때의 그 벼락같은 전율을 지울 수가 없었다. 태울 듯이 덤벼들던 게걸스러운 빛줄기.
　상현은 조심스럽게 장롱 문을 열었다. 손가락을 살짝 내밀어보았다. 아무런 자극도 오지 않았다. 손을 내밀고 팔을 내민 다음 천천히 몸을 빼냈다. 다리가 후들거렸다. 교교한 달빛이 창문으로 새어들어오고 있었다. 상현은 달빛에 손을 비춰보았다. 한번 시작된 수포는 걷잡을 수 없이 번져 있었다. 수포가 터지면서 고름 냄새가 진동했다. 흘러내리는 고름에서 부글부글 거품이 피어

올랐다.

다시 전화벨이 울렸다. 그 소리는 마치 자신의 부고를 알리는 신호인 것처럼 여겨졌다. 조심스럽게 수화기를 들었다. 전화기 너머에서 류간호사의 다급한 목소리가 흘러나왔다.

"종부성사를 해주셔야겠어요."

응급실에 들어서기 전부터 피 냄새를 맡을 수 있었다. 침이 고였다. 아득한 허기와 울렁거림. 어지럼증이 일었다. 여자는 그야말로 피범벅이었다. 아직 숨이 붙어 있다는 게 믿어지지 않을 정도였다. 형체를 알아볼 수 없을 정도로 뭉개진 옆얼굴과 갈라진 두개골, 부러져 툭 튀어나온 어깨뼈와 너덜거리는 살덩이. 피와 살점이 범벅된 옷.

"신자래요, 오베로니카."

류간호사가 상현을 맞으며 서둘러 말했다.

"뺑소닌데, 부상이 심해요. 워낙 출혈이 심해서, 아무래도 가망이 없을 것 같아서요."

여자에게 가까이 다가갔다. 피비린내에 정신이 아득했다. 상현은 중심을 잃고 휘청이다 벽에 손을 짚었다. 서둘러 감고 온 붕대가 스르르 풀려나갔다. 가까스로 정신을 차리며 붕대를 다시 감았다. 그리고 여자에게 바싹 붙어섰다. 여자의 목덜미에서 울컥울컥 피가 새어나오고 있었다. 재빨리 성호를 긋고 성수를 뿌렸다.

"이 성수로 이미 받은 세례를 기념하며 몸소 수난과 부활로 저희를 구원해주신 그리스도를 생각합시다…… 고백하겠습니까?"
 여자가 피 묻은 입술을 달싹였다. 상현은 여자에게 귀를 바싹 갖다댔다. 무슨 말인가 하고 있는 듯했지만, 상현의 귀에는 들어오질 않았다. 상현의 귀에는 세차게 쏟아져나오는 피의 울컥거림만 들렸다. 시트를 적시고 천천히 번져가는 소리가 폭풍우 치는 소리처럼 들렸다. 눈을 치켜뜨면 피 묻은 거즈와 가위가 보였다. 상현은 저도 모르게 침을 삼켰다. 허리를 펴고 일어나 여자의 머리 위에 오른손을 얹었다.
"나는 교황 성좌로부터 위임받은 권한을 가지고 성부와 성자와 성령의 이름으로 오베로니카에게 전대사를 베풀며 베로니카의 모든 죄를 사합니다. 아멘."
 성유함을 꺼내 엄지에 성유를 묻혔다. 여자의 이마와 오른손에 성유를 바르기 시작했다.
"주님께서는 당신의 자비로우신 사랑과 기름 바르는 이 거룩한 예식으로 성령의 은총을 베푸시어 이 병자를 도와주소서. 또한 이 병자를 죄에서 해방시키고 구원해주시며 자비로이 그 병고를 가볍게 해주소서. 아멘."
 손에 피가 묻었다. 피는 아직 따뜻했다. 합장을 하며 슬그머니 손가락을 입에 넣었다. 사람의 피. 달디단 피. 향긋한 피. 여자의 피 한 방울이 상현의 피를 빠르게 돌리기 시작했다. 피가 돌며 정신이 말개지는 기분이 들었다. 피가 피를 돌게 하고, 피가 숨을 쉬게 하는…… 상현은 그제야 자신에게 필요한 것이 무언지 깨달왔다.

 상현의 몸이 원하는 것은 피였다. 따뜻한 피. 심장이 떨렸다. 피가 필요했다. 몸 속의 피가 그렇게 말을 하고 있었다.

 피를 떠올리는 순간, 효성의 얼굴이 생각났다. 왜 효성이었을까? 상현은 잠든 효성의 얼굴을 내려다보며 생각했다. 입원실에는 효성의 규칙적인 숨소리만 나직했다. 목덜미에 경동맥의 움직임이 보였다.
 주머니에서 가위를 꺼내들었다. 피 묻은 가위를 집어들고 응급실에서 나올 때까지만 해도 곧바로 효성의 목덜미를 딸 작정이었다. 어차피 훨씬 전에 죽었을 목숨, 죽은 것과 같은 삶이었다. 효성의 목덜미에 가위를 갖다댔다.
 카스테라. 갑자기 카스테라가 생각났다. 그리고 효성의 목소리가 들렸다.
 '이만했어요. 노오랗고 구멍도 숭숭 나고, 어찌나 맛있어 보이는지, 그걸 품에 넣고 다니는데…… 여자애가 동생을 업고 길에 앉은 거예요. 딱 보니까 밥을 못 먹었더라구요. 얼굴이 뇌랗고 동생도 축 쳐져서 울지도 않고…… 그래서 딴 데 가서 먹으려고, 딴 데로 가다가, 가다가…… 그냥 가서 줘버렸어요. 하루 종일 품에 넣고 다녔으니까 그게 또 따뜻하잖아요? 제가 언제 또 그런 카스테라를 보게 될지도 모르는데…… 아주 정신이 없더라구요, 동생 입에도 막 찔러넣고…… 그걸 보니까 잘한 것 같긴 한데, 그래도 그 카스테라가 어찌나 맛있게 보이던지…… 그런데, 그거요 신부님, 하느님이 기억하실라나요, 삼십 년 전 일인데?'

그럼요, 기억하고말고. 기억은 그분의 장기예요. 상현은 효성에게 늘 하던 대답을 해주었다. 가위를 내려놓고 효성의 손에 손을 얹었다. 손등을 가득 채운 수포와 드러난 뼈가 눈에 들어왔다. 이브가 되살아난 것이었다. 그대로 두면 수포는 내장까지 침투해 생명을 끊어놓을 것이었다. 시간이 없었다.

머리를 흔들어 효성의 목소리를 지웠다. 구멍 숭숭 난 카스테라를 지웠다. 가위를 바싹 들이대고 힘을 주었다. 금방이라도 찢어질 것처럼 살이 움푹 들어갔다. 다른 목소리가 들렸다. 이번엔 어린 효성의 목소리였다.

'피리 좀 불어줘요. 그 소리만 들으면 힘이 나. 내가 그걸 사려고 얼마나 애를 썼는지 모를 거야. 여태 모은 돈을 다 털었다구. 빛이 나더라구요. 그걸 보는 순간, 딱, 형아 줘야겠다고……'

상현은 가위를 내려놓았다. 고개를 돌리다가 효성의 팔뚝에 꽂힌 링거줄이 눈에 띄었다. 그 줄을 따라 서서히 시선을 옮기다가 자리에서 벌떡 일어났다.

링거병에서 튜브를 뽑아냈다. 튜브에 들어 있던 링거액이 바닥으로 흘러내렸다. 링거바늘에서 피가 역류하는 것이 보였다. 상현은 튜브를 입에 물고 힘껏 빨아당겼다. 압력이 부족한지 피가 올라오다가는 다시 내려갔다. 상현은 아예 바닥에 누워 자리를 잡았다. 그리고 최대한 힘껏 빨아당겼다.

피가 들어오고 있었다. 효성의 피가. 살아 있는 자의 피가 상현의 몸 속으로 들어오고 있었다. 상현은 꿀떡꿀떡 소리를 내며 피를 마셨다. 효성의 뜨끈한 피가 식도를 지나 위에 차오르는 느낌이 생생하게 느껴졌다.

상현은 배가 불러올 때까지 피를 빨아댔다. 달콤했다. 더이상 욕지기가 치밀어오르지 않았다. 피는 달콤하고 향기로웠다. 피를 마시면서 상현은 숲속에 든 듯 상쾌해졌다. 몸이 가벼워졌다. 벌떡벌떡 뛰는 심장 박동 소리까지 들려왔다. 몸의 모든 근육들이 팽창하는 느낌이었다. 아무 걱정도 들지 않았다. 상현은 피맛을 마음껏 즐겼다.

조금 더 마시고 싶었지만, 효성이 걱정되었다. 사람이 얼만큼 피를 흘려야 죽는지 상현은 가늠할 수 없었다. 정신없이 피를 빠는 동안에도 죽지 않을 만큼이어야 한다는 생각은 놓치지 않았다. 상현은 아쉽게 몸을 일으켰다. 튜브를 다시 병에 연결하고, 효성의 코에 손을 대보았다. 효성은 여전히 쌔근쌔근 숨을 쉬며 자고 있었다.

손을 들여다보았다. 수포로 가득했던 손이 깨끗했다. 어릴 적 입었던 화상의 흔적까지 말끔히 사라졌다. 붕대를 마저 다 풀어내고 거울로 달려가 얼굴을 보았다. 얼굴에 있던 수포도 완벽하게 치유되었다. 흩어진 물방울이 다시 모이듯, 파문이 인 호수가 잠잠해지듯, 그렇게 아무 일 없었던 듯 깨끗해져 있었다. 거울 속의 남자는 그동안 보아왔던 상현의 모습이 아니었다. 건장하고 싱그러운 사내의 모습이었다. 짓눌리고 억눌리고 절제하는 무기력한 신부의 모습이 아니었다. 상현은 자신의 모습이 마음에 들었다.

  창을 열고 공기를 힘껏 들이마셨다. 밤공기가 상쾌했다. 가지런히 주차되어 있는 차 뚜껑들이 보였다. 상현은 자신을 시험해보고 싶어졌다. 상현은 가뿐하게 창틀 위로 올라섰다. 그리곤 두 팔을 벌리고 그대로 떨어졌다. 사층은 그리 높지 않았다. 상현은 순식간에 곤두박질쳤다.

  상현은 앞 유리창을 뚫고 차 안쪽으로 들어가 박혔다. 살을 찢고 들어오는 유리파편과 함께 뼈 부서지는 소리가 났다. 피가 튀었다. 아프지 않았다. 잠깐 숨을 고른 다음 몸을 일으켰다. 유리파편들이 촤르르 떨어졌.

  상현은 목 주위로 둘러진 차유리를 벗어던졌다. 그리고 깨진 안경을 주워 썼다. 부러진 뼈를 맞추고 탈구된 관절들을 맞췄다. 상처도 피도 금세 사라졌다. 상현은 주위를 빙 둘러보았다. 금이 간 안경 탓인지 분할된 세상이 보였다. 뿌연 안개 속에 금이 간 세상. 상현은 깨진 안경을 벗어들고 다시 주위를 둘러보았다. 환했다.

  피. 상현은 그제야 자신이 무엇이 되어 있는지 알 수 있었다. 그는 흡혈을 해야만 살 수 있는 존재가 되었다. 그것이 저주인지 축복인지는 알 수 없었다. 분명한 것은 불멸을 얻었다는 것이었다. 기적을 일으켰다는 것이었다.

  상현은 어디로 가야 할지 생각했다. 가야 할 곳은 명확했다.

내가 다리를 벌리면 너는 가위를 집어넣으렴

✝

 강우는 깍지 낀 손바닥으로 머리를 받치고 침대에 누워 있었다. 연신 벙긋거리고 있는 강우가 태주는 못마땅했다. 태주는 그런 강우를 한번 슬쩍 보고는 화장대 앞에 앉았다.
 "우린 다행이야, 외로운 사람들 참 많은데…… 멤버 진짜 좋지? 물 수자 수요일에 모이는 오아시스라. 내가 생각해낸 거지만, 정말 괜찮지 않냐? 그치?"
 강우가 몸을 비비 꼬며 킬킬거렸다. 병원에 입원해 있는 동안에는 심통 난 어린애처럼 징징거리더니, 퇴원하고 나서는 술 먹은 어린애처럼 자꾸만 히죽거리고 없던 호기까지 부리기 시작했다. 신부의 기도가 이상한 데 작용을 한 건 아닌지, 태주는 거울 속 강우를 향해 눈을 흘겼다.

"히힛."

 강우의 웃음소리에 태주는 빈정이 상했다. 강우는 저녁나절의 사건은 새카맣게 잊은 모양이었다. 사람들 앞에서 속옷까지 내보이며 엎어지게 만들더니…… 지도 수컷이라고, 다른 놈이 제 여자 힐끔거리는 건 못 보겠다고…… 부린다는 호기라는 게 기껏…… 태주는 강우를 딱하다는 듯이 쳐다보았다. 분한 마음으로 씩씩대거나 치욕스러워 눈물을 흘려야 마땅하지만, 태주는 강우가 한심할 뿐이었다.

 핫백을 가져다 툭 던져주었을 때 강우는 태주를 억지로 끌어와 무릎에 앉혔다. 보란 듯이 호기를 부리는 듯했다. 안기지 않으려 애를 쓰다가 바닥에 나동그라졌을 때, 태주는 짜증이 솟구쳤다. 반사적으로 강우의 뺨을 후려쳤지만, 아무렇지도 않은 듯 태연스러운 강우가 징그러웠다. 코끝에 콧물을 대롱대롱 매달고선 태주를 올려다보는 강우의 얼굴은 아이처럼 말갰다. 태주는 그런 강우를 볼 때마다 모든 의지를 잃곤 했다. 분노와 억울함과 증오와 악의들은 한순간에 물거품이 되었다. 태주는 강우를 치려던 손으로 휴지를 뽑아 콧물을 닦아주었다.

 억울함 때문에 분노했던 심장이 텅 비어버리는 이 순간을 태주는 번번이 사랑이라고 여겨왔다. 그러나 그 텅 빈 심장에 어느 결엔가부터 확고히 자리잡은 감정이 있었다. 그것은 권태였다. 강우의 코끝에서 야무지게 콧물을 훔쳐내는 그 순간, 등골이 오싹해졌다. 권태도 확고하고 딱딱해지면 충분히 분노의 힘이 될 수

내가 다리를 벌리면 너는 가위를 집어넣으렴

있다는 것을 콧물을 훔치는 거친 손길 덕분에 스스로 알아채버리고 만 것이다.

"상현이두 참, 매력 있지?"

강우가 태주 등에 대고 물었다.

"신부가 사람이냐? 매력은 무슨……"

"에휴, 싸가지 없는 년!"

강우가 픽 웃으며 돌아누웠다. 물침대가 출렁이는 소리가 났다. 그 소리만으로 멀미가 날 지경이었다. 태주는 신경질적으로 머리를 벅벅 빗었다. 어느 결엔가 강우의 코 고는 소리가 들렸다. 태주는 잠깐 넋놓고 앉아 코 고는 소리를 들었다.

거울에 비친 제 모습을 물끄러미 쳐다보았다. 열이 올라 벌겋게 상기된 얼굴. 무표정한 눈동자. 푸석푸석해 보이는 피부. 아무 열정도 없고 의욕도 없는 무덤덤한 얼굴. 신경질적으로 굳게 다물어진 입술. 이미 오래된 모습이었지만, 언제 보아도 낯설었다.

카디건을 벗었다. 어깨가 드러났다. 가슴에 손을 대보았다. 얇은 잠옷 속으로 만져지는 살의 감촉이 부드러웠다. 손이 닿자마자 젖꼭지가 빳빳하게 솟아오르는 것이 느껴졌다. 태주는 거울에 제 몸을 비춰보았다. 어깨뼈에서 쇄골로, 다시 어깨뼈로 이어지는 건강한 뼈의 능선. 숨을 쉴 때마다 들썩이는 젖가슴, 이것은 분명 살아 있는 몸이었다. 보듬고 쓰다듬어야 할 육체였다. 억압하고 짓눌리고 감춰야 할 몸이 아니었다. 누군가 입력해놓은 방식에 따라 움직이는 자동인형이기에는 아까운 육체였다. 병약한 남편 수발하는 간호인형, 촌스러운 한복을 입고 쇼윈도 옆에 앉은 마네킹.

자신이 부모에게 버림을 받지 않았다면 어떻게 살았을까 태주는 가끔 생각해보곤 했다. 좀 더 배우고 좀 더 영악하게 살았다면 지금과는 분명 다른 모습이었을 터였다. 더 활기차고 더 사랑스럽고, 진짜 사내의 예쁜 아내가 되어 있을 수도 있을 것이다. 그때 라여사가 내민 손을 잡지 않았다면 달라졌을까? 다른 선택의 여지가 있었던 것도 아니었다. 어쩌면 최선의 방법이었는지도 몰랐다. 태주는 스스로를 위안했다.

강우를 돌아보았다. 강우는 소년이나 다름없었다. 강우에게는 욕정이라는 것이 아예 없는 것 같았다. 얼결에 강우의 아내가 되었지만, 남자에게 얻을 수 있는 육체적 충족감은 느껴보질 못했다. 강우는 어릴 때와 마찬가지로 장난을 치거나 투정을 부리거나 매달리기만 했다.

속에서 불덩이가 솟아오르는 것 같았다. 한 손으로 젖가슴을 와락 움켜쥐었다. 손에 쏙 들어오는 작은 가슴. 다른 손은 슬며시 치맛자락을 들치고 팬티 속으로 들어갔다. 태주는 한 손으로 가슴을 다른 손으로는 음모를 쓰다듬었다. 눈을 감았다. 허벅지를 붙이고 엉덩이를 움직여보았다.

태주는 육체의 욕망을 스스로 해결하는 데 익숙했다. 짐짓 흥분되는 척 신음 소리도 내보았다. 하지만 아무 느낌이 없었다. 혼자서 하는 일은 너무 쉽게 흥분에 올라 허무해지거나 아무 느낌이

내가 다리를 벌리면 너는 가위를 집어넣으렴

없어 쓸쓸해지거나 둘 중 하나일 뿐이었다.

 태주는 신경질적으로 화장대를 툭 밀쳐냈다. 화장품용기가 요란스런 소리를 내며 넘어지는데도 강우는 전혀 반응이 없었다. 태주는 거칠게 서랍을 열고 실밥가위를 꺼내들었다. 허벅지에 대고 슬쩍 눌러보았다. 무언가 흥분이 되는 느낌이었다. 스윽슥 긁다가 가위를 허벅지에 푹 쑤셨다. 피가 흘렀다. 고통이 밀려왔다. 태주가 바라던 쾌락이 거기에 있었다. 고통과 쾌락은 다르지 않았다.

 천천히 일어나 강우의 침대로 다가갔다. 두 손을 가슴팍에 가지런히 모은 채 입을 헤벌리고 자는 강우는 꼭 어린아이 같았다. 조금 가쁜 듯 내쉬는 규칙적인 숨소리까지. 천진할 정도로 편안한 모습이었다.

 침대에 걸터앉았다. 물침대가 출렁거렸다. 빌어먹을 물침대. 태주는 다시 자세를 바꿔 침대모서리에 엉덩이만 살짝 걸쳤다. 한동안 실밥가위를 만지작거리며 강우를 내려다보았다.

 얘야, 눈 좀 떠보련? 그렇게 잠만 자지 말고 일어나봐. 내가 재미난 놀이를 알려줄게. 입을 벌려볼래? 온갖 약만 처먹지 말고 다른 걸 받아먹어보란 말야. 될 수 있는 한 크게 벌려야 해. 그러지 않으면 다칠 수도 있단다.

 가위를 받아. 차갑고 날카로운 가위를 받아. 있는 힘껏 잡아당기고, 쪽쪽 빨아먹어봐. 내가 가위를 넣으면 너는 있는 힘껏 가위를 잡아당겨. 내가 가위를 빼면 너는 다시 최대한 입을 벌려 가위 맞을 준비를 하는 거야. 천천히, 그러다 빨리, 속도를 맞춰야 해.

　야야, 눈 좀 떠보련? 입을 벌려, 가위가 싫으면 이 젖가슴을 물지 그러니? 젖 빠는 어린애처럼. 혀를 동그랗게 말고 힘껏 빨아당겨봐. 그래야 흰 젖이 나오지. 그렇게 쌔근쌔근 자지만 말고 어서 일어나봐, 이 놀이가 끝나면 또다른 놀이도 해야지. 서로 역할을 바꿔서 해보는 건 어때?

　내가 다리를 벌리면 너는 내가 했던 것처럼 가위를 집어넣어. 피가 날 정도로 푹 쑤셔넣어. 천천히 천천히. 그러다 다시 빠르게. 속도를 맞춰야 해. 내가 했던 것처럼. 자 이제 네가 한번 해보련? 아가? 아가?

　실밥가위를 손에 꼭 쥐었다. 가위는 태주의 작은 손에 딱 감겨왔다. 손 안에 살포시 감기는 차가운 기운이 태주는 마음에 들었다. 오래된 가위였지만, 끝은 날카로웠다. 겨우 실밥이나 뜯어내는 가위지만, 태주에게는 산 짐승의 목도 딸 수 있을 만큼 능숙한 무기이기도 했다.

　실밥가위를 쥔 태주의 손이 번쩍 치켜올라갔다. 그리고 힘껏 내리꽂았다. 실밥가위는 정확히 강우의 벌린 입 안에서 멈추었다. 실밥가위를 든 태주의 손이 바르르 떨렸다. 다시 손을 쳐들고 휙 내리꽂고. 조금 더 깊숙이. 조금 더 깊숙이. 강우의 입 안에 가위를 넣었다 빼기를 반복하는 속도가 점점 더 빨라지고 있었다.

　이것은 일종의 놀이였다. 비록 혼자 하는 놀이였지만, 육체의

내가 다리를 벌리면 너는 가위를 집어넣으렴

욕망을 스스로 해결하기 위해 하는 자위행위처럼 흥분지점을 명확히 알고 달려가는 능숙한 놀이이기도 했다.

 태주의 이마에는 어느새 땀방울이 송골송골 맺혀 있었다. 저절로 입꼬리가 말려올라갔다. 격렬한 섹스를 끝낸 후처럼 피로감이 몰려왔다. 강우는 아무것도 몰랐다. 자세 하나 흐트러지지 않고 그저 잠을 자고 있을 뿐이었다. 태주는 강우를 향해 차갑게 내뱉었다.

"병신."

 눈을 떴다. 사위는 아직 어두웠다. 태주는 그대로 몸을 빼서 카디건을 걸쳤다. 홀린 사람처럼 느린 걸음으로 방을 빠져나와 계단을 내려왔다. 발을 디딜 때마다 삐거덕삐거덕 헐거워진 나무계단 소리가 났다.

 찬 기운이 발바닥에 느껴졌다. 쌈빡한 냉기가 종아리를 타고 온몸으로 번져왔다. 태주는 건물 입구에 가만히 서서 골목 저 끝 어둠 속을 노려보았다. 어둠 저편에서 희미한 빛이 흔들리고 있는 것 같았다. 태주는 나른한 표정으로 눈을 감고 목을 돌렸다. 그리곤 주먹을 불끈 쥐고 달리기 시작했다.

 바람이 휙휙 지나갔다. 가로등 불빛도 풍경들도 바람의 속도로 휙휙 지나갔다. 가끔 발바닥으로 날카로운 조각 같은 게 느껴졌지만 달리는 데 문제가 되지 않았다. 달리는 데에는 오히려 맨발이 편했다.

오래 전 밤도망을 치겠다고 속옷바람으로 집을 나섰던 그 순간부터 언제나 맨발이었다. 영영 돌아오지 않을 생각이었다. 어둠도 두렵지 않았다. 낯선 풍경도 불확실한 미래도 겁나지 않았다. 남겨두고 온 것에 대한 미련도 없었다. 태주는 달리고 또 달렸다. 그렇게 달리다가 멈췄을 때, 태주는 어느 어두운 교차로에 서 있었다. 몸을 돌려 뒤를 돌아보았다. 집은 보이지 않았다. 다시 앞을 보았다. 거기 뭐가 있는지 확실치 않았다. 떠나온 곳도 가야 할 곳도 온통 어둠일 뿐이었다. 태주는 더이상 달릴 수 없었다. 두려워서가 아니라 그냥 그렇게 되었다. 왔던 길을 되돌아 거슬러 올라가면서 자신이 처음에 왜 달리기 시작했는지 그 이유를 잊어버렸다. 그날부터 태주는 새벽녘이면 집에서 나와 전력질주를 하기 시작했다.

　태주는 심장 뛰는 소리를 듣기 위해서 달렸다. 피도 돌지 않고 심장도 멈춘 자동인형이 아니라는 사실을 알기 위해서 달렸다. 달리다 보면 숨이 찼다. 견딜 수 없을 때까지 달렸다. 숨이 끊어질 만큼 전속력으로 달려도 숨은 끊어지지 않았다. 대신 심장 뛰는 소리가 들렸다. 뒷목에서 뛰는 맥박 소리가 귓가에 선명하게 들렸다. 그 소리를 들으면 비로소 살아 있는 것 같았다. 제 속에서 썩고 있는 응혈 같은 걸 울컥 토해낸 기분이 들었다. 그렇게 뛰고 나면 얼마간은 상쾌한 기운으로 살 수 있었다.

　심장이 터질 것 같았다. 태주는 쥐었던 주먹을 풀며 그 자리에 멈춰 섰다. 희미한 가로등 아래, 쓰레기더미를 뒤지던 고양이가

내가 다리를 벌리면 너는 가위를 집어넣으렴

자리를 뜨는 것이 보였다. 태주는 가슴을 들썩이며 숨을 내쉬었다. 두 팔을 벌리고 하늘을 향해 고개를 들었다.

주머니에서 담배를 꺼내 입에 물었다. 전력질주 후의 담배맛은 감미로웠다. 어쩌면 이 순간을 위해 달리는지도 몰랐다. 불을 붙이고 최대한 깊게 숨을 들이마셨다. 맵싸한 연기가 폐 속으로 들어가면서 약간의 통증이 느껴졌다. 하늘을 향해 길게 천천히 숨을 내뱉었다. 담배연기는 순식간에 사라졌다. 태주는 필터 끝까지 타도록 연기를 들이마셨다가 뱉기를 반복했다.

손가락으로 담배를 튕겨 보냈다. 포물선을 그으며 날아간 담배꽁초는 쓰레기더미에 떨어졌다. 다시 담배 한 대를 꺼내려는데 어둠 저편에서 무언가 태주 쪽을 향해 걸어오고 있는 것이 보였다. 움직이는 어둠. 어둠 속에 숨은 어둠의 그림자.

검은 형체가 가로등 아래 멈추어 섰다. 검은 옷자락이 바람에 휘날렸다. 검은 사제복을 입은 신부. 상현이었다. 상현은 꼼짝도 않고 서서 태주만 쳐다보고 있었다. 태주의 몸 속에 감춰진 것이 무언지 다 알고 있다는 듯 꿰뚫어보는 불편한 눈빛. 태주는 한동안 그 시선에 꼼짝없이 붙들려 있었다.

문득 자신이 옷도 제대로 걸치지 않고 나왔다는 사실을 깨달았다. 벗어나야 한다, 본능적으로 그런 명령이 내려졌다. 몸을 돌려 빠르게 걷기 시작했다. 두어 발짝 떼었을 때, 겨드랑이 사이에 들어온 상현의 두 팔이 보였다. 그리고 몸이 사뿐히 위로 올려졌다. 발이 허공에 떠 있었다. 살짝 떠오른 것이었지만, 태주에게는 날고 있는 듯한 느낌이 들었다. 뜨거운 공기를 가득 품은 열기구처럼 하늘로, 하늘로…… 태주는 높은 곳에서 땅바닥을 내려다보듯 제 발을 내려다보았다. 그것은 제 몸에 연결된 신체가 아니라 풍경의 일부처럼 보였다. 상현은 다시 태주를 지상으로 내려놓았다. 깃털처럼 가볍게. 태주의 발이 닿은 곳은 상현의 커다란 구두 속이었다. 구두 속에 남아 있던 상현의 체온이 태주의 작은 발에 감겼다.

가슴이 뛰었다. 전력질주를 하고 난 다음처럼 숨이 차올랐다. 몸을 돌려 상현의 얼굴을 보려고 했지만, 몸이 움직여주질 않았다. 태주는 커다란 구두만 쳐다보았다. 그때 상현이 뒤에서 태주의 어깨를 감싸안았다. 격렬하게 뛰던 심장이 멈췄다. 태주는 온 힘을 다해 고개를 돌렸다. 상현이 흠칫 놀라 뒤로 물러섰다. 야수처럼 핏발이 선 상현의 눈동자가 보였다. 상현은 거의 울 것 같은 표정이었다. 태주는 상현이 물러선 만큼 상현에게 다가섰다.

이 놀랍도록 생기 있고 눈빛 형형한 사나이는 누구지? 바로 어제, 그 침울하고 무기력해 보이던 신부의 모습은 분명 아니었다. 태주는 제 앞에 선 사람이 상현이라는 사실이 믿어지지가 않았다. 상현을 향해 손을 내밀었다. 상현의 얼굴에 손이 막 닿으려는 순간, 상현이 몸을 돌렸다. 상현의 등이 보였다. 두려움과 굳은 결심이 뒤섞인 등. 미처 불러세울 틈도 없었다. 상현은 빠르고 단호하게 걸어갔다. 커다란 구두를 남겨둔 채 성큼성큼 걸어가는 맨발의 사내가 보였다. 태주는 그대로 서서 상현이 사라진 쪽을 오

내가 다리를 벌리면 너는 가위를 집어넣으렴

래도록 쳐다보았다.

새소리가 들렸다. 날이 밝아올 기미가 보였다. 먼 곳에서부터 해일 같은 것이 밀려오는 소리가 들렸다. 아직 해안에 도착하지는 않았지만, 아주 크고 묵직하고 거대한 파도임에는 분명했다. 곧 날이 밝을 것이었다. 그리고 무언가 새로운 하루가 찾아올 것 같았다.

†

시간은 더디게 흘렀다. 태주는 내내 상현의 구두 생각을 했다. 이제 막 벗은 따뜻한 구두. 잠깐의 비상과 그 뒤에 이어졌던 휴식과도 같은 착륙. 습하고 따뜻했던 그 구두 속에 발을 떼어둔 기분이었다. 한복집 구석방에 상현의 구두를 숨겨두었다. 태주는 가끔 그곳에 들어가 상현의 구두 속에 두 손을 넣어보곤 했다. 그리곤 두꺼비집을 짓듯 신발 위를 토닥토닥 두들겨주었다. 그렇게 하면 새로운 집이 생기기라도 하듯.

매일 밤, 태주는 골목길을 내달리며 상현이 나타나기를 기다렸다. 하지만 상현의 모습은 보이지 않았다. 상현은 어쩌면 태주를 경멸하고 있는지도 몰랐다. 어둠 속에 얼핏 드러난 상현의 표정이 그랬다. 무언가 억눌린 경멸이나 증오 같은 것이 어려 있었다. 상현이 왜 그런 눈빛을 하고 그 밤에 태주의 눈앞에 나타났는지 궁금했다. 그토록 형형한 눈빛이 어째서 서글픔 같은 것을 느끼게 하는지……

 태주는 상현의 하루하루를 상상하고 있었다. 이부자리에서 일어나 머리카락을 틀어올릴 때 상현은 기도실에서 간절히 기도를 하고 있을 것이라는 생각에서부터, 잠자리에 누워 천장을 쳐다보며 상현도 어쩌면 저 천장과 저 형광등이 자기처럼 익숙할까 하는 생각까지. 그때에도 그런 형형한 눈빛을 하고 있을까, 억눌린 증오는 자신이 지닌 분노하고 어떻게 다를까, 태주의 분노가 지금은 찌들 대로 찌든 권태로 인해 팽팽해져 있다면, 상현의 분노는 무엇으로 팽팽해지는 걸까 꼬리에 꼬리를 물며 상현을 자신과 비교하고 나란히 배열하다가 잠이 들곤 했다.

 오아시스 모임은 여느 때와 다르지 않았다. 강우는 여전히 이난영 음반을 틀어놓고 훌쩍이고 있었고, 인형처럼 꾸민 이블린을 앞세우고 나타난 영두와 들어서면서부터 비열하게 웃는 승대의 표정도 여전했다. 태주는 여전히 저녁 내내 종종거리며 김밥을 쌌고, 김밥을 싸는 동안 이미 취해버린 라여사의 흐느적거림도 다른 날과 같았다.
 다른 것은 상현이었다. 유난히 혈색이 좋고 눈에서 빛이 나는 듯했다. 흥얼거리며 노래를 따라 부르기도 하고, 마작을 배워본 적도 없다더니 슬그머니 끼어들어 도박꾼처럼 능란한 손놀림을 보여주고 있었다. 절도 있으면서도 힘이 넘치는 자세. 태주는 부억과 마작판을 오가며 상현을 흘끔거렸다.

"난 거 같네요."

상현이 패를 넘어뜨리며 말했다. 가만히 주위를 둘러보는 상현은 겸손한 듯하지만 자신 있는 표정이었다. 호들갑스런 영두가 일어나 상현의 패를 계산했다.

"멘젠, 혼일, 겐쇼 셋…… 소스시와! 여기에다 독박이니까…… 승대! 스물여덟 판! 이만 팔천원 되겠습니다."

"허 참!"

강우가 허탈한 웃음을 지었다.

"뭔 신부님이 말이야, 마카오 유학을 갔다 왔나……"

승대가 투덜거리며 상현에게 돈을 건넸다.

"우리 신부님이 말이야, 오백 명 중에 살아오신 신부님이여."

라여사가 엎드린 채 혀 꼬부라진 소리로 말했다.

상현은 말끔하게 앉아 있었다. 태주는 과일접시를 올려놓으며 상현을 훔쳐보았다. 상현과 눈이 마주쳤다. 얼른 눈을 내리깔았다. 어쩐지 깔보는 듯한 눈빛이었지만, 태주는 눈이 마주친 것이 오히려 반가웠다. 들키기 바라던 비밀을 들키는 쾌감 같은 것이었다. 태주는 그 눈빛을 허리춤에 동여매고 싶었다. 그 눈빛에 포박되지 않고, 그 눈빛을 포박시키고 싶었다.

태주는 그 눈빛을 허리에 감고 바깥으로 나갔다. 삐걱거리는 나무 계단 소리가 유난히 크게 들리는 것 같았다. 팽팽한 낚시줄처럼 상현의 눈빛이 계단참까지 이어져 있는 듯했다.

한복집 실내등과 간판불을 껐다. 태주는 비로소 지겹디지겨운 권태를 끝내고 권태 이후를 향해 문을 열고 들어가는 기분으로 한복집 문을 열고 나왔다. 달그락거리며 문을 잠그고 돌아섰을 때 상현이 앞을 가로막았다.

"언제 나왔어요? 아무 소리도 못 들었는데?"

상현은 그야말로 유령처럼 스윽 나타났다. 순간이동을 하는 사람처럼, 그 요란스런 나무 계단의 삐그덕 소리도 내지 않았다. 반가움이 앞섰다. 태주는 얼른 상현의 손을 끌고 한복집으로 들어갔다. 옷감이 쌓인 구석에서 상자 하나를 꺼내 상현에게 손짓을 했다. 상현이 쭈뼛거리며 와 태주 곁에 앉았다. 상자를 열어 보였다. 상현은 그 속에 든 구두를 힐끗 보고는 태주의 얼굴만 쳐다보고 있었다.

"어떻게 전해드려야 하는지를 몰라서…… 그냥 이렇게……"

태주는 말을 멈추고 상현의 얼굴을 빤히 쳐다보았다.

"머리 자르셨나? 아님, 안경을 벗어서 달라 보이시나?"

상현은 말이 없었다. 손을 뻗어 상현의 얼굴을 만졌다. 얼굴을 바싹 들이대고 상현의 얼굴을 꼼꼼히 살펴보았다. 푸른 수염자리와 파리한 피부. 관자놀이에 수포 같은 것이 하나 만져졌다. 태주는 손가락 끝으로 수포를 꾹 눌러보았다. 상현이 흠칫 놀라며 얼굴을 돌렸다.

"일종의 전염병인데 무섭죠?"

"아니요."

내가 다리를 벌리면 너는 가위를 집어넣으렴

태주는 미소를 지어 보이며 다시 한번 수포를 꾹 눌러주었다.
"키스로 전염되는 게 아니라는 건 확실해요. 난 태어나서 한 번도 키스해본 적 없으니까."

상현의 입술에 키스를 했다. 태어나서 한 번도 키스해본 적 없다는 말이 태주에게는 키스를 부탁한다는 말로 들렸다. 태주의 생각이 맞았다. 상현은 미세하게 떨리는 입술로 태주의 입술을 어설프게 더듬어댔다. 상현의 얼굴을 바싹 잡아당겼다. 혀로 상현의 입을 벌리고 혀를 집어넣었다. 그리고 상현의 혀를 빨아들여 자신의 입 속으로 가져왔다. 태주가 지시하는 대로 상현은 혀를 굴리고 빨아당기고 입술을 핥았다. 충실한 사제다웠다.

물마루를 높이 세웠던 파도가 태주의 몸에 상륙했다. 태주는 상현의 손을 잡아쥐고 한복집 구석에 딸린 작은 방으로 이끌었다. 안전한 곳이었다. 사람들이 드나드는 곳도 아니고, 위층의 소음이나 나무 계단 소리가 다 들리니 안전했다. 상현에게 뭔가를 선물하고 싶었다. 따뜻하고 습습한 구두 속 같은 공간.

말해줄까요? 나는 부끄럼 타는 사람 아니에요. 부끄러워서 뛰어나간 게 아니에요. 어렸을 때 나는 너무너무 지겨웠어요. 저 엄마하고 병신 아들, 눅눅하고 컴컴한 집구석, 끝도 없이 질질 짜는 그 노래들하며…… 다 지겨웠어요. 당신이 오기만을 기다렸죠. 그땐 그냥 고아원애였지만, 신부님, 당신을 기다렸다구요. 병신이 신부님 좋아하니까, 신부님 오면 날 안 찾으니까, 그래서 기다렸는데 언제부턴가 나도 병신처럼 신부님만 기다리게 되었는걸요. 말해줄까요? 나는 부끄러움 타는 사람 아녜요. 그러니까 어서 내 선물을 받아요.

 태주는 상현의 가슴을 밀어 넘어뜨렸다. 사제복을 들어올리고 바지를 벗겨냈다. 상현의 팬티를 끌어내리는 것과 동시에 자신의 팬티도 벗어던졌다. 상현은 그저 가만히 있었다. 태주는 상현을 깔고 앉아서 입꼬리를 올리며 미소를 지었다. 상현은 두 손을 허공에 든 채 태주를 올려다보았다. 태주는 상현의 성기를 손아귀에 넣고서 손을 놀리기 시작했다. 상현의 성기는 손아귀에 꽉 차오르기 시작했다.

"여보!"

 강우의 목소리. 고개를 치켜들었다.

"태주야!"

 태주는 얼른 헝클어진 머리카락을 추슬렀다. 그리곤 팬티를 주워입었다. 발목에 바지와 팬티를 걸친 채 자신을 쳐다보는 상현을 뒤로 한 채 방을 빠져나왔다.

"태주야, 나 핫백!"

 이층으로 올라가자마자 맞닥뜨린 것은 라여사의 이글거리는 얼굴이었다. 이미 취할 대로 취한 라여사는 태주를 보자마자 따귀를 올려붙였다.

"네, 이년!"

"아이고, 라여사 또 시작이시다."

내가 다리를 벌리면 너는 가위를 집어넣으렴

"버려진 년을 멕여주구 키워줬더니, 엉?"

라여사의 손이 다시 태주의 뺨을 후려쳤다.

"뭐 해, 어서 재우지 않고!"

강우가 짜증스런 목소리로 말했다.

"남편 핫빽 하나 제때 안 갈아주는 년!"

이블린과 함께 라여사를 부축해 방으로 향했다. 라여사는 방으로 끌려가면서도 소리를 질러댔다.

"은혜도 모르는 년……"

기운이 얼마나 센지 이블린과 둘이서 부축을 하는데도 힘이 부칠 지경이었다. 침대에 눕히자마자 라여사는 베개에 머리를 파묻었다. 라여사의 목소리도 조금씩 기가 죽어갔다. 조용히 방문을 닫고 나왔다. 이블린이 태주의 손을 꼭 쥐었다 놓았다. 태주는 이블린에게 조용히 웃어 보였다.

화장실에서 나오는 상현이 보였다.

"왜? 속이 안 좋아?"

강우가 물었다.

"응, 좀……"

상현은 얼버무리며 제자리에 앉았다.

"그러니까 남의 돈 먹으면 설사하는겨."

승대가 고소하다는 듯 이죽거리며 말했다.

다시 마작판이 시작되었다. 태주는 상현의 시선을 피해 강우 옆에 앉았다. 강우의 마작패를 만지작거리며 상현의 눈치를 보았다. 태주는 상현의 반응이 궁금했다.

"웬일이야? 마작은 관심도 없으면서?"

강우가 눈을 동그랗게 뜨고 물었다.

"재밌어 보여서. 만지니까 흥분이 되네."

태주는 강우의 마작패를 톡톡 치며 말했다.

"저도 밤새도록 하래도 하겠어요."

상현이 태주를 똑바로 쳐다보며 대꾸했다.

"넌 하는 법두 모르잖아?"

강우가 패 하나를 가져오며 무뚝뚝하며 말했다.

"내가? 알아, 하는 법…… 나, 잘 해. 안 해서 그렇지."

태주는 강우가 아니라 상현 쪽을 쳐다보며 대답했다. 상현도 태주를 빤히 쳐다보며 말했다.

"저도 그렇습니다. 다음 수요일까지 어떻게 참을지."

"그럼 일요일에두 모일까, 우리?"

강우의 목소리가 한껏 들떠 있었다.

"그럴까?"

"저는 뭐, 요번 주는 부활절이라…… 성당에서……"

태주는 끝까지 상현에게서 눈을 떼지 않았다. 밤새도록. 일요일. 부활절. 성당. 태주는 상현의 말을 곱씹었다. 태주에게는 두 사람만의 약속으로 해석되었다.

"그래, 살짝 아쉬운 게 좋은 거예요."

"자, 어서 시작합시다!"

내가 다리를 벌리면 너는 가위를 집어넣으렴

"각오 단단히들 하셔, 시방부터 중원에 피바람이 몰아칠 테니깐."

영두가 과장된 몸짓을 하며 소리쳤다. 그 순간 상현은 입술을 지그시 깨물었다. 태주는 피바람이라는 말에서 향긋한 봄바람을 맡았다. 상현도 그렇게 느끼리라. 그것이 피바람이든 봄바람이든, 분명코 새로운 바람인 것만은 확실했다.

그가 나를 데려다주리라

✝

상현은 노신부의 방으로 달려갔다. 악몽을 꾼 아이가 아버지에게 달려가듯, 울먹이며 노신부의 방문을 열었다. 밤이 깊었는데도 노신부는 휠체어에 앉아 와인을 마시고 있었다. 상현은 방에 들어서자마자 노신부 앞에 무릎을 꿇었다.

상현은 모든 것을 털어놓았다. 노신부는 믿지 않았다. 식은땀을 흘리며 덜덜 떨다가 고개를 젓기를 반복했다. 부정한다고 해서 달라지는 일이 아니었다.

"꼭 이렇게 해야 믿으시겠어요?"

상현은 노신부의 휠체어에서 와인 따개를 꺼냈다. 칼을 뽑아낸 다음 제 가슴팍에 깊숙이 찔러넣었다. 살이 갈라지면서 피가 흘렀다. 상현은 노신부의 손을 가져와 상처에 갖다대주었다. 노신부가 손을 뒤로 뺐다. 노신부의 손에 묻은 피를 수건으로 닦는 사이 가슴팍에 난 상처는 스르르 자취를 감추었다.

"다시…… 한번만……"

상현은 다시 상처를 내고 노신부의 손을 가져왔다. 이번엔 내장이 다 드러나도록 깊숙이 칼을 찔러넣었다. 노신부의 손가락이 심장을 건드렸다.

"아! 남의 마음을 그렇게 꽉 잡으시면 어떡해요!"

노신부가 기겁을 하며 손을 뺐다. 노신부는 믿을 수 없다는 표정이었다. 상현의 눈에는 살과 피와 내장부위까지 훤히 보이는데, 노신부는 아무것도 믿으려 하지 않았다. 노신부의 손을 다시 가져와 상처에 댔다. 흘러나오는 피가 조금씩 멎고 있었다. 아물기 시작하는 상처를 잘 느낄 수 있도록 노신부의 손을 꼭 잡아주었다. 노신부의 입이 쩍 벌어졌다.

"다시, 다시 한번만……"

노신부는 도무지 믿기지 않는 표정이었다. 상현은 다시 칼로 상처를 내고 새어나오는 피를 만지게 해주었다. 몇 번을 그렇게 했다. 상현은 노신부를 밀쳐냈다.

"처음엔 이브 감염 증상이 나타났어요, 바이러스를 맞았을 때처럼요. 피를 토하고 수포가 다시 올라오고. 그러더니 햇빛을 받으면 살이 타들어가고……"

노신부는 입을 벌린 채 상현의 말을 들었다. 상현은 햇빛이 닿았던 그 순간의 고통이 떠올라 몸서리를 쳤다.

"어떻게 제가 그렇게 할 수 있었나 몰라요. 효성씨 피를, 약간 섭취했더니…… 죽지 않을 만큼이요. 약간. 그랬더니 수포가 사라졌어요. 뱀파이어 세포가 이브를 제압한 것처럼요."

 상현은 다시 효성씨의 피를 먹던 순간이 떠올랐다. 머리칼을 쥐어뜯었으며 울부짖었다.

"신부님, 수혈받은 피를 내가 고른 건 아니잖아요. 내가 되고 싶어서 된 건 아니란 말예요. 신부님 저 좋은 일 하러 거기 갔던 거 아시잖아요, 그렇죠?"

 상현은 울부짖었다.

"그런데요, 도대체 살인하지 않고 사람의 피를 어디서 어떻게 구한단 말예요. 이젠 어쩌죠?"

 상현은 노신부의 무릎에 얼굴을 묻었다. 효성의 피만 빨아먹고 살 순 없었다. 하루만 지나도 수포는 다시 생겨났다. 매일 세끼 밥을 먹고 사는 사람들처럼 상현에게도 필요한 피의 양이 있었다. 살기 위해서는 피가 필요했고, 피를 구하기 위해서는 누군가를 죽여야만 했다.

 상현의 머릿속에서는 동물들을 습격하는 늑대인간이나, 사납고 추악하게 생긴 짐승들이 그려졌다. 피에 굶주려 닥치는 대로 살생을 저지르는 그 괴물들의 얼굴이 더이상 추악하게 그려지지 않았다. 입가에 묻은 붉은 피를 긴 혓바닥으로 훔쳐내는 괴물들이 그저 섭생을 위해 자기 할 일을 한 것이라고 상현을 무연히 바라볼 뿐이었다. 상현은 사납고 추악한 그들의 섭생을 지켜보고 연민하는 한 명의 방조자가 되어가고 있었다.

"일단은······."

조용히 듣고만 있던 노신부가 입을 열었다. 노신부는 와인 따개에 달린 칼을 조심스럽게 빼냈다.

"주님께서 먹을 걱정은 말라고 하셨습니다. 하늘을 나는 새도 먹이신다고."

노신부는 칼로 손등을 그었다. 검버섯 핀 노신부의 손등에서 피가 새어나왔다. 그가 손을 내밀었다. 피의 손. 상현은 자리에 주저앉고 말았다. 상현은 두 손으로 피 흐르는 팔을 받쳐들고 공손하게 고개를 숙였다. 그리고 노신부의 손등에 입을 댔다. 피 냄새를 맡자 망설임과 죄책감은 꼬리를 감추었다. 있는 힘껏 피를 빨았다.

"살인하지 마세요!"

피를 빨고 있는 상현의 귓가에 노신부의 말이 울려퍼졌다. 상현은 입을 떼지 않은 채 고개를 끄덕였다. 살인을 하지 않고 피를 구할 수 있는 법······ 과연 그게 가능하긴 할까?

태주는 성당 의자에 무릎을 모으고 앉아 있었다. 해가 지고 있었다. 해가 지자, 성당 마룻바닥에 은총처럼 깔려 있던 햇볕이 모두 사라지고 없었다. 음산한 냉기가 돌았다. 졸음이 왔다. 라여사에게 봉사활동을 간다고 했으니, 고아원에 들르지 않을 수 없었다. 거머리처럼 달라붙는 아이들에게 어깨와 양 팔과 무릎을 내어주고 애써 웃고 말을 붙이느라, 그리고 빨래를 해대느라 힘을 다 빼버렸다.

　한기가 와서 자꾸 몸이 떨렸다. 한기를 떨쳐내기 위해 주먹을 꼭 쥐었다. 손 안 가득 들어찼던 상현의 뜨거운 육체가 전해져오는 것 같았다. 분명 일요일이라고 했는데…… 일요일, 부활절, 성당. 상현의 암호를 잘못 알아들은 것은 아닌지, 태주는 불안했다.
　눈을 감았다. 오래 전 상현이 건네주었던 조약돌 하나가 떠올랐다. 바지주머니 속에서 막 꺼낸 따뜻한 조약돌. 반질반질 윤이 나던 새카만 조약돌. 태주의 손에 조약돌을 올려놓곤 말없이 서 있던 어린 상현의 모습도 어렴풋이 기억났다. 상현의 체온을 그대로 전해주었던 그 조약돌이 무슨 징표라도 되는 양 태주는 손에 꼭 쥐고 다녔었다. 어린 시절 상현은 주머니 속 조약돌처럼 든든하고 따뜻한 존재였다. 태주는 상현의 몸을 끌어당기듯 제 어깨를 꼭 감싸안았다. 몸을 동그랗게 말고 누워 상현이 오기를 기다렸다. 영영 오지 않을 사람을 기다리는 것만 같았다.
　문이 열리고 어둠이 밀려들어오는 것을 어렴풋이 느꼈다. 고개를 들었다. 상현이었다. 눈물이 흘렀다. 눈물은 저절로 흐른 것이었다. 성당을 나온 상현은 어둠 속을 성큼성큼 걸어갔다. 그 뒤를 태주가 말없이 따라갔다. 태주의 구둣굽 소리가 어둠 속에 울려 퍼졌다.

그가 나를 데려다주리라

상현을 따라 도착한 곳은 병원 입원실이었다. 소독약 냄새가 났다. 그것은 죽음의 냄새 같기도 했고, 짓밟힌 곤충에게서 흘러나오는 진물 냄새 같기도 했다. 어디선가 피 냄새가 나는 것도 같았다. 어정쩡하게 서 있는 태주를 상현이 번쩍 안아올려 침대 위에 앉혔다. 상현은 무릎을 꿇고 앉아 태주를 올려다보았다.
 "태주씨를 안는 거는요…… 무슨 물 속에 있는 것 같고…… 거의 육체가 아닌 것 같고…… 하여튼 그게 죄라는 게 믿기지가 않아요."
 상현은 조심스럽게 태주의 구두를 벗겨내며 말했다. 상현의 목소리가 심하게 떨리고 있었다. 상현은 양말을 마저 벗겨내고 두 발을 움켜쥐었다.
 "와줘서 고마워요…… 다시는 오지 마세요."
 "불쌍한 사람 도와주러 왔는데두요?"
 상현의 손이 종아리를 지나 무릎으로 올라왔다. 조금씩 위로 올라올수록 배꼽이 지릿지릿해왔다. 태주는 허리를 살짝 비틀면서 다리를 벌렸다.
 "이러면 죄가 더 커요."
 "나는 신자도 아닌데요…… 나한텐 그냥 불쌍한 노총각이에요."
 태주에게 상현은 결코 불쌍하지 않았다. 불쌍한 것은 태주 자신이었다. 끝끝내 불쌍하게 살지는 말라는 신의 선물, 태주는 상현을 그렇게 여기기로 했다. 어쩌지 못하고 허벅지를 쓰다듬는 상현의 두툼한 손이 느껴졌다. 태주는 몸을 틀고 다리를 벌려 상현의 손이 좀 더 깊숙한 곳으로 침범하도록 도와주었다.

"이러다 우리 둘 다 지옥 가요."

"나는 신앙이 없어서 지옥 안 가요."

지옥 구경이라도 한번 시켜줘요. 여기만 하겠어요. 당신은 지옥이 어떤 데인지 결코 알 수 없는 사람이에요. 나는 지옥을 잘 알아요. 지옥을 보여줄까요?

태주의 몸놀림이 격해졌다. 상현은 태주의 가랑이 사이에 얼굴을 묻었다. 허벅지에 뺨을 부벼대며 뜨거운 숨을 내뿜었다. 상현은 태주의 가랑이 사이에서 성소를 찾고 있는 듯했다. 열정적으로 기도하는 신부의 정수리가 보였다. 태주는 상현의 애처로운 모습이 더욱 마음에 들었다. 더 똑바로, 더 자세히 그 애처로움을 목격하고 싶어서 두 손을 뻗어 상현의 뺨을 감싸고 얼굴을 들어올렸다. 상현이 허벅지에서 얼굴을 빼고 천천히 올라왔다. 상현은 신경질적으로 로만칼라를 빼내 던지곤 절망적인 목소리로 말했다.

"나는요, 끔찍한 병에 걸렸어요."

"나는 지긋지긋하게 건강해요, 한 번 아파서 누워보는 게 소원이야."

태주는 이 순간을 모면하려는 상현의 그 어떤 말들도 용납하기 싫었다. 상현의 얼굴을 끌어당겨 안았다. 목덜미에 상현의 숨결이 와 닿았다. 간지러움에 고개를 뒤로 젖히는 순간, 상현이 목덜미를 깨물었다. 장난을 치는 거라고 생각하기에는 너무나 셌다. 태주는 상현을 밀쳐냈다. 상현은 엉덩방아를 찧으며 터무니없이 넘어졌다. 그 순간, 커튼 뒤쪽에서 인기척이 느껴졌다. 코 고는 소리가 비로소 들렸다. 몸에 찬 기운이 끼쳤다. 태주는 커튼으로 가려진 침대 쪽과 상현의 얼굴을 번갈아 쳐다보곤 자리에서 일어나 커튼을 열어젖혔다. 거기 한 남자가 누워 있었다.
"괜찮아요, 효성씨 참 좋은 분인데…… 의식이 없어요."
코를 골고 있긴 했지만, 살아 있는 육체 같지가 않았다. 호스를 꽂고 있는 거대한 살덩이. 의식도 없이 누워 있는 저 살덩이를 과연 산 사람이라 할 수 있을까?
"바이탈싸인에 문제가 생기지 않는 한은 밤에 여기 올 사람 없어요."
"저런, 딱하기도 하지."
커튼을 닫았다. 다시 침대로 가 걸터앉았다. 상현이 태주를 쳐다보며 웃었다. 태주도 따라 웃었다.
"기억나요? 옛날에 강우가 태주씨 발 만져보라고 하곤 그랬는데. 그땐 만지고 싶어도 못 만졌었는데. 만지기도 전에 부끄러워 도망가곤 그랬잖아."
태주는 자신의 딱딱한 발을 만져주는 상현의 손을 물끄러미 쳐다보았다. 허리를 굽혀 상현의 손을 잡았다. 두툼한 엄지손가락. 태주는 상현의 엄지손가락을 만지작거렸다. 상현이 태주의 얼굴을 쳐다보며 무슨 말을 하려다 말았다. 태주는 보란 듯이 상현의 손가락을 가져다 입에 넣었다. 시고 달고 짭짤했다. 비릿한 냄새가 나는 것도 같았다. 입 안에 꽉찬 엄지손가락이 꿈틀거리는 것이 느껴졌다. 상현이 손가락을 빼며 무슨 말을 하려는 듯 입술을 움직이려 하자, 태주는 손마디를 이로 딱 붙들고 세차게 손가락을 빨았다.

　태주가 입에 물고 있는 것은 단지 찝찌르한 엄지손가락이 아니었다. 그것은 오그라들었다가 부풀기를 반복하는 살아 있는 생명체. 폭풍우 치고 비를 뿌리고 태양빛으로 뜨겁게 달구는 거대한 자연. 속을 뜨끈하게 채워줄 일용할 양식이었다. 그것의 끄트머리에 혀끝을 대면 그것은 몸을 쭉 펴서 태주의 목젖을 간질였다. 혀를 말아 몸을 감싸면 그것은 주름들을 빳빳이 잡아당기며 매끄럽게 부풀었다. 태주는 입 안 가득 들어찬 상현의 일부를 마음껏 즐겼다. 몸이 근질거렸다. 허리가 뒤틀리고 배꼽이 저릿했다.

　상현은 태주에게 손을 내맡긴 채 고개를 푹 숙였다. 태주의 발등에 상현의 입김이 닿았다. 봄날의 감미로운 미풍. 상현은 태주가 그랬던 것처럼 태주의 엄지발가락을 입 안 가득 물었다. 뜨겁고 축축한 상현의 속. 상현은 힘차게 혀를 놀렸다. 온몸이 상현의 입 안으로 빨려들어가는 것 같았다. 뭉뚝한 엄지발가락과 두툼한 엄지손가락.

　태주는 상현의 손을 잡아끌며 침대 위에 누웠다. 상현은 태주가 이끄는 대로 태주 위로 올라왔다. 빤히 보면서 다가오는 상현의 얼굴. 태주는 눈을 감았다. 어깨에 상현의 입술이 닿는가 싶더니

그가 나를 데려다주리라

이의 날카로움이 느껴졌다. 태주는 반사적으로 비명을 지르며 상현의 머리칼을 움켜쥐었다. 상현이 손으로 입을 막으며 태주 몸속으로 들어왔다.

상현은 태주가 상상한 것보다 훨씬 더 힘차고 강렬했다. 동정을 바치는 소년처럼 수줍어하는가 하면 힘차게 누르고 당기고 용두질칠 땐 그 짓을 위해 태어난 사람처럼 느껴지기도 했다. 처음으로 맛보는 강렬한 섹스였다. 상현은 짐승처럼 울부짖었다. 신음소리가 속 깊은 곳에서부터 솟아올라왔다. 태주는 제 속에 숨어 살던 날짐승이 날개를 펴고 날아오르는 것을 느꼈다.

허기가 졌다. 꽉 찬 듯하면서도 커다란 덩어리가 쑥 빠져나간 기분이었다. 태주는 커튼을 열어젖혔다. 효성은 아까와 같은 모습으로 누워 있었다. 테이블 위에 놓인 부활절 달걀을 보았다. 달걀 바구니를 꺼내 다시 제자리로 돌아왔다.

벽에 머리를 기대고 앉아 달걀을 한 입 베어 물었다. 목이 메었다. 어찌 알았는지 상현이 냉장고에서 식혜를 꺼내와 내밀었다. 태주도 먹던 달걀을 상현에게 내밀었다. 상현은 빙그레 웃으며 고개를 저었다.

"식사하셨어요? 나는 이렇게 배가 고픈데."

"아, 예……"

"다음 주에는 낮에 보면 안 돼요?"

"제가 낮에는 좀……"

"더 오래 있을 수 있잖아요."

상현은 고개를 떨어뜨리며 크게 한숨을 쉬었다.

"태주씨한테는 숨기고 싶지 않아요. 내가 걸린 병…… 그러니까…… 나는 일종에…… 음……"

태주는 픽 웃음을 터뜨렸다.

"무슨 죽을 병에라도 걸렸어요? 그래서 사랑할 수 없고, 뭐 그런 거예요? 드라마처럼?"

상현은 웃지 않았다. 화가 난 사람처럼 입술이 움찔거리는 것이 보였다. 무언가 설명을 하려는 듯하다가는 다시 입을 다물었다. 상현이 벌떡 일어났다. 그리곤 효성의 침대로 뚜벅뚜벅 걸어갔다. 상현은 커튼 안쪽으로 들어가버렸다. 태주는 상현이 화가 난 것인지 따라오라는 건지 알 수 없었다. 덜그럭거리는 소리가 들렸다. 무슨 일이 일어나는 것만은 분명했다.

태주는 천천히 커튼을 향해 다가갔다. 그리고 있는 힘껏 커튼을 열어젖혔다.

내달렸다. 뒤도 안 돌아보고 달렸다. 두려움이 온몸을 휘감았다. 바람의 감촉도, 획획 지나가는 풍경들도 눈에 들어오지 않았다. 병원과 집 사이에 검은 터널이 곧게 뚫려 있는 듯했다. 두려움이

그가 나를 데려다주리라

라는 거대한 산을 뚫은 터널. 태주는 현관문을 열고 곧바로 목욕탕으로 들어가 문을 잠갔다.

수납장 위에 숨겨둔 담배를 꺼내는 손이 바르르 떨렸다. 진정이 되질 않았다. 태주는 자신이 본 것이 무언지에 대해 차분히 생각할 시간이 필요했다. 불을 붙이고 깊게 연기를 들이마셨다. 그래도 진정이 되질 않았다. 상현은 분명 효성의 피를 마시고 있었다. 입가에 흘러내리던 그 붉은 피. 믿을 수가 없었다. 헛것을 보았는지도 몰랐다. 목덜미에 닿았던 상현의 이…… 번개처럼 목덜미의 감촉이 되살아났다. 태주는 목덜미에 손끝을 갖다댔다. 손끝을 천천히 움직이며 목덜미를 쓰다듬었다. 그 감촉은 점점 사라져갔다. 상현을 향해서 질문들이 쏟아지고 있었다. 직접 설명을 듣지 않고서는 도무지 이해할 수 없는 일이었다.

드르륵 창문 열리는 소리가 들렸다. 그리고 그곳에 상현이 서 있었다. 도둑고양이처럼 소리도 없이 창문턱을 뛰어넘어 욕실 안으로 들어와 있었다. 상현은 쥐새끼처럼 날렵했다. 상현의 손이 태주의 입을 틀어막았다.

"나는요, 살인은 안 해요. 효성씨만 해도 그래요…… 그분이 의식만 있었으면 자기가 먼저 피를 가져가라고 했을걸요?"

단호한 목소리였다. 상현의 얼굴을 쳐다보자 목덜미에 닿았던 이빨의 감촉이 섬뜩하게 되살아났다. 금방이라도 그 이빨이 목덜미를 뚫고 태주의 피를 빨아댈 것만 같았다. 태주는 눈을 질끈 감고 바들바들 떨기만 했다.

"태주씨도 그 카스테라 얘기를 들었어야 되는데…… 아이 씨…… 진짜."

상현이 몸을 떼고 변기 쪽으로 가서 바닥을 보면서 혼잣말을 했다.

"교통사고 때문에 다친 사람을 욕하는 법은 없잖아요. 누가 무슨 병 걸렸다고 비난하지는 않잖아요!"

태주는 상현의 눈에 고인 물기를 보았다. 금방이라도 주르륵 흘러내릴 듯 눈물이 꽉 차올랐다. 어느 순간 공포가 측은함으로 변해가는 것을 느꼈다. 상현은 세면대에 손을 짚은 채 태주 쪽으로 몸을 바짝 들이댔다.

"난 좋은 일 하러 거기 갔던 거예요!"

상현이 힘을 주는 바람에 세면대 일부가 툭 떨어지며 시끄러운 소리를 냈다. 상현은 개의치 않고 말을 이었다.

"내가 뱀파이어인 게 뭐가 중요해요? 태주씨, 내가 신부라서 나한테 그랬어요? 아니잖아요, 거 봐요. 신부라는 건 그냥 직업이잖아요. 그런 거처럼 뱀파이어인 것두 그냥…… 그냥…… 식성이나…… 뭐…… 생활 리듬의 문제 같은 거예요…… 사람이 사람을 사랑하는 데 그런 게 뭐 중요해요?"

태주는 눈을 감은 채 상현의 목소리를 들었다. 무언가가 정확해지는 순간이었다. 태주는 침착해졌다. 상현을 기꺼이 연민해줄 수도 있을 것 같았다. 이미, 태주는 상현을 연민하고 있는지도 몰랐다. 상현의 입에서 뱉어져나온 사랑이라는 말은 흐려졌던 태주의 의식을 명료하게 했다.

"나랑 같이 가요, 내가 이 지옥에서 데리고 나가줄게요. 나랑 하는 거 좋았죠? 그죠? 아까 좋아했잖아요. 강우랑 재미없잖아요. 안 그래요?"

상현이 세면대를 내리치며 소리를 질렀다. 태주는 눈을 감은 채 상현의 움직임을 상상했다. 나를 어디로 데려가겠다는 걸까? 상현이 데려가줄 수 있는 곳이 과연 어디일까? 여기서 나갈 수만 있다면 그곳이 어디든 상관없지 않을까? 수많은 질문들이 꼬리를 물고 이어졌다. 그때 상현이 태주를 번쩍 안아들었다. 태주는 감은 눈을 뜨지 않았다. 상현은 태주를 안고 창 쪽으로 몸을 돌렸다. 태주의 발이 변기 물탱크를 툭 건드렸다. 발에 밀려 떨어진 도기뚜껑이 요란한 소리를 내며 깨졌다.

"아가?"

라여사의 목소리였다. 라여사의 소리와 함께 상현의 움직임도 멈췄다. 이어서 마룻바닥을 삐걱이며 욕실을 향해 다가오는 라여사의 발걸음 소리가 들렸다. 태주는 그제야 감았던 눈을 뜨고 상현을 쳐다보았다. 상현은 미간을 잔뜩 찌푸린 채 문 쪽을 쳐다보았다. 상현의 눈동자가 짙은 어둠으로 반짝였다. 상현은 태주를 가만히 내려놓았다. 그리곤 사뿐히 창문턱으로 올라 창밖으로 휙 사라졌다. 상현은 처음 욕실로 들어올 때처럼 사라질 때도 창문으로 뛰어내렸다. 태주는 두 손으로 입을 막았다. 저도 모르게 신음 소리가 새어나왔다.

태주는 얼른 창밖을 내다보았다. 상현은 길바닥에 똑바로 서 있었다. 원래부터 거기 붙박여 있었던 사람처럼 꼼짝도 하지 않았다. 문 두드리는 소리가 났다.

"아가, 무슨 일 있는 거야? 괜찮니?"

"물이 안 내려가서요, 지금 내려갔네요. 걱정 마세요, 엄마. 금방 나갈게요."

태주는 길바닥에 서 있는 상현에게 눈을 떼지 않은 채 큰 소리로 말했다. 다시 멀어지는 라여사의 발걸음 소리가 들렸다. 태주는 상현이 한번쯤 고개를 들어 자신을 봐주기를 바랐다. 다시 올라와 자신을 가뿐히 안고 여기가 아닌 다른 곳으로 데려다줄 거라고 기대했다. 그러나 상현은 고개를 들지도 움직이지도 않았다. 상현이 방금 전에 했던 말들은 과연 진심이었을까. 정말로 나를 데리고 이 지옥을 탈출하게 해줄까. 태주는 멀어지는 상현을 쳐다보며 제 안의 어떤 열망들이 좀 더 간절해지고 확실해지는 것을 알아채가고 있었다.

태주가 상체를 창문 바깥으로 내민 순간, 꼼짝도 않고 있던 상현이 갑자기 뛰기 시작했다. 먹잇감을 향해 돌진하는 야수 같았다. 어찌 보면 인간이 쏜 화살을 맞고 고통에 몸부림치는 동물 같기도 했다. 상현은 아아아, 고함 소리를 지르며 달렸다. 그녀가 밤마다 내달렸던 그 길을 상현이 달리고 있었다. 전속력으로, 고통에 찬 소리를 내며, 미친 듯이 달리고 있었다.

갑자기 멈춰선 상현이 가로등을 향해 주먹을 내뻗었다. 가로등은 반토막이 나 힘없이 꺾어졌다. 언젠가 태주의 맨발에 상현의 따뜻한 신을 신겨주었던 그 지점이었다. 가로등이 두 동강 나면서 전선줄이 끊어지고 불꽃이 일었다. 태주는 자신의 심장에서 소리를 들었다. 그것은 천둥 뒤에 곧바로 몰아치는 벼락같은 것이었다. 심장이 뛰고 피가 거꾸로 솟구쳤다.

그가 나를 데려다주리라.

태주는 멀어져가는 상현의 뒷모습을 바라보며 생각했다. 태주는 멀어져가는 상현의 뒷모습을 바라보며 입술을 잘근잘근 깨물었다. 입 안에 단맛이 돌았다.

그는 사제복을 입은 뱀파이어다. 그에겐 인간은 지닐 수 없는 괴력이 있다. 그는 진정 붕대 감은 성자이다. 태주는 비로소 한 명의 성자를 믿는 신자가 되어 있었다. 기적을 목격하고 예수를 믿게 된 성서 속의 인간들처럼.

태주는 주먹을 꼭 쥐었다. 그러자 안정감이 느껴졌다. 태주를 둘러싼 앞으로의 일들에 대해 막연한 자신감이 생겼다. 태주는 생각했다. 이게 바로, 믿음이구나.

천국을 현현하는 여자

✝

　수염이 언제 이렇게 길었나. 이렇게 누워 있으면서도 쑥쑥 자라는 거 보면 신기하지? 자, 내가 면도해줄게 효성씨. 류간호사가 아무래도 수염은 잘 못 깎는 거 같아. 효성씨도 류간호사가 좋지? 효성씨 가기 전에 먼저 가서 기다리겠다고 자살 기도 한 게 벌써 네 번이야. 내가 아무리 다른 남자 찾아보라고 해도 말을 듣질 않아. 그만하면 도망갈 만도 한데.
　효성씨는 알죠? 나, 정말 사람 살리는 일 하고 싶었던 거. 효성씨 아니었으면 나 거기 아프리카까지 가지 않았을 거야, 뱀파이어도 되지 않았을 거구. 나 거기서 매일 피리를 불었어, 효성씨 생각하면서. 편지도 쓰고 그랬는데. 내가 이러는 거 효성씨도 이해하죠? 원래 불쌍한 사람 못 보는 사람이잖아. 그렇죠? 하루 종일 품고 다녔던 카스테라, 그 거지들한테 주면서 행복했다고 그랬잖아. 언제 또 만져볼지 모를 카스테라를 덥석 주던…… 효성씬 정말 착한 사람이잖아. 나한테 피 좀 나눠주는 거, 그냥 나한테 카스테라 나눠준다고 생각해. 그분은 다 알고 계실 거야. 복 받을 거야. 당신이 지금 하고 있는 봉사…… 우린 복 받을 거야.

아까 들었어요? 태주씨랑 나랑 그러고 있는 거? 태주씨한테는 그렇게 봉사하는 거 맞는 거잖아…… 그 방법밖에는 없잖아. 노신부님은 육체를 잘라버리라고 하지만, 어떻게 육체를 잘라, 안 그래? 신이 주신 선물이잖아. 나는 신을 믿어. 내가 이러는 것도 다 뜻이 계신 거라고…… 내가 왜 뱀파이어가 되었어야 했는지 인제 좀 알겠다니까…… 뱀파이어가 안 됐으면 어떻게 태주씨를 구원하려고 했겠어, 내가?

불쌍한 여자예요. 효성씨도 태주가 라여사한테 맞는 거 봤어야 해. 노예처럼 살았던 거야. 내가 계속 여기 있었으면 그렇게 안 두었을 텐데. 내가 신부가 안 되었으면 그 사람, 사람처럼 살게 도왔을 텐데…… 그녀는 내가 구원해주길 바라. 효성씨도 그 사람 눈빛을 봤어야 하는데…… 아니다, 효성씨라면 안 봤어도 다 느낄 수 있겠지.

몸이 왜 이렇게 불었어, 효성씨. 이렇게 누워 있는데도 피둥피둥한 거 보면 효성씨는 죽지 않을 거야. 영원히 그렇게 누워 있어 줘…… 그래야 내가 사람 안 죽이고 나도 안 죽지. 그래야 태주씨를 온전하게 구원해주지. 노신부는 내가 효성씨 피 먹는 건 괜찮다고 하면서 태주씨하고는…… 안 된다고만 해요. 그게 뭐야. 내가 남의 것 빼앗아 먹는 건 되고, 남 도와주는 건 안 되고……

 이것 좀 봐, 또 수포가 생기잖아. 얼마나 자주 먹어야 하는지, 얼만큼 먹어야 하는 건지 알 수가 없어. 몸은 점점 더 많은 피를 원해. 먹어도 먹어도 허기가 가시지 않아. 그래도 나는요 효성씨, 지금이 훨씬 더 좋아요. 맨날맨날 파리하게, 눈물이나 흘리며 기도나 하다가, 노신부처럼 늙어가게 될까봐, 내가 얼마나 두려워했는지…… 효성씨는 이 두려움은 모를 거다, 이제야 내가 진정한 사제가 되는 중이야.

 내가 비천에 처할 줄도 알고 풍부에 처할 줄도 알아 모든 일에 배부르며 배고픔과 풍부와 궁핍에도 일체의 비결을 배웠노라…… 우리 어릴 때 배고플 때마다 읊조렸잖아요. ……기억나죠? 그땐 나 그 뜻 하나도 몰랐어. 내가 악에 처할 줄도 알고 죄에 처할 줄도 알아 모든 일에 배부르며…… 정말로 궁핍하며…… 이젠 진짜 일체의 비결을 배우는 느낌이야. 효성씨 나 진짜로 행복해……

 전화벨이 울렸다. 네번째 병을 채웠을 때였다. 태주에게서 온 전화였다. 이미 담은 병만 스포츠백에 챙겨넣었다. 효성의 낯빛이 유난히 말갛고 깨끗해 보였다.
 태주를 만나기로 한 곳은 시내의 한 건물 옥상이었다. 건물 벽을 기어오르면서 상현은 손등에 솟아난 수포들을 발견했다. 하나의 수포가 온몸으로 번지는 데에는 그리 많은 시간이 필요치 않았다. 태주를 설득하고 달리는 동안 너무 많은 힘을 뺐기 때문인지도 몰랐다. 상현은 손톱을 세워 벽을 타는 동안 태주가 어떤 결정을 내릴지 생각해보았다. 아무 생각도 나지 않았다.

옥상에 도착한 순간, 태주가 비상문을 열고 나오는 것이 보였다. 태주는 상현을 똑바로 쏘아보며 한 발 한 발 천천히 다가왔다. 잡아먹을 듯 이글거리는 눈빛이었다. 상현은 태주의 눈빛을 마주하면 없었던 힘이 생기는 듯했다.

태주의 숨소리가 점점 더 크게 들려왔다. 지극히 평화롭고 안정된 숨소리였다. 막 씻은 듯 비누 냄새가 났다. 약간 비릿하면서도 달큰한 냄새였다. 상현도 안정감을 느꼈다. 상현은 둘 사이에 흐르는 이 팽팽한 평화가 사무치게 마음에 들었다. 이 평화를 위해서라면 갈등 없는 봉헌을 할 수 있을 것 같았다.

태주는 딱 한 발짝만큼 떨어져 서서 상현을 쏘아보았다. 손을 뻗으면 잡을 수 있는 거리였지만 상현에게는 지구 반대편에 있는 아프리카보다 더 멀게 느껴졌다. 상현은 그 거리를 좁힐 수도 달아날 수도 없었다. 그저 태주의 눈을 들여다보며 무슨 말이라도 해주길 기다릴 뿐이었다.

힘이 빠졌다. 더이상 버틸 힘이 없었다. 몸 여기저기서 수포 터지는 소리가 들렸다. 고름 냄새가 진동했다. 상현은 제 몸이 썩어가는 냄새를 참을 수가 없었다. 들고 있던 스포츠백을 바닥에 떨어뜨렸다. 그리곤 풀썩 그 자리에 주저앉았다. 태주가 말없이 옆에 앉았다. 태주의 손이 상현의 손등에 가만히 올려졌다. 상현은 태주에게 무언가 보여주어야 한다고 생각했다. 보여주는 것 말고는 달리 할 수 있는 것도 없었다. 상현은 가방을 열고 병 하나를 꺼냈다. 효성의 피는 아직 온기를 잃지 않고 있었다.

 병뚜껑을 열었다. 향긋한 피 냄새가 올라왔다. 자, 어서 나를 마시라, 성스러운 이 피는 너와 나의 계약을 맺는…… 피는 성스러운 목소리로 상현을 자극했다. 상현은 서두르지 않았다. 등을 돌린 채 피를 마시기 시작했다. 피가 식도를 타고 위장으로 내려가는 것이 느껴졌다. 그와 함께 스르르 자취를 감추는 수포들의 움직임도 느껴졌다. 태주가 흡, 옅은 신음 소리를 냈다.

 고개를 쳐들고 마지막 한 방울까지 입에 털어넣었다. 태주가 상현을 돌려세웠다. 신기한 듯 동그래지는 태주의 눈동자가 보였다.
"흡혈귀라는 거…… 생각보다 귀엽네요."

 태주는 풋, 하고 웃음을 터뜨리곤, 생각난 듯 주머니에서 오백원짜리 동전 하나를 꺼냈다.
"구부릴 수 있어요?"
"그거 구부려서 뭐 해요, 그런 거보다…… 마술 보여줄게요."

 상현은 주머니에서 트릭카드를 꺼냈다. 고아원 아이들에게 보여주곤 하던 카드였다. 태주는 관심없다는 듯 오백원짜리 동전만 들이밀고 있었다. 상현은 어쩔 수 없이 태주에게서 동전을 받아 들었다. 동전을 구부리는 것쯤은 일도 아니었다. 그런 사소한 걸로 태주의 관심을 산다는 것이 마뜩치가 않았다. 상현은 종이를 찢듯이 간단하게 반으로 잘라 태주에게 내밀었다. 태주가 소리 내어 웃었다.

"그럼 여기서 뛰어내릴 수도 있어요?"

태주가 벌떡 일어나더니 옥상 난간 쪽으로 뒷걸음질쳤다. 자리에서 일어나 태주에게 다가갔다. 상현은 태주가 그랬던 것처럼 딱 한 발짝 앞에 서서 태주를 쳐다보았다.

"너무 높은가봐?"

태주는 실실 웃음을 흘렸다. 상현은 태주를 번쩍 안아들었다. 두 팔에 안긴 태주는 가벼웠다. 태주를 안고 반대편 난간으로 걸어갔다. 그리곤 있는 힘껏 도움닫기를 해 옆 건물 옥상에 뛰어내렸다. 상현의 목을 감아쥔 태주의 손에 힘이 들어갔다. 상현은 도약해서 아래 옥상으로 다시 건너편 옥상으로 뛰어다녔다. 바람이 귓가를 스쳐 지나갔다. 태주는 어린애처럼 웃었다. 태주의 웃음소리가 분수처럼 하얗게 부서졌다.

상현은 땅바닥에 착지했다. 더이상 뛰어내릴 건물 옥상이 보이지 않았다. 상현은 태주를 안고 뛰어내렸던 건물 옥상을 올려다보았다. 태주는 기대에 찬 눈빛으로 상현을 쳐다보았다. 목에 힘을 꽉 주는 것이 그대로 뛰어올라 옥상에 올려주기를 기대하고 있는 것 같았다. 뛰어내릴 수는 있어도 날아오를 수는 없다는 사실을 어떻게 말해야 할지 난감했다.

당신을 안고 내가 일으킬 수 있는 기적이란 바로 이런 거예요. 나락으로 내려갈 수는 있어도 높은 곳으로 다시 올라갈 수는 없는 것. 높은 곳으로 올라가려면, 당신을 여기 두고, 거미처럼 겨우 겨우 기어서, 손톱을 세워 벽을 할퀴면서 한 걸음 한 걸음 가야만 하죠. 나 혼자서.

상현은 태주를 안은 채 비상계단을 걸어올라가기 시작했다. 태주는 상현에게 매달린 채로 담배를 피웠다. 담배연기는 상현의 얼굴을 휘감아돌았다가 사라지곤 했다. 모퉁이를 돌 때마다 태주의 발이 계단 난간에 걸리지 않도록 조심조심하며 계단을 올랐다. 태주가 몸을 잔뜩 늘어뜨린 탓에 균형을 잡기가 힘들었다. 상현은 층계참에서 자세를 잡느라 태주를 고쳐안았다. 그때 태주가 눈을 찡그리며 신음 소리를 냈다.

"아파요."

걸음을 멈추고 태주의 치마를 들쳤다. 태주의 허벅지 안쪽에 채 아물지 않은 상처가 있었다. 이미 오래된 듯한 상처와 생긴 지 얼마 되지 않은 상처들도 보였다. 딱정이를 보는 순간 상현은 태주의 뺨을 후려치던 라여사와, 사람들 앞에서 함부로 태주를 넘어뜨리던 강우가 떠올랐다.

"강우가 그랬어요?"

태주는 긍정도 부정도 하지 않았다. 상현은 태주의 얼굴에서 고통을 찾아내려 했다. 하지만 태주는 담배연기만 빨아댈 뿐이었다. 상현이 재차 물었다.

"강우가 그런 거죠? 자주 그래요?"

"자주는 아니고……"

태주는 내키지 않는다는 듯 말을 얼버무렸다.
"내가 강우를 아까 그 동전처럼 만들어줄까요?"
상현은 처음으로 누군가를 죽이고 싶다는 강렬한 욕망을 느꼈다. 피에 목말라 있을 때에도 느껴보지 못한 감정이었다. 태주를 위해서라면 뭐든 할 수 있을 것 같았다. 상현은 온전한 악을 몸소 실천함으로써 태주 앞에 기적을 선물하고 싶었다. 아니, 태주 앞에서 몸소 악을 응징함으로써 정의가 살아 있다는 것을 보여주고 싶었다. 그래서 희망이라는 게 무엇인지를 태주가 느끼게 된다면 얼마나 좋을까. 봄날에 꽃봉오리가 터지듯, 태주의 삶이 환하게 터지는 순간을 그려보았다.
입을 꼭 다물고 아무 대답도 안 하던 태주가 불현듯 팔에 힘을 주며 상현을 바싹 끌어안았다. 태주는 울고 있는 것도 같고, 웃고 있는 것도 같았다. 울고 있든 웃고 있든, 그 순간 태주가 상현을 믿고 있다는 것만은 확실했다.
"나하구 가요, 아무 데나."
상현은 태주의 귀에 입을 바싹 대고 말했다. 태주는 한참 동안 상현을 쳐다보았다.
"나는요, 평생 그 사람들 강아지로 살았어요. 병신 먹이고 재우고, 자위하는 것까지 도와주면서…… 아시죠? 난 거의 처녀나 다름없어요. 걔는요, 워낙 병신스러워서 내가 같이 안 먹으면 지 약두 안 먹으려고 했어요. 어째서 난 안 죽었는지 몰라, 굼벵이며 지네며 그 별의별 혐오식품하구 이상한 약들을 다 마시고 삼켰는데……."

 태주의 목소리가 꿈결처럼 아득하게 들려왔다. 상현은 두 팔에 힘을 주며 태주를 보듬어 안았다. 강우와 라여사에 대한 증오심과 태주에 대한 측은함이 함께 솟아올랐다.

 "그런데 이제 와서 도망가면, 뭐가 돼요? 은혜도 모르는 년, 이딴 소리밖에 더 들어요? 결국 또 내 부모 욕하구 고아가 어떠니 저떠니…… 안 그래요?"

 상현은 아무 말도 할 수 없었다. 옥상에 다다라서도 상현은 태주를 내려놓지 못했다. 상현은 태주를 안은 채 옥상을 배회하며 바람을 쐬었다. 어디로 갈 수 있을까? 아무 생각도 들지 않았다. 태주가 손을 풀며 내려달라는 기색을 보였다. 상현은 태주를 조심스럽게 내려놓았다. 태주는 그 자리에 풀썩 주저앉으며 말했다.

 "봉사활동 가는 거 싫어해요, 우리 집 병신이요."

 "강우고, 어머니고 다 죽여버릴까?"

 상현은 제가 뱉어낸 말을 믿을 수 없었다. 제 목소리가 아닌 것만 같았다. 사악하긴 하나, 삿됨은 깃들지 않은 이상한 음성이었다. 상현은 제 속에 숨어 살고 있는 짐승을 생각했다. 그 낯설고 광포한 짐승들이 송곳니를 드러내며 으르렁거리는 소리를 들었다. 몸 속에 기생하던 목숨들이 상현을 잠식하다가 온몸 구석구석까지 번식하는 소리가 메아리쳤다. 마침내 상현의 전부를 장악해가고 있는 낯선 짐승이 느껴졌다. 상현은 비로소 자신이 누구인지, 자신의 사명이 무엇인지 알게 된 듯했다. 어쩌면 누구인지 전혀 알 수 없게 되었는지도 몰랐다.

 상현은 수만 번씩 지옥과 천국을 왕래했다. 지난날들은, 신실함이라는 물건을 팔기 위해 상인처럼 지옥과 천국의 국경을 왕래했다면, 지금의 상현은 이중첩자처럼 지옥과 천국의 국경을 넘나들었다. 이중첩자로서 국경을 넘는 일은 그 국경을 허물어버리는 일과 같았다. 상현은 국경을 허물어버림으로써 과업을 완수하고자 하는 비극에 휩싸인 이중첩자였다.

 태주가 두 손으로 상현의 얼굴을 감싸고 부드럽게 쓰다듬어주었다. 상현은 마음이 안정되는 것을 느꼈다. 어느 것이 지옥이고 어느 것이 천국인지 분간이 가질 않는 지금, 무엇보다 분명한 것은 태주의 품이 천국이라는 사실이었다. 피부로 느낄 수 있고 감각할 수 있는 이 사실들. 언제나 막연하기만 했던 천국이 이렇게 감각적으로 현현한다는 이 사실만으로 상현은 힘이 차올랐다.

 태주가 불현듯 놀라 시계를 들여다보았다.

 "시간 없어요…… 안아주세요, 빨리."

 상현은 착한 아이처럼 태주를 와락 끌어안았다. 텅 비어 있던 몸이 비로소 가득 차는 느낌이었다. 기쁨으로 온몸이 뜨거워졌다. 상현은 결심했다. 내 앞에 천국을 현현하는 이 여자. 이 여자를 위해 순교를 하겠다고.

참으로 복된 밤

✝

 현신부님.
 봄이 오는 소리가 들려요. 죽은 것처럼 보였던 나뭇가지에서 새순이 올라오는 것도 보여요. 죽고 되살아나고, 헐벗었다가 채워지고, 얼었다가 녹는 이 신비로운 자연에 비하면, 인간은 얼마나 단순한지. 인간들도 그렇게 한철은 살고 한철은 동면을 하면서 살 수 있다면 얼마나 평화로울까요. 저는 이 봄을 견딜 수가 없습니다.
 오랜만에 효성씨를 목욕시켰습니다. 예전에는 옷 하나 벗기기도 힘들어서 땀범벅이 되곤 했는데, 어쩐지 부쩍 가벼워진 느낌이 들었어요. 수염도 깎고 발톱과 손톱도 깨끗이 손질했습니다. 새로 사온 속옷을 입히고 빳빳하게 다려진 새 환자복까지 입혀놓으니 꼭 새신랑 같아 보이네요. 효성씨 손을 잡고 결혼식을 올리는 게 제 유일한 소원이었는데…… 아무래도 그 소원은 저곳에 가서 이루어야 할 듯합니다.

이젠 더이상 견딜 수가 없습니다. 효성씨의 숨이 다해간다는 걸 느낄 수 있습니다. 효성이 죽는 걸 지켜볼 자신이 없습니다. 차라리 먼저 가서 효성씨를 기다리는 편이 나을 듯합니다. 신부님이 살아 돌아오셨을 때는 희망이 보였더랬습니다. 효성도 곧 살아날 거라는, 기도에 응답하신 신의 음성. 하지만 그 희망이 헛된 것이라는 걸 이제야 알겠습니다.

그동안 제 생떼를 받아주시느라 고생하셨습니다. 번번이 고해성사실로 달려가 그분을 욕되게 하곤 했었지요. 모습을 보여주시든가 목소리라도 들려줘야 하는 게 아니냐고, 무슨 신호라도 보여주어야 하는 거 아니겠냐고, 백날 기도만 하면 무엇 하느냐고, 바락바락 소리를 지르곤 했었지요. 그분을 버릴 생각입니다, 이제는. 효성을 살리는 게 그분의 뜻이 아닌 걸 알기에……

사탄을 위한 순교라고 하셨지요. 제가 자살을 시도할 때마다 신부님은 그렇게 말씀하셨습니다. 살인 중에서도 가장 죄질이 나쁘다고. 지옥에서 무기징역감이라고. 그분을 버린 이상, 가장 죄질이 나쁜 방법으로, 그분이 주신 목숨을 버릴 생각입니다. 무기징역을 받아도, 사탄을 위한 순교라 해도, 지금보다는 나을 것 같습니다. 효성씨와 함께 죽을까 하는 생각도 했습니다. 누구도 그의 죽을 권리를 지켜주지 않을 테니까요. 하지만 그의 죽음을 볼 용기까지는 없네요. 그냥 먼저 가서 기다리면, 곧 따라오겠지요. 기다리는 동안 저는 참

행복할 것 같습니다.

  마지막 고해를 하고 떠날 생각이었습니다. 효성의 입원실에도 들르질 않으시고, 고아원 아이들에게 마술쇼도 보여주지 않으시니, 만날 수가 없었습니다. 신부님의 마술쇼, 서툴러도 재밌었는데. 그래도 연습은 좀 더 하셔야 할 거예요. 아이들이 다 알고 있는걸요. 신부님도 괴로우신 거겠지요. 혼자 살아 돌아오셨으니, 그런데도 효성은 일어나지 못하니, 그러시겠지요. 어쩌다 보게 된 신부님 표정이 전에 없이 어둡고 지쳐 있더군요.

  신부님이 내려주었던 처방을 돌려드릴게요. 성모송 스무 번 드리고 햇볕을 많이 쬐고 찬물로 샤워를 하세요. 그리고 기도하세요. 응답 없는 그분이라도 신부님께는 어떤 응답을 드릴 테니까요. 이제 효성씨와 저는 잊으세요. 그렇게 한다고 약속해주세요. 시간이 다 되었습니다. 그냥 이렇게 가게 된 걸 용서해주세요.

  류간호사는 편지를 반듯하게 두 번 접어 탁자 위에 올려놓았다. 모든 준비가 끝났다. 이젠 행동에 옮기는 일만 남았다. 옷매무새를 가다듬고 침대에 걸터앉았다. 손목을 긋는 일 따위는 이제 하지 않을 것이었다. 왼쪽 손목에는 이미 실패의 흔적이 네 줄이나 남아 있었다.

  죽는 것도 쉽지 않았다. 손목에 칼을 대는 순간, 혼자 남을 효성의 얼굴이 떠올랐다. 환하게 웃는 효성의 얼굴은 손에서 힘이 빠지게 했다. 살 수 있으리라는 희망. 일말의 기대. 순간의 망설임이 항상 그녀의 죽음을 막아섰다.

신발을 벗고 침대 위에 누웠다. 미리 준비해놓은 링거줄에서 바늘 뚜껑을 뽑았다. 팔에서 혈관을 찾는 건 그리 어렵지 않았다. 염화에틸렌과 염산몰핀까지 넉넉히 넣었다. 오래 걸리지는 않을 것이었다. 고통도 없을 것이다. 마음이 편안했다.

팔뚝을 톡톡 쳤다. 혈관이 드러나 보였다. 바늘을 찔러넣으려는데, 누군가 그녀의 손목을 잡아챘다. 손목을 쥔 강력한 악력이 느껴졌다. 소스라치게 놀라 고개를 들었다. 현신부가 거의 울 것 같은 표정으로 그녀를 내려다보고 있었다.

"소용없어요, 신부님!"

류간호사는 눈을 부릅뜨고 단호하게 말했다.

신부는 류간호사의 손을 놓지 않았다. 짧은 침묵이 흘렀다.

"무슨 말을 하셔도, 제 맘은 돌리지 못해요!"

"죽기 전에 내 말 좀 들어봐요."

"모르시겠어요? 효성은 진작에 죽었어요. 저게 지금 살아 있는 거라고 생각해요? 그럼, 나는요, 나는 살아 있다고 생각해요? 나도 이미 죽은 거나 다름없다고요!"

"잠깐 내 얘기 듣고 나서 결정해도 늦지 않아요."

"무슨 얘기요? 과학의 이름으로 베푸시는 신의 도움을 받으라고요? 의사 상담하고 항우울증약 먹으라고요? 믿고 기다리라고요? 소용없어요! 부탁이에요, 신부님. 지옥에 가도 상관없어요. 이렇게 사는 것보다 더한 지옥은 없을 거예요."

신부는 말이 없었다. 조용히 손을 놓더니 링거줄을 한쪽으로 밀어내었다. 그리곤 무릎을 꿇었다. 눈가가 붉어졌다. 신부가 이를 악물고 말했다.

"그래요, 보내줄게. 내가 보내줄게요. 그리고…… 효성씨도 함께 보내줄게요. 이젠 편히 쉬게 해줄게."

믿을 수 없는 말이었다. 이렇게 쉽게 목숨을 포기하게 할 현신부가 아니었다. 류간호사는 고개를 저었다.

"저를 설득하시려는 거라면 그만 두세요."

"그런 거 아니에요. 그거랑 상관없이, 그냥 내 얘기 좀 들어달라는 것뿐이에요."

"말하세요."

신부는 깊은 숨을 내쉬었다. 그리고 천천히 말을 하기 시작했다.

"해가 지고 있었어요, 엠마뉴엘 연구소에 도착했을 때…… 어디선가 새떼들이 줄을 지어 날아가는 게 보였죠. 그 시커먼 새떼가 박쥐떼였다는 건 나중에야 알았어요. 박쥐들은 해질녘 동굴을 나와 해가 뜨기 전 다시 동굴로 돌아가죠. 박쥐라고 해서 모두 흡혈을 하는 건 아니에요. 꽃을 먹는 박쥐도 있고, 곤충이나 이끼 같은 걸 먹고 사는 박쥐도 있어요. 간혹 흡혈박쥐떼의 공격을 당한 동물의 사체들이 발견되기도 하는데…… 그건 다른 사체들하곤 좀 달라요. 내장이 뜯기고 피가 낭자한 그런 훼손된 사체가 아니죠. 그냥 모든 물기를 없앤 미라처럼 편안해 보이기까지 하죠."

류간호사는 조용히 신부의 얘기를 들었다. 난데없이 흡혈박쥐라니. 장황하게 이어지는 아프리카 흡혈박쥐 이야기에 의문이 생겼지만, 신부의 말을 끊지는 않았다. 신부는 잠시 말을 멈추고 숨을 고르고 있었다.

잠시 침묵하고 있던 신부가 다시 말을 하기 시작했다. 이브. 바이러스. 백신. 수포. 수혈. 그리고 흡혈…… 신부는 때론 흐느끼고 때론 격정에 차고 때론 절망적인 목소리로 어렵게 말을 이었다. 신부가 하는 말을 다 이해할 수는 없었다. 믿어지지도 않았다. 자살을 막으려는 게 아닌가 의심이 들기도 했지만, 시간이 지나면서 그런 의심은 슬그머니 자취를 감추었다. 신부가 효성씨의 피를 빨아먹은 이야기를 할 때, 류간호사는 잠깐 효성의 얼굴을 쳐다보았다. 효성이 웃고 있는 것 같았다.

말을 마친 신부는 한동안 고개를 숙인 채 꼼짝도 않고 앉아 있었다. 이윽고 고개를 든 신부의 눈에서는 한줄기 눈물이 흘렀다. 고해를 마친 사람 같았다. 신부에게서 듣는 한밤의 고해성사. 그는 처분을 기다리는 죄수처럼 고개를 숙이고 있었다.

"그 말이 다 사실이라면……"

신부의 눈 밑이 파르르 흔들리는 것이 보였다.

"신부님이 저를 도와주실 수 있겠네요. 그렇지요, 신부님?"

류간호사는 마지막 고해성사를 했다. 살면서 지었던 죄를 기억해내는 것에 그리 오랜 시간이 걸리지는 않았다. 그녀는 이미 수많은 시간을 고해와 함께 보내왔었기에, 새로이 기억해내야 할 것은 많지 않았다. 그러는 동안 류간호사는 신부의 얼굴에 나타난 수포가 조금씩 퍼져나가는 것을 목격했다. 신부가 머리에 손을 얹고 마지막 축복을 내렸다.

"자살이 아니니, 지옥불에 떨어질 염려는 없겠죠?"

류간호사는 신부를 향해 환하게 웃어주었다. 신부는 류간호사의 손을 꼭 쥐었다 놓았다. 침대에 누웠다. 그리고 다시 바늘을 쥐고 혈관을 찾았다. 신부에게 마지막으로 무언가 줄 수 있어서 다행이라는 생각이 들었다. 바늘은 정확히 혈관을 찾아 들어갔다. 링거줄을 아래로 내리자, 피가 스르륵 빠져나가기 시작했다. 효성이 있는 쪽으로 고개를 돌렸다. 신부가 침대 밑에 눕는 소리가 들렸다. 그리고 거친 숨소리가 들려왔다. 튜브를 빨아대는 소리가 고즈넉했다.

가벼운 두통이 느껴졌다. 죽고 싶다는 강한 욕구가 솟아났다. 맛있는 음식 냄새를 맡고 침이 솟듯 감미롭게, 온몸이 노곤노곤해지며 행복한 기운이 감돌았다. 눈물이 날 것 같았다.

참으로 복된 밤이었다.

피로 맺은 계약

✝

왼쪽 손목이 뻐근했다. 상처는 쉽게 아물지 않았다. 호기롭게 팔을 내밀어 상현에게 피를 나누어주긴 했지만, 늙은이의 살이 되어선지 도통 아물 기색이 안 보였다. 손목에 힘을 줄 수 없는 탓에 와인병도 딸 수가 없었다. 난감했다.

쓸모없고 외롭고 초라한 노인네. 노신부는 문득 자신의 처지가 측은하게 느껴졌다. 종신서원을 한 지 35년이었다. 눈이 먼 지 40년. 그리고 휠체어에 앉아 지낸 지 10년이다. 그 세월 동안 그는 한 번도 신을 원망하거나 의심해본 적이 없었다. 모든 일들에는 다 신의 이유가 있다고 믿어왔다. 하지만 막상 상현의 변화를 겪고 나니, 그 모든 믿음들이 허물어지는 걸 느꼈다.

상현은 변했다. 목소리는 싱그럽고, 걸음걸이는 씩씩했다. 노신부는 그런 상현의 변화가 부럽기도 했고, 한편으로는 신이 원망스러웠다. 신과 가까웠던 사람은 신부가 된 지 얼마 되지 않은 상현이 아니라, 수십 년을 눈먼 채 신만을 섬겼던 노신부였다. 기적을 일으킨다면 상현이 아니라 노신부 자신이어야 옳았다.

문을 박차고 들어온 상현은 처음 들어올 때의 기세와는 다르게, 방 한구석에 서서 움직이질 않았다. 이윽고 상현이 입을 떼었다.

"지금 막, 효성씨를 보내고 왔어요, 류간호사도……"

상현의 목소리가 가늘게 떨렸다. 노신부는 지금 상현을 위해 무슨 역할을 할 수 있을지 감이 잡히지 않았다. 그저 입을 다물고 상현의 말을 들어줄 뿐이었다.

"그게 최선이었어요. 효성을 살려두는 거…… 꼭 사육을 하는 기분이었어요…… 고통은 없었을 거예요…… 효성씨와 류간호사에 대한 최소한의 인간적인…… 예의……"

인간적인, 그 단어를 내뱉을 때, 상현의 목소리가 잠시 떨렸다. 노신부는 손을 뻗어 상현을 불렀다. 그리고 사죄경을 해주었다. 술이 필요했다. 오프너를 들고 난감해하는 노신부에게서 상현이 병을 빼앗아갔다. 코르크가 빠지고 와인 따르는 소리가 들렸다. 상현이 잔을 손에 쥐어주었다. 노신부는 와인을 단숨에 비웠다. 속에서 뜨끈한 기운이 올라왔다. 상현은 말없이 잔을 다시 채워주었다.

"맛 좀 볼래?"

말을 하자마자 실수를 깨달았다. 노신부는 재빨리 잔을 거두고 대신 와인오프너를 찾아들고 손목을 내밀었다.

"그럼 이걸 드세요."

"됐습니다."

 상현의 한숨 소리가 이어졌다. 걱정과 짜증이 뒤섞인 소리였다. 화가 난 것도 같았다. 노신부는 어쩔 수 없이 손을 거두었다.

 저녁을 잡수시고 같은 모양으로 잔을 들어 다시 감사를 드리신 다음, 제자들에게 주시며…… 이는 새롭고 영원한 계약을 맺는 내 피의 잔이니 죄를 사하여주려고 너희와 모든 이를 위하여 흘릴 피…… 새롭고 영원한 계약을 맺는 내 피의 잔…… 피의 잔…… 영원한 계약을 맺는……

 신은 무엇을 바라고 피를 나누어준 것일까? 피를 받아먹은 아들과 아비 사이에는 어떤 새로운 계약이 맺어지게 되는 걸까. 수만 번도 넘게 외웠을 성체의식이 낯설었다.

"연구소에 가서 알아볼 수는 없나요? 어쩌다 그리 되었나, 고칠 방법은 없나……"

"연락이 안 됩니다, 폐쇄됐다는 소문만 들었어요. 가볼 생각도 해봤지만 햇빛을 맞지 않고 거기까지 갈 방법이 없어요."

"햇빛……"

 천천히 고개를 들어 창문 쪽을 쳐다보았다.

"죽기 전에 한 번이라도 바다의 일출을 볼 수 있다면……"

 상현이 벌떡 일어섰다. 의자가 바닥에 나동그라졌다. 노신부는 상현이 자신의 마음을 알아주었으면 싶었다.

"무슨 생각을 하시는 거예요! 뱀파이어는 태양을 볼 수가 없어요!"

"밤바다도 좋습니다, 외로운 달과 별…… 불나방 한 마리라도 보고 싶어요. 모세가 나일 강을 피로 바꾸고 개구리와 메뚜기 떼를 부르고, 사람들을 피부병에 걸리게 만들었듯이 기적이 꼭 인간의 기준으로 아름답고 선한 형태로 찾아오는 건 아닙니다."

"이게 기적이라고 생각하시는 거예요, 지금?"

"피를 좀 나눠주세요, 뱀파이어 피가 이브도 몰아냈다면서요."

노신부는 상현 쪽으로 얼굴을 돌려 간절하게 애원했다.

"제가 지금 뭘 하고 온 줄 아시면서 그런 말씀을 하시는 거예요? 효성씨 숨통을 내 손으로 끊어놓고 왔어요. 류간호사도. 그냥 자살을 도와준 거라고 생각하세요? 지금 제 가방엔 그들의 피가 든 생수병이 나뒹굴고 있어요. 아까워서. 목숨이 아까운 게 아니라, 피가 아까워서 최대한 많이 담았어요. 언제 또 먹을 수 있겠나 싶어서…… 이렇게 살고 싶으신 거예요, 정말?"

상현은 자신의 처지를 고통스러워하는 듯했지만, 밑바닥에는 자신의 능력에 대한 자부심으로 차 있음을 노신부는 알고 있다. 상현은 죄의식 속에 고통을 받는 대신, 영원한 젊음과 힘과 기적의 능력을 선사받은 것이었다. 영원한 젊음까지 바라는 것은 아니었다. 그저 딱 한 번, 딱 한 번만이라도 이 캄캄한 세상에서 벗어나볼 수만 있다면 그것으로 족했다.

"괜찮아요, 그냥 한 번만 눈 딱 감고……"

노신부는 가까스로 상현의 손을 잡았다. 상현은 곧바로 손을 뿌리치고 뒷걸음쳤다. 상현을 잡아야 했다. 손을 뻗으며 벌떡 일어섰다. 기적을 받은 앉은뱅이처럼. 그러나 기적은 일순간이었다. 노신부는 그대로 바닥에 넘어졌다.

"얘, 상현아, 일루 와봐…… 괜찮다니까……"

손을 휘휘 저으며 상현을 찾았다. 상현은 잡히지 않았다. 씩씩거리는 거친 숨소리가 방 안에 가득했다. 복도로 뛰쳐나가는 상현의 소리가 들렸다. 온통 어둠이었다. 발작처럼 튀어나온 욕망의 소용돌이를 그의 힘으로는 도저히 막을 수가 없었다. 상현의 피. 그것은 신이 보여준 어떤 기적들보다 놀라운 것이었다. 그는 신을 통해 갈구했던 것보다 훨씬 더 절실하게 상현의 피를 갈구하고 있었다.

"괜찮다니까 그러네…… 쪼금만 줘……"

"나는요, 이제 수사도 아니고 신부도 아니에요. 절차가 어떻건 교황청에서 뭐라고 하건 그건 그쪽 문제고요."

상현의 성난 목소리가 들렸다.

"……아침에 녹즙 꼭 잡수시구, 그리고 술 좀 줄이세요!"

노신부는 바닥을 기었다. 기어서라도 상현을 잡을 수 있다면, 무릎이 다 까져도 상관없었다. 상현의 발걸음 소리가 복도 끝으로 멀어지고 있었다.

"아유, 쟤는…… 상현아, 나 좀 봐…… 야…… 임마!"

노신부의 목소리가 빈 복도에 공허하게 울렸다.

모든 아들들은 아버지의 피를 먹고 자란다. 쪽쪽 잘도 빨아먹고 자란다. 뱀파이어 아들을 둔 아버지는 아들을 위해 손에 상처를 내 피를 먹였다. 그런 아버지가 병이 들었을 때, 아들은 아버지의 병을 낫게 하기 위해 과연 피를 내어줄까? 그것은 아버지가 생각할 수 있는 계약이었다. 아버지는 피를 내어주면서 계약을 맺었다. 하지만 아들은 그 계약을 지키려고 할까? 모든 아들들은 아버지의 피를 먹고 자라지만, 그 아버지를 죽여야만 새로운 아버지가 된다. 그렇게 해야 아들들은 아버지로 완성된다.

　노신부는 한동안 복도에 엎드린 채, 떠나간 상현을 생각했다. 그리고 피의 계약을 생각했다. 세상 모든 아버지가 자신의 아들만은 예외이기를 바라듯이, 노신부는 상현이 돌아올 것이라고 믿었다. 이 부질없는 믿음이, 세상 모든 아버지들이 여생을 연명하는 유일한 수단인 것이다.

　아들이 돌아오게 해주소서. 피를 묻히고 와 무릎을 꿇고 고해를 하고, 아버지의 소망을 이루어주게 하소서. 노신부는 신의 아들로서가 아니라, 아들의 아버지로서 간절히 기도했다.

성가신 먹구름

✝

 밤이 깊었다. 라여사는 여느 때와 마찬가지로 보드카를 병째 옆에 두고 술을 홀짝이고 있었다. 상현을 앞에 앉혀놓고 혼잣말 하듯 중얼거리는 라여사가, 태주는 못내 불안했다. 태주는 방 안에 숨어 라여사와 상현의 대화를 엿들었다.
 상현은 자정이 다 되어서 나타났다. 연락도 없이 불쑥 나타난 그는 평상복 차림이었다. 태주가 저녁나절에 전화통화를 했을 때만 해도 이런 일이 일어날 거라고는 짐작하지 못했다. 하지만 상현이 왜 이곳으로 왔는지, 그 이유는 충분히 짐작하고도 남았다. 아무리 죽은 거나 다름없다지만 환자가 누워 있는 병실에서 섹스를 할 순 없지 않겠느냐고 태주는 짐짓 토라진 척 투덜거렸다. 곧바로 방법을 마련한 상현이 듬직하게 여겨졌다. 상현은 충직한

하인처럼 언제든지 복종할 준비가 되어 있는 사람 같았다.

　태주도 다를 것은 없었다. 태주는 상현으로부터 얻은 육체적인 쾌락에 사로잡혀 있었다. 상상할 수 있는 모든 자세와 방법들을 그는 기가 막히게 잘 알아냈다. 끊임없이 떠올랐고, 그때마다 안달이 났다. 은혜 따위에서 느껴졌던 사랑은 늘 도망치고 싶어 안달하지 않았던가. 육체가 느끼는 사랑은 이렇게 무슨 수를 써서라도 함께 하려고 안달한다. 무슨 수를 써서라도.

　상현은 왜 수도원을 떠났는지에 대해서는 말하지 않았다. 그저 라여사에게 지하실에서 지내게 해달라고 간청을 했을 뿐이었다. 라여사는 상현에게 지하실 대신 가게 옆에 방을 내주겠다고 했지만, 상현은 거절했다. 뱀파이어에게는 지하실이 가장 좋은 공간임을 라여사가 알 리 없었다.

　태주는 강우와 함께 있었으나 마음은 이미 지하실로 내려가 상현과 함께 있었다. 강우는 감기약을 먹고 일찌감치 잠이 들었다. 라여사만 방에 들어가면 될 일이었다. 하지만 라여사는 상현을 쉽게 보내줄 것 같지가 않았다.

　"언제까지라도 계세요, 이 집에…… 그 옛날 적부터 내가 신부님이 그렇게 가여워서…… 우리 집에서 라면도 잡쉈잖아…… 아셨지?"

　"고맙습니다. 어머니."

　라여사는 이미 취해 있었다. 태주의 몽유병을 막아보겠다고 밤새 지키고 앉아 술을 홀짝이기 시작한 것이 어느새 술 없이는 밤을 견디지 못하는 지경에 이르렀다. 술만 마시면 깊은 잠에 빠져 애초에 다짐했던 감시의 역할을 수행할 수 없는 상태가 되어버렸다. 간혹 술에 취했을 때 태주에게 손찌검을 하기도 했지만, 기력으로 하자면야 태주가 못 이길 것도 없었다.

"무슨 일로 이렇게 방황하시는진 몰라도…… 신부님은요, 이겨내실 거예요. 그 험한 아프리카에서도 살아오신 분이잖아요, 그죠?"

"강우랑 태주씨한테 미리 말을 안 해서……"

"괜찮아요, 그런 걱정일랑 말아요…… 강우야 워낙 신부님이라면 꿈뻑하잖아…… 제 방이라도 내준다고 할걸? 강우가 워낙 착해놓으니까 사람 좋아하고 노는 거 좋아해서…… 태주가요, 겉으론 좀 그래도, 속은 따뜻한 애거든."

"네에……"

"내가 얘기했던가? 쟤네 부모가 우리 작은 방에 세 살았는데…… 남자가 공고를 나왔어…… 여자는 예쁘장했는데 애저녁에 바람이 나서 도망가버렸지. 근데 어느 봄눈 오던 날 잠깐 갔다 온다고 애를 우리 방에 재우더니…… 안 오는 거야, 영영."

또, 그 얘기. 어릴 적부터 수도 없이 들어왔던 레퍼토리였다. 먹여주고 키워주고 보살펴줬더니 은혜도 모르고서…… 라여사의 고함 소리가 들리는 것 같았다. 태주는 입술을 깨물었다.

"……그래서 내가 그 세 살배기 가시나를…… 딸처럼, 강아지처럼 키웠잖아요…… 쟤두 나한테 엄마엄마 하고…… 강우도 좋아서 태주만 졸졸 쫓아다니고…… 쟤가 없었으면 우리 강우 죽어도 벌써 죽었지 뭐야…… 태주 쟤가 달래고 달래서 약 먹이고 그랬잖아…… 지금은 강우 처가 되었지만, 나한텐 딸이나 다름없어…… 하긴 달라진 거라고는 내 방에서 강우 방으로 간 거지, 뭐 있나? 하느님이 보내주셨지, 걔를…… 나는요, 가게며 뭐며 다 태주한테 물려줄 거예요."

 라여사의 목소리가 조금씩 줄어들고 있었다. 더이상 말을 잇지 못하는가 싶더니 어느새 코 고는 소리가 들렸다. 문을 열고 고개를 내밀어 거실을 살펴보았다. 라여사는 테이블에 엎드려 잠이 들었다. 가만히 앉아 있던 상현이 일어나 라여사를 번쩍 안아올렸다. 라여사를 들고 안방으로 가던 상현이 태주를 슬쩍 내려다보며 지나갔다. 태주는 조용히 문을 닫았다. 벽에 등을 기대고 앉았다. 라여사의 말을 되씹어보았다. 가게며 뭐며 다 태주한테 물려줄 거예요…… 태주에게는 한 번도 그런 내색을 보이지 않던 라여사였다.

 지하실 문을 열자마자 상현은 태주를 번쩍 안아올렸다. 그리곤 머리를 파묻고 아이처럼 볼을 부벼댔다.
 "얼마나 기다렸는지 몰라요. 안 내려올까봐 걱정했잖아……"
 태주는 두 손으로 상현의 볼을 쓰다듬어주었다. 상현은 태주를 매트리스 위에 가볍게 내려놓았다. 그리곤 거침없이 옷을 벗기고 제 옷도 벗었다. 흐린 불빛에 튼튼하고 매끈한 살이 드러났다.

상현은 변화무쌍했다. 거친가 하면 부드럽고 감미로운가 하면 탐욕스러웠다. 안전한가 싶으면 위험해 보이고, 따뜻한가 싶으면 차가운, 짐작할 수 없는 몸짓들이 태주는 반가웠다. 상현은 태주에게 예상치 못한 반가운 일들을 선물해줄 사람으로 보였다. 상현은 지칠 줄도 몰랐다.

"내가 너무 세게 하는 건 아니죠?"

상현이 조심스럽게 물었다.

"딱 좋아요."

"그럼…… 한 번 더 할까요?"

"난 왜 이상한 남자하고만 엮일까? 어떤 놈은 오 년에 한 번, 어떤 놈은 하루에 다섯 번……"

머리칼을 매만지던 상현의 손이 잠깐 경직되는 게 느껴졌다.

"내 얘기 생각해봤어요?"

"무슨 얘기?"

"여기서 떠나자구요, 나하구, 어디든지, 난 태주씨만 있으면 돼요, 내가 이 지옥에서 꺼내줄게……"

"내가 신부님하고 도망간다고 쳐요……"

"신부 아니라니까!"

상현이 버럭 소리를 질렀다. 몸이 놀라 움츠러들었다. 태주는 상현과 함께 도망을 친다는 것은 두렵지 않았다. 그러나 상현이 무엇을 위해서 태주를 선택했는지에 대한 좀 더 강한 확신이 필요했다. 태주는 상현과 나누는 이 모든 쾌락에 좀 더 강한 메시지가 필요했다. 신의 메시지를 듣기 위해 강렬하게 기도하는 사람들처럼, 태주는 상현의 몸을 통해 메시지를 얻기 위해 이토록 땀을 섞으며 상현을 받아들이고 있는 것인지도 몰랐다.

 상현은 뱀파이어다. 언제든 피에 굶주려 있으리라. 상현이 태주의 피마저 원하게 될 날이 언제고 올 것이다. 태주는 그날을 지연시키기 위해서, 상현을 위한 얌전한 암컷을 연기해야 할 필요가 있었다. 온전히 제 피를 지켜내기 위해서는 온전한 상현의 여자가 되어야만 할 것이었다.

 태주는 어릴 때부터 자신을 가둬온 권태로운 이 비극의 막장에서부터 탈출하기 위해 상현을 선택했지만, 상현도 또다른 비극이 될 수 있다는 사실을 이미 깨닫고 있었다. 태주는 그 비극이 두려웠다. 그 비극에 대한 두려움이 클수록 태주는 마음을 다해 상현을 끌어안았다. 자신이 안전해질 수 있는 방법은 그것밖에는 없었고, 그 안전을 갈구하는 모든 몸짓이 상현의 여자가 되게 하는 중이었다. 태주의 마음을 눈치채기라도 했는지 상현이 이불을 덮어주며 어깨를 다독였다.

 "태주씨두 낮에 자요. 그렇게 사는 사람들 많아요. 시인 소설가들은 다 밤에 일해요, 아니면 뉴욕 살다 와서 시차적응을 못 했다 쳐요. 밤에 내가 다 할게요, 나는 뭐든지 할 수 있을 것 같단 말예요. 하다 못해 심야택시를 해도……"

 "운전하다 시장하면 가끔 손님두 빨아먹고?"

 "그런 소리는 마요, 내가 얼마나……"

"택시 해먹자고 내가 떠나요?"
태주가 고개를 들어 상현을 똑바로 쳐다보았다.
"어차피 이 집도 다 내 건데? 안 그래요?"

†

　수도원을 나와 상현이 갈 수 있는 곳은 '행복한복집'밖에 없었다. 수도원을 나서기 전, 상현은 어린 시절을 보냈던 고아원과 성당을 둘러보았다. 금기와 절제와 희생이 강요되었던 곳. 과연 구원이 가능할지 의심과 흔들림만이 가득했던 그곳. 이제 상현은 그곳을 벗어나 자신이 새로이 받아들인 세계로 걸어들어갈 것이었다. 악한 자에게 인자한 분, 죄인을 부르러 여기에 온 분, 그분과의 약속을 지키지 않는 자에게도, 심판이 아니라 오직 구원을 주겠다고 약속한 분. 그분이 비로소 상현에게 보였다. 뚜렷하게. 상현은 더이상 신부복이 필요 없었다.
　상현은 태주에게 설명해주고 싶었다. 아무리 뱀파이어라 할지라도 모두 사람을 죽이는 것은 아니라고. 그러지 않기 위해 얼마나 참고 견디는지도 설명해주고 싶었다. 그리고 태주를 위해 할 수 있는 모든 일들을 말해주고 싶었다. 태주를 위해서라면 어떤 위험도 감수할 수 있을 것 같았다. 태주는 기회를 주지 않았다. 상현이 미처 말을 하기도 전에 단호히 말을 잘랐다.

상현은 상체를 세우고 누워 태주의 알몸을 쳐다보았다. 여인의 살결. 안쓰럽기까지 한 가느다란 허리. 거기서부터 위아래로 시작되는 완만한 곡선. 봉긋 솟아오른 가슴과 자그마한 젖꼭지. 상현은 태주의 모든 것을 경이롭게 쳐다보았다.

태주의 몸은 상현에겐 가장 안락한 성소였다. 상현이 지금껏 경험했던 그 어떤 것들보다 따뜻했다. 태양빛을 보지 못하고 사는 참담한 나날들에 대한 보상과도 같았다.

태주는 노곤한 듯 금세 잠이 들었다. 이제 곧 태주는 지하실을 떠나 위로 올라가야 할 것이다. 상현은 태주를 보내고 싶지 않았다. 한낮의 따스한 햇살과도 같은 태주가 가고 나면 상현에게는 냉기 가득한 어둠만이 남을 테니까. 상현은 따뜻한 온기 속에서 즐기던 낮잠을 생각했다. 그래 본 게 도대체 언제적 일인지.

빛이 차단된 딱딱한 옷장 속. 차가운 캐비닛. 날이 밝으면 관 속으로 들어가야 하는 신세. 밤새 마신 피 냄새를 맡으며 잠을 청해야 하는 뱀파이어. 남의 피를 소화해내느라 꾸룩꾸룩 소리를 내는 위장들의 구슬픈 운동. 그 소리를 자장가처럼 들으며 꾸역꾸역 잠이 들어야만 하는 신세.

상현은 자신의 처지를 연민하기 싫었다. 달라질 수 있는 일이 아니기 때문이었다. 상현이 자신의 능력으로 무엇인가를 달라지게 만들 수 있다면, 그 변화를 위해서 자신의 모든 능력을 쏟아내고 싶었다. 그것만이 스스로를 연민하지 않을 수 있는 유일한 방법이었다. 상현은 뱀파이어가 되지 않았다면 꿈도 꾸지 못했을 일들을 따라가고 있었다. 모든 절망과 희망들이 살갗에 와 닿는 이 현실이, 그토록 갈구하던 한줄기 서광보다 빛나고 있었다. 상현은 그 모든 것들에 벅차오르곤 했다.

상현은 태주를 안고 있을 때에야 비로소 마음이 놓였다. 지하의 세계에서 올라가 다시 강우의 품에서 자야 할 태주를 생각하면 가슴이 대포알이라도 맞은 듯 뻥 뚫리곤 했다. 상현은 태주를 온전히 차지하고 싶었다. 강우만 사라진다면……

상현은 태주라는 서광을 영원히 제 것으로 삼고 싶었다. 강우와 라여사는 태주라는 빛을 가리는 먹구름이었다. 빛을 온전히 온몸으로 느끼려 할 때마다 생기는 성가신 먹구름일 뿐이었다. 먹구름을 몰아낼 수 있는 방법을 상현은 떠올리고 있었다.

태주가 몸을 뒤척였다. 포개진 다리가 풀리면서 음모가 보였다. 상현은 무릎을 꿇고 엉덩이를 쳐든 채 태주의 아랫도리를 자세히 들여다보았다. 허벅지에 살짝 혓바닥을 대보았다. 짜고 시었다. 땀 냄새. 자신이 뿌려넣은 정액 냄새. 시커멓고 너덜너덜한 태주의 그곳은 꼭 지옥의 입구처럼 보였다. 천국의 입구임을 애써 가리기 위해 지옥처럼 위장을 하고 있는 이 입구 속으로 들어가면, 그 안에는 천국의 향연이 상현을 기다리고 있을 것이었다. 상현은 혀를 길게 빼고 지옥인 양 가장하고 있는 그곳을 맛보았다.

태주가 팔을 뻗어 상현의 머리카락을 만졌다. 다리를 천천히 벌리며 상현의 뒤통수를 손바닥으로 감싸 지긋하게 눌러 제 몸과 더 밀착되게 했다. 상현은 입 안 가득 지옥의 입구를 빨아들였다.

아니, 천국의 입구를 빨아들였다. 이토록 순순히 문을 열어주는 천국은 없을 것이다. 이토록 친절한 안내를 하며 문을 내어주고 환영하는 그곳은 천국이 아니라 지옥이리라. 상현은 지옥의 맛과 천국의 맛을 동시에 느끼고 있었다.

태주는 온몸을 풀어헤치며 상현의 입술에 자신의 모든 것을 맡기고 있었다. 상현은 넓적한 혓바닥을 널름거리는 늑대가 되었다가, 날카로운 혓바닥으로 쏘아대는 독사가 되었다가, 먹잇감을 감아채는 카멜레온이 되어갔다. 가랑이 사이로 얼굴을 파묻고 지옥의 문을 흠뻑흠뻑 두드렸다. 태주가 하사하는 달디단 열매를 핥아먹을 수만 있다면, 굶주린 충견이 되어도 좋았다.

거실에는 불이 훤하게 켜져 있었다. 강우는 코를 훌쩍이며 식탁 의자에 앉아 있었고, 막 잠에서 깬 듯한 라여사는 하품을 하며 가스레인지에 주전자를 올리고 있었다. 태주는 숨을 죽이고 부엌으로 들어갔다.

"이번엔 어디까지 갔었니?"

라여사가 아무렇지도 않게 물었다. 한밤중에 뛰쳐나가 달리기를 하고 오는 일이 이젠 라여사에게도 당연한 것이었다.

이젠 숨이 끊어지도록 달리지 않아도 돼요. 나를 향해 숨을 헐떡이며 달려오는 충복이 생겼어요. 나는 그저 두 팔을 벌려 충복을 쓰다듬어주면 돼요. 숨차게 아무리 달려봐도 늘 제자리였는데, 이제는 정말로 어딘가로 가고 있다구요.

"눈 떠보니까 약국 앞이던데요? 웬 남자두 지나가구."

태주는 라여사에게서 핫백을 받아들며 심드렁하게 말했다.

"몽유병에는 약두 없대니? 방문을 잠가놓든지 해야지, 원……"

"안 추웠냐? 옷을 그렇게 입구…… 넌 감기두 안 드냐?"

강우가 콧물을 들이마시며 고개를 절레절레 흔들었다. 그리곤 라여사를 향해 실쭉하니 말을 이었다.

"쟨 곰이야, 엄마."

강우가 한쪽 엉덩이를 살짝 들고 방귀를 뀌었다. 라여사는 그 소리에 얼른 달려가 숨을 들이마셨다. 라여사는 강우의 방귀 냄새나 트림 냄새만으로도 강우의 병을 짐작하곤 했다. 삼십 년 가까이 크고 작은 병치레들을 치렀으니 그럴 만도 했다. 태주는 얼른 고개를 돌리고 숨을 참았다.

"여름에 위염 걸렸을 때, 그 냄새다!"

라여사는 약장 쪽으로 서둘러 뛰어갔다.

"약 남은 게 어디 있을 텐데……그러니까, 네가 봉사활동이니 뭐니 다니느라고, 지 남편은 제대로 못 보살피고…… 그놈의 몽유병을 먼저 고치든지 해야지. 네가 한밤중에 허옇게 눈뜨고 싸돌아다니니까, 강우가 잠도 못 자고!"

라여사는 약장에 든 약을 헤치며 중얼거렸다. 태주는 성큼성큼 걸어가 라여사를 밀쳐냈다. 약장 안에는 각종 영양제들과 비상약들과 넉넉히 받아두었던 치료약들이 빼곡이 들어차 있었다. 태주는 단번에 위염약을 찾아 강우의 손에 올려주었다. 창밖으로 서서히 어둠이 사라지는 것이 보였다. 아침이 점점 빨리 찾아오고 있었다. 태주는 쓸쓸히 창밖을 쳐다보았다.

 잠을 제대로 자지 못한 탓인지 자꾸 졸음이 왔다. 한복집의 마네킹처럼 앉은 태주는 고개를 끄덕이며 졸고 있었다. 오전에 예단 손님이 한 팀 다녀간 이후론 문 한 번 열리지 않았다. 점심을 먹고 난 라여사는 부산하게 어딘가를 들락거렸다. 위층에서 소란스러운 소리가 태주의 졸음을 쫓아냈다. 드릴 소리가 났다. 불길한 예감이 들었다.

 눈을 뜨자마자 찾아온 것은 참을 수 없는 허기였다. 상현은 생수병에 담아온 류간호사의 피를 벌컥벌컥 마셨다. 한 방울도 남기지 않았다. 입가에 묻은 피까지 남김없이 핥아먹었다. 문 두드리는 소리가 났다. 이젠 시계를 보지 않아도 밤이 온 것을 알았다. 상현은 옷을 입고 지하실 문을 열었다. 강우였다.
 "낮에 어디 갔었나봐? 아무리 두드려도 대답이 없어서 걱정했어. 괜찮겠어? 지하실인데…… 그냥 우리 방에서 자지. 무슨 일인지 모르겠지만, 편하게 지내, 알았지?"

"충분해."

 강우는 어디서 구해왔는지 작은 중고 냉장고와 전기난로를 건네주었다.

"일단 이거 쓰고 있어. 태주가 그러는데, 냉장고도 필요할 거라고 그래서…… 밥은 위에 와서 먹으면 되는데…… 걔도 참. 어쨌든 함께 있으니까 좋다, 그치?"

 냉장고와 난로를 받아놓고 강우를 따라 이층으로 올라갔다. 라여사는 상현을 반갑게 맞았다. 찌개 끓는 냄새가 나고 앞치마를 두른 태주가 부산히 움직이고 있었다. 가족이 된 기분이었다.

"왜 안 먹고 있어? 맛이 없나?"

 라여사가 걱정스러운 듯 물었다.

"아까 먹었습니다, 밖에서."

"그래도 한술 떠봐. 이게 집에서 뜬 청국장이라 아주 맛있어."

 라여사가 억지로 상현의 입에 청국장을 넣어주었다. 욕지기가 치밀어올랐다. 상현은 입에 물고 있다가 슬그머니 화장실로 가 뱉어냈다. 피가 아니면 아무것도 먹을 수가 없었다. 저녁을 먹고 난 후, 상현은 라여사와 강우와 함께 마작을 두 판 했다. 그러는 동안 태주는 거실에 무릎을 세우고 앉아 텔레비전을 보았다. 두 번째 판을 끝내고 나자, 강우가 하품을 하며 자리에서 일어났다.

"피곤해, 이제 그만 놀고, 자자."

강우의 말에 라여사가 부리나케 자리에서 일어났다. 강우는 보란 듯이 태주의 어깨를 감싸고 방으로 갔다.

"그래, 어여 자자."

상현은 이를 악물고 강우의 뒷모습을 쏘아보았다.

"예, 그럼 저도 이제 그만……"

상현도 엉거주춤 자리에서 일어났다.

"안녕히 주무세요, 엄마."

"그래 좋은 꿈!"

태주가 저녁인사를 했다. 그리고 문이 닫혔다. 상현은 야멸차게 닫힌 문을 쳐다보았다. 라여사가 문을 닫고 난 후, 자물쇠를 채웠다. 열쇠를 주머니에 넣고는 다시 한번 잠금장치를 확인했다.

"태주가 몽유병이 있어서요…… 내가 매일 밤 감시할 수도 없고…… 오해하지 마세요, 신부님."

라여사가 상현을 향해 눈을 찡긋거렸다. 상현은 당장이라도 자물통을 부수고 태주를 데리고 나가고 싶었다.

"신부님도 주무셔야죠, 이제?"

상현은 떠밀리듯 이층에서 내려왔다. 한복집 앞에 서서 강우와 태주의 방 쪽을 올려다보았다. 불이 꺼졌다. 상현은 강우가 태주의 옷을 벗기는 모습을 상상했다. 태주의 신음 소리가 쟁쟁하게 들려왔다. 태주의 살 냄새가 끼얹혀왔다.

상현은 고개를 떨구고 서 있었다. 진흙이 묻은 신발코가 보였다. 상현은 갑자기 고개를 쳐들고 달리기 시작했다. 예전에 태주가 그랬듯이, 전속력으로 골목을 달려나갔다. 정신없이 달렸다. 도착한 곳은 수도원 앞이었다. 무의식적으로 성호를 그었다. 몸에 깊숙이 밴 오래된 습관은 피도 어쩌지 못하는 것이었다. 상현은 노신부의 방을 슬쩍 올려다보고는 다시 걸음을 돌렸다. 그리고 애초에 가려고 했던 병원으로 향했다.

상현은 병원 벽을 타고 올라갔다. 한 마리 쥐새끼처럼. 잠긴 창문을 가볍게 떼어내고 안으로 들어갔다. 혈액보관실. 상현은 혈액운반용 아이스박스에 혈액팩을 담았다. 정신없이 담아넣으면서도 상현은 혈액팩 하나를 뜯어 입에 물었다. 팩에 든 피는 먹기에도 수월했지만, 마음도 그만큼 가뿐했다. 한약이나 포도즙을 먹는 기분이랄까. 아이스박스를 메고 다시 지하실로 돌아오는 내내 자물쇠를 생각했다. 태주를 옭아매는 자물쇠. 방법을 마련해야만 했다.

방법이 없었다. 태주는 도무지 잠이 올 것 같지가 않았다. 문고리를 돌려보았지만 헛수고였다. 태주는 방바닥에 주저앉아버렸다. 잠든 강우를 노려보았다. 세상 모르게 천진한 모습으로 잠을 자고 있는 강우의 모습은 갓난아기 같았다. 뱃속에서 함부로 무럭무럭 자라나서 태어난 기형 아기.

태주는 화장대 서랍을 열고 실밥가위를 찾아냈다. 다시는 사용할 필요가 없을 거라고 생각했었는데…… 도무지 참아지지가 않았다. 한번 욕망에 눈이 뜨인 몸은 더욱 더 강력한 자극을 원하고 있었다. 태주는 치마를 들치고 곧바로 허벅지에 가위를 갖다댔다. 땀을 따듯 허벅지살을 살짝살짝 꼬집었다. 알싸한 고통이 배꼽을 타고 올라왔다. 저절로 신음 소리가 새어나왔다. 살이 뜯기며 피가 새어나왔다. 이젠 웬만한 통증으로는 만족이 되질 않았다. 태주는 살을 뜯고 또 뜯었다.

 캐비닛 문을 닫으려고 손을 뻗는 상현의 귀에 익숙한 신음 소리가 들려왔다. 신경이 곤두섰다. 상현은 최대한 기를 모으고 귀를 기울였다. 그것은 분명 태주의 신음 소리였다. 상현은 온몸의 감각을 열었다. 그리고 발가벗은 태주와 그 속으로 들어가려고 버둥거리는 강우의 몸을 떠올렸다.
 피 냄새. 분명 피 냄새였다. 피. 태주의 피. 신음 소리. 상현은 자리를 박차고 일어났다. 상현은 태주의 허벅지에 남아 있던 무수한 상처를 떠올렸다. 자주는 아니고…… 강우의 횡포를 애써 감추려던 태주의 목소리도 생각났다. 상현은 캐비닛에서 뛰쳐나왔다. 밖으로 나가 벽을 타고 태주의 방으로 올라갔다. 무작정 창문을 열고 방 안으로 뛰어들어갔다.

태주는 화장대 의자에 쪼그리고 앉아 허벅지에 연고를 바르고 있었다. 태주는 행동을 멈추고 상현과 강우를 번갈아 쳐다보았다. 상현은 다짜고짜 강우를 향해 다가갔다. 태주가 재빨리 그 앞을 막아섰다. 태주를 노려보았다. 상현은 태주를 향해 눈빛으로 호소했다. 비켜달라고. 당신은 비키기만 하면 된다고. 태주는 고개를 가로저었다. 상현은 태주를 밀쳐냈다. 옆으로 밀려났던 태주가 다시 상현을 가로막았다.

안 돼.

왜 안 돼? 이렇게 살고 싶어, 정말?

그래도 안 돼.

상현은 피 냄새를 따라 이리저리 방을 뒤졌다. 테이블 위에 올려진 과도에서는 들큰한 사과 냄새만 났다. 과도를 내려놓고 화장대로 갔다. 화장대 위에 널려진 것들을 뒤졌다. 태주를 괴롭히고 상처를 주었을 만한 것들을 찾았다. 그리고 화장대에서 작은 실밥가위를 찾아냈다. 실밥가위. 피는 닦여 있었지만, 거기 남아 있는 태주의 피 냄새는 채 지워지지 않았다. 상현은 가위를 집어 들고 태주를 쳐다보았다. 태주의 눈빛이 흔들리는 것이 보였다. 상현은 가위를 손에 꼭 쥐고 강우를 향해 다가갔다. 강우의 가느다란 목에 펄떡이는 동맥이 보였다.

그녀를 구원해주리라. 상현은 그 생각만 했다. 그녀를 자유롭게 풀어주리라. 그녀를 가두는 모든 장애물을 제거해주리라. 그러려면 강우부터 없애야 한다. 강우는 반드시 죽어야만 한다.
 태주가 두 팔을 벌려 상현을 막아섰다.
 안 돼!
 상현은 왼손으로 태주의 멱살을 틀어쥐었다. 태주를 들어올려 왼쪽으로 옮겼다. 지금 이 순간, 태주 또한 장애물이었다. 다시 강우가 눈에 들어왔다. 한쪽으로 물러선 채 더이상 그 어떤 방어도 하지 않는 태주였지만, 단호한 눈빛만은 거두지 않았다. 태주는 조용하면서도 단호한 목소리로 말했다.
 강우를 죽여줘! 하지만 지금은 안 돼.

밤낚시

✝

　밤낚시를 생각해낸 건 태주였다. 다짜고짜 강우를 죽이겠다고 달려드는 상현을 설득한 것도, 강우에게 밤낚시를 가자고 바람을 넣은 것도 태주였다. 상현도 강우도, 태주의 제안에 순순히 따랐다. 태주가 하자는 일이라면, 그 둘은 밤낚시건 그 무엇이건 고개를 끄덕일 사람이 되어 있었다.
　강우의 죽음을 계획하는 데 누구보다 신이 난 사람은 다름아닌 강우였다. 일단 바람이 들어가자, 이후 작업은 강우가 다 알아서 했다. 아직은 추워서 안 된다는 라여사를 설득하고, 승대에게 경비용 배를 빌리고, 시간을 정하고, 낚시 도구와 필요한 물건들을 준비하는 일들을 모두 강우가 했다.
　해가 지자마자 낚시 도구를 챙겨 호수로 향했다. 초저녁부터 안개가 자욱하게 깔렸다. 비극적인 일이 일어나기에는 좋은 날씨였다. 태주는 차창에 머리를 기댄 채, 고집스럽게 창밖만 바라보았다. 자신이 계획한 대로 되고 있었지만, 막상 실천이 시작되자 이 모든 음모로부터 제외되고 싶어졌다. 갖은 음모를 꾸미는 일이야 머릿속으로 이력이 나 있었지만, 달리기를 하는 것 말고는 아무것도 실천한 적이 없었다. 태주는 비로소 두려워지기 시작했다. 그래도 이십 년 넘게 살아온 세월이 있는데, 강우가 아니었다면 라여사가 태주를 받아들였을까. 두려움이나 후회는 이미 늦은 것이었다.

 태주는 콧노래를 부르고 있는 강우와 고집스럽게 앞만 보고 운전을 하는 상현의 뒤통수를 쳐다보았다. 어쨌든 태주는 이 둘 중의 하나를 선택해야만 했다. 강우를 제거하지 않고서는 상현을 붙들 수 없다는 사실을 태주는 잘 알고 있었다.

 호수는 고요했다. 자욱한 물안개를 피워올릴 뿐, 일렁임도 없었다. 뱃전은 강우와 상현이 나누어 앉고 가운데 태주가 앉았다. 상현이 힘차게 노를 저어 댐 한가운데로 나아갔다. 노 젓는 소리만 고즈넉했다. 가끔 음산한 왜가리 울음소리가 들리기도 했다.

 "똑딱선 푸로페라 소리가 이 밤도 처량하게 들린다. 물 위에 복사꽃 그림자같이 내 고향 꿈은 어린다."

 출발할 때부터 신이 나 있던 강우가 낚싯대를 드리운 채 노래를 부르기 시작했다. 인이 박이도록 들었던 노래였다. 짜증이 솟구쳤다. 태주는 안개처럼 뿌옇게 차오르던 두려움이 사라지고 살의를 회복하기 시작했다. 강우의 노랫소리가 점점 신명이 날수록, 태주의 살의가 점점 오롯해졌다.

상현은 한 손을 배 밖으로 내놓고 물을 튀기고만 있었다. 애써 딴전을 피우고 있는 듯했다. 시간이 없었다. 해가 뜨기 전까지 모든 일을 마쳐야만 했다. 태주는 조바심이 났다. 딴전을 피우는 상현이 이해되지 않았다. 당장이라도 목을 딸 것처럼 달려들던 상현이 왜 머뭇거리고 있는 걸까.

"태주 어렸을 때 기억나?"

강우가 상현 쪽을 쳐다보며 물었다.

"정말 귀엽지 않았냐?"

강우의 목소리는 한껏 들떠 있었다. 상현은 대답하지 않았다. 그래도 강우는 혼자 신이 나서 낄낄대며 말을 이었다.

"애가 있잖아, 열두 살 땐가…… 자는데 막 깨우는 거야, 빤스를 벗어들고. 피오줌 쌌다고, 이상한 약을 너무 많이 먹어서 죽을라나 보다고…… 둘이 껴안고 밤새 울었잖아……"

강우가 손을 뻗어 귀여워 죽겠다는 듯 태주 뺨을 꼬집었다. 강우의 손이 닿자 몸의 근육이 쫙 오그라붙는 기분이 들었다. 죽은 자의 손이 닿기라도 한 것처럼 몸에 소름이 돋았다. 태주는 상현을 향해 차갑게 내뱉었다.

"뭐 해요, 밤 샐 거예요?"

그 말에 강우가 손을 내려 시간을 확인하고는 의아한 듯 물었다.

"아홉신데?"

 태주는 강우의 말에 신경도 쓰지 않고 상현만 쏘아보았다.

"병원 가고 경찰 조사 받고 그러면 몇 시간인데…… 해 떠도 괜찮아요?"

 상현의 얼굴이 창백해졌다. 대꾸는 못 하고 태주만 노려보고 있었다. 강우가 불안한 눈빛으로 상현과 태주를 번갈아 보았다.

"병원은 뭐고, 경찰 조사는 뭐야…… 왜, 그래, 태주야. 무슨…… 말이야……"

 이윽고 결심이 선 듯 상현이 일어섰다. 상현의 갑작스런 행동에 배가 좌우로 심하게 흔들렸다. 상현은 엉거주춤 엎드려 기다시피 하며 앞으로 걸어나왔다. 배의 균형을 잡기 위해 태주도 상현 쪽으로 기어갔다. 상현의 움직임을 확인하면서, 천천히. 태주는 상현과 자리를 바꿔 앉았다. 뱃전에 태주와 강우가 앉고 그 가운데 상현이 있었다. 상현은 회칼을 집어들었다. 고기를 잡으면 그 자리에서 회를 떠주겠다고 강우가 큰소리치며 준비해온 칼이었다.

"안 된다니까!"

 태주가 소리쳤다.

"조금만 마시면 안 될까?"

 상현이 태주를 향해 애원하듯 말했다.

"부검하면 다 뽀록난다니까!"

 상현이 손을 들어 보여주었다. 상현의 손에는 자잘한 수포가 생겨나기 시작했다.

"나 많이 생각했어…… 누구 딴 사람을 죽여야 하는데…… 뭐 하러 그래…… 어차피 죽을 애 두고……"

"칼 버려!"

태주는 신경질적으로 잘라 말했다. 짜증이 났다. 그렇게 안 된다고 말했는데. 그때, 강우가 태주의 말을 따라했다.

"그래, 칼 버려."

강우를 잊고 있었다. 실랑이를 하던 태주와 상현이 동시에 강우를 쳐다보았다. 상현은 낯선 물건을 바라보듯 강우를 물끄러미 쳐다보았다. 그제야 자신이 해야 할 일이 무언지 정확히 안 사람처럼 칼을 물에 던지고 자세를 낮췄다. 먹잇감을 향해 전력질주 하기 직전의 맹수처럼 상현의 등짝에 팽팽한 긴장감이 감돌았다. 상현이 강우 앞으로 가까이 갈수록 태주는 균형을 맞추기 위해 몸을 뒤로 빼야만 했다. 배가 흔들거렸다.

"야, 오지 마…… 오지 마……"

강우가 손사래를 치며 뒤로 몸을 뺐다. 순식간이었다. 상현의 왼손이 강우의 몸통을 끌어안고 나머지 한 손으로 강우의 코와 입을 막은 것은. 강우는 끽 소리도 내지 못했다. 몸을 뒤틀며 벗어나려고 안간힘을 써보지만, 상현의 무지막지한 힘은 당해내지 못했다. 태주의 눈에는 공포로 가득 찬 강우의 커다란 눈동자만 보였다.

상현이 움직임을 멈추었다. 상현의 얼굴에 긴장감이 감돌았다. 눈을 부라리며 태주를 쏘아보더니 그대로 뒤로 넘어갔다. 강우는 마지막 지푸라기를 잡듯 낚싯대를 꽉 움켜쥔 채 물 속으로 들어갔다. 상현과 강우가 빠지면서 배가 심하게 흔들렸다. 태주는 눈을 꼭 감았다가 떴다. 몸을 살짝 일으켜 강우와 상현이 사라진 쪽을 쳐다보았다.

그때였다. 무언가 날카로운 것이 태주의 귓불을 낚아챘다. 강우가 드리웠던 낚싯대가 안으로 따라들어가면서 낚싯바늘이 포물선을 그리더니 태주의 귓불에 걸린 것이었다. 태주는 터져나오려는 비명을 참기 위해 입을 틀어막았다. 낚싯줄이 팽팽히 당겨졌다. 낚싯바늘은 태주의 귀를 찢고 달아났다. 태주는 고통에 찬 신음 소리를 냈다. 귀에서 피가 흘렀다. 태주는 손으로 귀를 움켜쥐고 몸부림을 쳤다.

낚싯대가 떠올랐다. 고요해졌다. 태주는 수면 위로 머리를 숙였다. 시간이 얼마나 흘렀을까? 아주 잠깐이었는지도 몰랐다. 갑자기 강우의 머리가 수면 위로 올라왔다. 불쑥 튀쳐나온 강우는 가까스로 배를 붙들었다. 강우는 간절한 눈빛으로 태주를 찾았다. 강우가 몸을 허우적댈 때마다 배가 심하게 흔들렸다. 태주는 그대로 누워버렸다. 양손으로 뱃전을 붙잡고 강우의 손등을 발로 찍었다. 그러다가 강우에게 발을 붙들리고 말았다. 강우가 다시 수면 아래로 들어갔다. 강우는 태주의 발목을 놓지 않았다. 아래에서 잡아끄는 힘과 태주의 발목을 쥔 강우의 힘이 얼마나 강렬한지, 태주의 몸도 따라 끌려가고 있었다. 그러다간 태주까지 물 속으로 들어갈 판이었다. 태주는 발목을 비틀어 강우의 손아귀에서 가까스로 벗어났다. 강우가 두 손을 버둥거리며 다시 물 속으로 사라졌다.

수면 위에는 다시 정적이 감돌았다. 태주는 강우의 죽음을 확인하려고 물을 들여다보았다. 속으로 숫자를 세었다. 하나, 둘, 셋…… 천천히 열다섯까지 세었을 때, 어두운 물이 일렁이더니 상현이 얼굴을 내놓았다.

상현이 손을 내밀었다. 태주는 재빨리 몸을 일으켰다. 뱃전을 쥐고 바짝 엎드린 다음 상현을 들어올렸다. 수면 위로 상체를 내민 상현이 한 손으로 태주의 머리를 잡아당겼다. 엄마 품을 찾는 어린아이처럼 태주를 끌어안았다.

귓불에 상현의 뜨끈한 혀가 닿았다. 상현은 미친 듯이 피를 빨았다. 태주는 짧은 비명을 지르며 상현을 밀쳐냈다. 상현이 다시 물 속에 빠졌다. 머리칼이 곤두서며 소름이 돋았다. 귓불이 얼얼했다. 피를 쪽쪽 빨던 상현의 입술이 한쪽 귀에서 욱신욱신 느껴졌다. 공포스러웠다. 그러나 공포와 함께 다른 흥분도 뒤따라왔다. 상현이 다시 몸을 드러내곤, 숨이 찬 듯 거칠게 숨을 몰아쉬고 있었다.

"지금이라도, 건져내면, 살릴 수 있어, 빨리, 얘기해, 진짜 죽여?"

지극히 당연한 일이었다. 태주를 위해서 병신은 사라져야 했다.

"그러엄."

태주는 환하게 웃으며 고개를 끄덕였다.

"정말?"

상현이 다시 물었다. 상현의 얼굴이 발그레했다.

"물론이지, 이 바보야!"

태주는 손으로 물을 탁 쳐올려 보냈다. 물벼락을 뒤집어쓴 상현이 픽 소리를 내며 웃었다. 태주도 따라 웃었다. 태주의 웃음소리는 발작 소리와 다름없었다. 태주와 상현은 계속 그렇게 깔깔대며 있었다. 상현이 뱃전을 잡고 힘껏 끌어당겼다. 배가 뒤집히면서 태주도 물 속에 빠졌다. 물은 살을 에일 듯 차가웠다. 불에 데인 것처럼 뜨겁게 느껴질 정도였다. 태주는 허우적거리며 최대한 큰 소리로 비명을 질렀다.

"사람 살려!"

태주는 마지막 맡은 자신의 역할을 충실히 해내고 있었다. 태주의 고함 소리가 안개를 헤치고 멀리멀리 퍼져나가고 있었다. 어디선가 푸드득 새 날갯짓 소리가 들렸다.

태주의 비명 소리를 제일 먼저 들은 사람은 댐 경비과장 승대였다. 승대는 강우 일행에게 배를 빌려준 다음, 경비 초소로 들어가 당직자들과 포커판을 벌였다. 짙은 안개 때문에 집으로 돌아갈 의욕도 생기지 않았고, 강우네가 낚시를 마치고 오면 그걸로 술이나 한잔 기울일 생각이었다. 몇 판째 패가 좋지 않아 기분이 상한 승대는 바람도 쐴 겸 밖으로 나와 있었다. 호수는 여전히 안개 속이었다. 바지 지퍼를 내리고 호수를 향해 오줌발을 세우고 있을 때, 비명 소리가 들렸다. 안개 속에서 들려온 비명 소리에 소름이 돋으며 오줌발이 그대로 멈추었다. 불길하고도 끔찍한 소리였다. 이어서 물 첨벙이는 소리와 고함이 이어졌다. 승대는 서둘러 경비초소로 들어가 사람들에게 알리고 응급구조대에 신고를 했다. 누군가가 배를 띄웠고, 승대도 서둘러 배에 올라탔다.

 상태는 심각했다. 엎어진 배에 가까스로 올려져 있는 태주는 정신을 잃은 상태였고, 현신부는 물 속으로 들어갔다가는 다시 올라오기를 반복하고 있었다. 그리고 함께 배를 탔던 강우는 보이지 않았다. 구급차가 온 다음, 경찰차가 도착하고, 사람들이 몰려들었다. 안개 속에 가려져 있던 호숫가가 순식간에 번쩍이는 불빛과 사람들의 목소리로 소란스러워졌다.

 승대는 물에 젖은 채 무방비 상태로 누운 태주에게만 관심이 쏠렸다. 정신을 잃은 태주를 구급차에 실어보낼 때까지, 응급처치를 하는 양하며 태주의 몸을 주무르면서 그동안 누리지 못했던 욕망을 슬그머니 채웠다. 안쓰러움을 자아내는 몸이었다. 남편을 잃은 슬픔까지. 태주를 차지하기에 가장 좋은 기회를 잡게 될지도 모를 일이었다. 굽이를 돌아 댐 위로 올라가는 구급차의 뒤꽁무니를 쳐다보며 입맛을 다셨다.

 현신부는 담요를 뒤집어쓴 채 멀뚱히 서 있었다. 넋이 나간 것처럼 입을 다물지 못한 채 호수 저편만 쳐다보고 있었다. 승대는 신부 옆에 바싹 다가섰다.

"이게 뭔 일이요, 응?"

신부는 몸만 부들부들 떨 뿐 아무 말도 하지 못했다.

"밤낚시하겠다고 강우가 부탁할 때, 내가 말렸어야 하는데…… 어쩐지 기분이 영 찜찜하더라구."

승대는 현신부가 바라보는 눈길을 따라 호수 쪽으로 잠깐 시선을 돌렸다. 그리곤 은근한 목소리로 말했다.

"그건 그렇고…… 낚시를…… 내가 눈 감아줬단 소리는 뭐, 안 하셔도 되고…… 나머지는 내가 다 얘기해놓을 테니까…… 아무래도…… 내 위치가, 위치라서……"

승대는 아무래도 마음이 놓이지가 않았다. 사고는 물론이고 배까지 내어준 걸 알게 되면 문책을 면하기 어려울 것이었다. 승대는 사라진 강우나 병원에 실려간 태주보다 당장 자신이 처한 위험에 대해 신경이 쓰였다. 경찰 관두고 어렵사리 얻은 자리였다. 호수를 끼고 있는 이 작은 마을에서 이만큼 큰소리치며 살 수 있는 직업도 없었다. 사고가 일어난 것만으로도 책임자인 승대에게 적지 않은 해가 올지도 모를 일이었다. 승대는 현신부에게 확실한 다짐을 듣고 싶었지만, 신부는 승대를 뒤로 한 채 비틀거리며 어딘가로 걸어갔다. 승대는 슬그머니 형사들이 있는 쪽으로 자리를 옮겼다.

"그러니까, 내가 이렇게 서서 오줌을 싸고 있는데, 비명 소리가 들리더라고…… 그래서 가지고 있던 랜턴을 들고 비쳐보니까, 배가 막 뒤집어지고…… 살려달라는 소리도 들리고…… "

그때부터 신속한 구조를 위해서 승대가 무엇을 했는지를 말하려는 순간, 형사 하나가 고함을 치며 호수 쪽으로 내달렸다.

"어이, 이거 봐요! 야, 뭐 해, 잡아!"

현신부가 커다란 바위를 하나 안고 있는 것이 보였다. 현신부는 이미 호수에 발을 들인 상태였고, 형사가 뛰어들어가 현신부의 팔을 붙들었다. 들어가겠다고 발버둥치는 현신부와 억지로 끌어내리는 형사 사이에 실랑이가 벌어졌다.

"강우야아…… 강우야아……"

현신부의 울부짖음이 메아리쳤다.

"아이고…… 오죽 충격이 컸겠어?…… 신부님이…… 기적을 일으킨 신부님이라는데…… 친구도 못 살리고……"

승대는 누구에게랄 것도 없이 혼잣말을 했다.

승대는 현신부와 함께 호송차를 타고 경찰서로 향했다.

"술을 좀 마셨어요, 회도 좀 떠먹고. 강우가 기분이 좋아서…… 춤을 추겠다고…… 빠진다고 말려도…… 듣질 않고……"

곧 울음이라도 터뜨릴 것 같았다. 신부는 자주 말을 멈추었고, 그때마다 담당형사는 볼펜을 딱딱 치며 신부의 말을 기다렸다. 울먹임 때문에 내용을 제대로 알아들을 수가 없었다.

승대 또한 그 옆에 나란히 앉아 조서를 쓰고 있었지만, 자신이 하는 말보다는 현신부의 목소리에 신경이 더 쓰였다. 실수로라도 배 얘기가 나오면 안 되는데. 승대는 현신부가 자신의 말을 제대로 알아듣기나 한 것인지 걱정이 되었다.

"그러니까 비명 소리를 들었는데, 그 다음이요!"

형사가 승대에게 대답을 재촉했다.

"그래, 그러니까, 소리가 나서 들고 있던 랜턴을 비춰보니까…… 내가 랜턴은 꼭 들고 다니잖아…… 어쨌든 그때 배가 막 뒤집어지고 있더라구. 그래서 내가 신속히 일일구에 연락하고 현장에 접근 시도하는 사이……"

"물에 빠지면서…… 태주 먼저, 태주 먼저 구해줘, 그렇게 외쳤어요…… 강우 말대로 일단 태주씨는 잡아 올렸는데…… 겨우 올려놓고서 뒤돌아보니까 강우는……"

현신부가 기어이 울음을 터뜨렸다. 승대는 말을 멈추고 현신부를 쳐다보았다. 제 앞에 앉아 있던 형사도 현신부를 취조하던 형사도 동시에 신부를 쳐다보았다. 승대는 현신부의 태도가 어쩐지 연극적으로 보인다는 생각이 스쳤다. 승대는 고개를 흔들어, 슬그머니 치켜든 의심의 눈초리를 지웠다.

승대는 현신부를 잘 알지 못했다. 강우 때문에 딱 두 번 보았을 뿐이었다. 워낙 종교라는 것은 가져본 적이 없어서 성당 근처에도 안 가본데다가, 신부라는 존재 자체가 거북스러웠던 것이 사실이었다. 자신은 무언가 잔뜩 숨기고 있으면서 상대방은 꿰뚫어 보려고 하는 기분 나쁜 시선. 금욕생활을 하는 자의 거드름과 깔보는 듯한 태도. 그것이 승대가 가진 신부에 대한 선입관이자, 현 신부에게서 받은 첫인상이기도 했다.

 강우가 아니었더라면 신부라는 종류의 인간과 엮일 일도 없었을 것이었다. 워낙 사람 좋아하는 강우이기도 했지만, 현신부와의 재회를 강우는 유난히 반가워했다. 내 유일한 친구였어요, 멋있죠? 힘도 세고 달리기도 잘하고, 진짜 근사했는데, 신부복 입으니까 더 근사한 거 있죠? 신부를 소개하며 했던 강우의 말이 떠올랐다. 강우에게 현신부가 활력소가 된 것만은 사실이었다. 게다가 기적을 일으킨 신부라더니, 신부를 만나고 나서 강우의 건강이 전보다 좋아졌다는 건, 라여사의 주장이 아니더라도 눈에 띄었다. 뜸했던 오아시스 모임을 다시 꾸렸던 것도 강우였다. 그렇게 좋아하더니만. 승대는 강우를 생각하며 혀를 찼다.

 시간이 좀 흐른 후 현신부의 진술이 이어졌다. 다행히 배 얘기나 승대 얘기는 나오지 않았다. 진술서에 지장을 찍는 걸로 조사가 끝났다.

 "일단 귀가하세요. 찾는 대로 연락드리겠습니다. 우리가 못 찾아두 본인이 결국 떠오르니까…… 호수라 어디 흘러갈 데두 없구."

 현신부는 담요를 의자에 걸쳐놓고 일어났다. 승대는 그제야 안도의 숨을 내쉬었다.

 "잠깐만요!"

 현신부가 몸을 돌려 걸어가려는데, 형사가 불러세웠다. 형사의 부름에 승대는 저도 모르게 몸을 일으켜 세웠다. 신부가 걸음을 멈추고 뒤를 돌아봤다. 승대는 불길한 표정으로 형사의 말을 기다렸다.

"금지구역에서 낚시하신 거, 그거는 벌금 내셔야 됩니다."

현신부는 가볍게 고개를 끄덕였다. 그리곤 승대를 슬쩍 쳐다보았다.

"물론 그건 벌금 내야지."

저도 모르게 승대가 대답을 해버리고 말았다. 승대는 벌떡 일어섰던 몸을 다시 거둬들이며 고개를 숙였다.

"그러니까, 내가 그러는 동안 사태는 이미 끝나버렸다 이 말이지……"

안개

✝

　안개는 기적신봉자들이 기거하는 텐트촌에도 밀려왔다. 바람도 없었다. 가끔 노인네 기침 소리가 들릴 뿐, 안개만큼 묵직한 적막감만 바닥을 휘감고 있었다. 텐트 지퍼가 열리고 소녀가 나왔다. 장대소녀. 기적신봉자들 사이에서 가장 나이 어린 소녀를 사람들은 그렇게 불렀다. 잠에서 막 깬 탓인지 건강상태가 안 좋아진 것인지, 조금 더 수척해진 모습이었다.
　소녀는 종종 새벽안개를 헤치며 호숫가를 산책하곤 했다. 신발 끝이 촉촉해지면 발가락이 시려왔다. 허리를 숙여 예쁜 돌멩이들을 주웠다. 돌멩이가 땅에서 떼어져 손 안에 들어올 때, 그 축축한 면을 손바닥으로 쓸어주면 돌멩이가 금세 보송보송해지곤 했다. 소녀는 보송보송한 돌멩이들을 주머니 속에 넣고 다시 걸었다.

걸음을 걸을 때마다 돌멩이가 부딪치는 소리가 달그락거렸다.
 안개 속에 몸을 숨기고 앉아 있으면 모든 고통스러운 기억들을 지울 수 있었다. 호주머니 속으로 들어간 돌멩이처럼, 축축했던 기억들이 보송보송해지는 느낌이었다. 그럴 때면 아무 생각도 떠오르지 않아서 좋았다. 소녀는 어렴풋이 들려오는 소리의 입자들을 귀로 건져내곤 했다. 귀를 기울이면 농밀한 안개 입자들 사이로 살아 있는 생물체의 소리가 들려왔다. 꾸룩꾸룩 가슴을 부풀리며 우는 새 울음소리. 날개를 펴고 깃털을 털었다가는 다시 몸을 웅크리는 어린 새들. 물을 차올랐다가 다시 뛰어들어가는 힘 좋은 물고기들. 죽은 듯 조용한 호수에서 들려오는 그 모든 살아 있는 소리들이 소녀는 고마웠다.
 소녀의 곁에는 소녀처럼 산책을 나온 달팽이가 있었고, 서서히 걷히는 안개 너머로 산능선이 희미하게 마주 앉아 있었다. 무엇보다 해를 하염없이 바라볼 수 있어서 좋았다. 해가 서서히 하늘 가운데로 올라앉을 무렵이면 청둥오리떼들이 노란 주둥이를 이 호숫가에 담그러 찾아왔다. 그때 호수를 그들에게 내어주고 소녀는 다시 텐트촌으로 돌아가곤 했다.
 소녀가 아버지 손에 이끌려 처음 텐트촌에 왔을 때, 미친 것처럼 기도를 해대는 사람들에서 벗어나 안정을 취할 수 있는 곳이 호수였다. 소녀만 남겨두고 이틀 만에 아버지가 사라졌을 때에도 소녀는 호숫가에 앉아 눈물을 삼켰다. 소녀는 기도나 성자나 성자가 행할 기적에 대해서는 아는 바가 없었다. 병원비 걱정을 하지 않아도 된다는 사실에 안도했을 뿐이었다. 아버지의 커다란 손을 꼭 잡았을 뿐이었다. 아버지가 떠나고 난 후, 소녀의 손을 잡아준 것은 눈이 먼 노파였다. 소녀는 자신이 뭔가 할 수 있는 일이 있어서 다행이라는 생각을 하며 노파의 손을 잡았다.

  호수 쪽으로 걸음을 옮기려는데 앞쪽에서 무언가 어두운 형체가 움직이는 것이 보였다. 안개를 헤치며 가까이 다가오는 어두운 그림자는 사람인 것 같기도 하고, 앞다리를 치켜든 동물 같기도 했다. 소녀는 얼른 점퍼 주머니를 뒤졌다. 손에 호각이 만져졌다. 텐트촌을 싫어하는 주민들과의 불미스러운 일에 대비해서 하나씩 나누어 가졌던 호각이었다. 소녀는 얼른 호각을 꺼내 입에 물었다. 그리고 힘차게 입바람을 불어넣었다. 고요했던 호숫가에 호각 소리가 날카롭게 울려퍼졌다. 소녀는 불고 또 불었다. 어떤 악마적인 존재를 물리치는 주술이라도 되는 것처럼. 부적이라도 되는 것처럼.
  호각 소리를 듣고 사람들이 하나둘 텐트에서 나왔다. 몽둥이 같은 걸 들고 나온 사람도 있었고, 옷도 제대로 못 걸치고 맨발로 뛰쳐나온 사람도 있었다. 우르르 몰려나온 사람들이 소녀 곁에 멈춰섰다. 누구라도 먼저 검은 형체를 향해 나아가는 사람이 없었다. 그 검은 존재도 자리에 멈춰 서서 더이상 움직이지 않았다. 몽둥이를 든 남자가 멈칫거리며 앞으로 나아갔다.
  갑자기 바람이 불었다. 바람이 불면서 무겁게 내려앉았던 안개가 밀려나갔다. 그리고 검은 형체의 모습이 드러났다.

악마야…… 저건……

소녀는 혼잣말을 했다. 머릿속에서만 상상했던 악마의 모습이 눈앞에 있었다. 악마가 아니면 저주받은 괴물인지도 몰랐다. 소녀의 눈에는 팔다리가 달린 파충류처럼 보였다. 형형한 눈빛이 아니었다면 온 얼굴을 감싸고 있는 수포 때문에 사람이라고는 생각할 수 없었을 것이었다. 소녀는 깊게 숨을 들이마셨다.

남자가 몽둥이를 바싹 쳐들고 악마에게 다가섰다. 소녀는 남자가 어떻게 될까 걱정이 되었지만, 그렇다고 남자를 막아설 용기도 없었다.

"성자……"

남자가 든 몽둥이가 바닥에 뚝 떨어졌다. 남자는 뒤를 돌아보며 소리쳤다.

"붕대 감은 성자가 우리를 대신해 다시 병을 얻으셨다!"

소녀는 고개를 저었다. 소녀는 성자의 얼굴을 제대로 본 적은 없었다. 하지만 성자의 모습이 저런 괴물의 얼굴을 하고 있을 거라고는 상상도 하지 못했다. 소녀 눈앞에 있는 것은 악마가 아니라면 분명 괴물이었다.

"저건 성자의 얼굴이 아니야!"

소녀는 힘없이 외치며 고개를 저었다. 성자의 얼굴이 저래선 안 돼. 눈물이 날 것만 같았다. 성자의 얼굴은 고통으로 일그러져 있었다. 오직 고통들로만 범벅된 얼굴이었다. 소녀는 성자에 대해

가지고 있던 막연한 두려움이 현실로 드러났다고 생각했다. 두려움과 함께 적대감이 생겼다. 소녀에게 생긴 적대감은 일종의 보호본능과도 같았다. 위험을 감지했을 때 생기는 두려움과 적대감. 소녀는 이를 악물고 성자를 쳐다보았다. 사람들은 그를 진정한 성자라고 믿고 아우성치고 있었다. 다시 병을 얻은 성자. 병자들을 대신해 병을 얻고 또다시 기적을 일으킬 성자. 기적이 눈앞에 있었다.

"우리 주 그리스도의 이름으로……"

누군가 소리 높여 기도문을 외웠다. 사람들은 일제히 성호를 그으며 무릎을 꿇었다. 두 손을 모으고 기도를 하기 시작했다. 소녀도 얼결에 무릎을 꿇기는 했지만, 기도를 할 생각은 없었다. 기도문의 어느 구절도 떠오르지 않았다.

"살이 썩어가는 나환자처럼 모두가 저를 피하게 하시고 사지가 절단된 환자와 같이 몸을 마음대로 움직일 수 없게 하시고 두 뺨을 떼어내어 그 위로 눈물이 흐를 수 없도록 하시고 입술과 혀를 짓찧으시어 그것으로 죄를 짓지 못하게 하시며……"

사람들이 두 손을 모은 채 미친 듯이 기도를 하기 시작했다. 성자의 기도문이 울려퍼졌다. 그리고 소녀는 보았다. 우두커니 서 있던 성자의 얼굴이 이상하게 일그러지는 것을. 그리고 성난 짐승처럼 우우, 소리를 내며 달려나가는 것을. 그것은 분명 사람이 아닌 짐승이었다. 사람들이 일어나 성자의 뒤를 따랐다. 성자가 달려가는 속도를 따라잡을 수는 없었지만, 사람들은 성자를 놓칠

세라 기를 쓰고 따라갔다. 소녀도 슬금슬금 그 뒤를 따랐다.

수도원 담장에 잠깐 멈추었던 성자가 담 위로 사뿐히 올라섰다. 사람들의 입이 떡 벌어지는 것이 보였다. 사람들의 기도 소리가 절규에 찬 함성으로 변했다. 성자는 담을 가뿐히 넘어 수도원 안으로 들어갔다. 사람들은 입을 벌린 채 성자가 사라지는 모습을 지켜보았다. 기도 소리가 더욱 요란해졌다.

"그것으로 죄를 짓지 못하게 하시며 손톱과 발톱을 뽑아내어 아주 작은 것도 움켜쥘 수 없고 어깨와 등뼈가 굽어져 어떤 짐도 질 수 없게 하소서 머리에 종양이 든 환자처럼……"

소녀는 사람들과 동화될 수 없었다. 눈앞에서 벌어진 이상한 능력은 기적의 모습이 아니었다. 어깨와 등뼈가 굽고, 진물이 흐르고, 손톱과 발톱이…… 소녀는 수도원에서 되돌아서며 혼잣말을 했다.

"저건 괴물이야……"

해를 보여드릴게요

✝

"아직도 제 피를 원하세요?"

상현이 문을 박차고 들어오면서 다짜고짜 물었다. 헐떡이는 상현의 숨소리가 들렸다. 노신부는 말없이 고개를 끄덕였다.

"제가 지금 무슨 일을 하고 온 줄 아세요? 그걸 아시면 신부님도 그런 말씀을……"

"옷을 좀, 입혀…… 주세요."

노신부는 구부정하게 앉아 있던 등을 펴면서 천천히 말했다. 늦은 밤이었지만, 상현의 갑작스런 방문이 놀랍지 않았다. 상현이 오고 있는 걸 내려다보고 있었던 사람처럼 담담하게 상현을 맞았다. 상현은 인간의 피를 마셔야 살 수 있는 뱀파이어다. 끼니마다 죄를 지을 수밖에 없는 운명인 것이다. 그때마다 고해를 위해서라도 노신부를 찾을 수밖에 없을 것이다. 노신부는 상현을 기다리는 사람이 되어 있었다. 집 나간 자식을 동구 밖에서 기다리는 어미처럼, 상현의 발소리를 향해 노신부는 저만치 귀를 내다놓고 서성이며 지냈다.

"오실 줄 알았습니다…… 어릴 적부터 그러지 않았습니까. 작은 잘못을 해도 고해성사를 해달라고 떼쓰던 아이였잖아요……"

상현을 향해 담담하게 말은 했지만, 상현을 기다려온 진짜 이유를 상현이 대신 외쳐주니 반가울 따름이었다. 아들의 능력으로 아비의 소망을 이루는 것, 그것이 세상 모든 아버지가 살아가는 힘이었다. 노신부는 자신의 소원을 이뤄주기 위해 상현이 이렇게 다시 나타날 거라는 믿음이 있었다. 이제 아비인 노신부가 바다에 떠오르는 일출을 보게 될 차례였다.

아들이 돌아왔다. 피의 계약을 맺은 아들이 아버지에게 돌아왔다. 피의 계약을 성사시키기 위해, 피를 묻힌 아들이 피를 선물하려 돌아와 눈앞에 서 있었다. 믿음과 소망이 동시에 이루어진 것이었다. 노신부는 자신의 믿음을 저버리지 않은 아들에게 감사했다. 믿음과 기도에 단 한 번도 응답을 보이지 않은 하늘의 아버지보다 피의 계약을 맺고 그 계약을 완수하기 위해 찾아와준 아들이 더 고마웠다. 세상 모든 아들은 세상 모든 아버지보다 그러므로 더더욱 반가운 존재인 것이다. 하늘의 아버지도 그래서 그렇게 기꺼이 우리에게 피를 나누어준 것이리라.

말없이 서 있던 상현이 와서 옷 벗는 걸 도왔다. 잠옷을 벗기고 사제복으로 갈아입히는 상현의 손에 몸을 맡겼다. 상현에게서 악취가 풍겼다. 썩은 피고름 냄새가 났다. 노신부는 냄새를 맡지 않으려고 최대한 입으로 숨을 쉬었다.

　상현은 노신부를 가볍게 들어 휠체어에 태웠다. 노신부는 상현이 자신을 어디로 데리고 가는지 알 수 없었다. 밖으로 나오자 손등에 물기가 얹혀졌다. 소리 없이 내리는 안개비였다. 어깨와 다리 위가 축축하게 젖어들었다. 어디선가 고양이 울음소리가 들려왔다. 자갈길을 지나는 걸 보니 소성당 뒤편의 정원 쪽인 듯했다. 피의 계약을 완성시키기에는 그만한 곳이 없었다. 상현이 걸음을 멈추었다.

"그래요, 오늘은 또 누구의 피를 마셨습니까?"

노신부가 나지막이 물었다.

"죽이고 왔어요⋯⋯ 누군가를⋯⋯."

"피를 구하기 위해서는 어쩔 수 없었던 거잖아요, 그렇죠?"

"피 때문이 아니에요."

　상현은 노신부 앞에 무릎을 꿇었다. 그리고 간밤의 일을 이야기하기 시작했다. 노신부는 상현의 말을 들으면서 놀라지 않았다. 담담하게 상현의 말을 들었다. 노신부는 곧 일어날 기적의 순간에 눈이 멀어 있었다. 계약이 완성되는 순간만을 상상하느라 상현의 말이 제대로 들어오지 않았다. 노신부는 상현의 악행과 그로 인한 고뇌까지도 공유하기 시작했다. 진정으로. 자신이 언젠가 처하게 될 상황을 미리 겪고 있는 중이라 생각했다. 노신부는 이제 상현의 악행을 방관하며 대신 죄사함을 내려주는 사람이 아니라, 같은 얼굴을 하고 같은 일을 하게 될 공범자였다.

"얼마나 깊은지는 모르겠어요. 그냥…… 계속 내려갔어요…… 버둥거리는 강우를 안고서……"

상현의 말에 노신부는 말없이 고개를 끄덕였다.

"근데요…… 호수 바닥에 집이 있는 거예요, 수몰지구지…… 몇 번 물을 먹더니 죽긴 죽은 것 같은데, 내가 올라가려고 하면 스르르 떠오르고, 또 자꾸 떠오르고 그래서…… 거기 집에 들어가서 벽장에 넣고…… 가슴에 큰 돌덩이를 올려놓고 닫았는데…… 꼭 문 열고 나와서 전화라도 할 것 같고…… 벽장문 앞에도 돌덩어리 하나 막아놓고 와야 했나 싶기도 하고……"

상현은 신들린 사람처럼 부르르 떨며 말을 했다. 상현이 지금 노신부에게 하고 있는 것은 고해가 아니라 자랑이었다. 자신이 저지른 살인의 행각에 자부심을 느끼는 연쇄살인범처럼, 전쟁을 앞두고 자신이 참전했던 전장의 무용담을 병사들에게 들려주는 대령처럼, 목소리는 당차고 늠름했다.

"한번 죽었으면 죽은 거겠죠, 신부님? 죽으면 끝이죠? 그렇죠?"

상현은 어린애처럼 신부의 무릎에 매달렸다. 노신부는 상현의 얼굴을 어루만져주었다. 상현의 코에서 피가 흘러내리고 있었다. 상현이 노신부의 손을 잡았다. 그리곤 제 손가락을 붙잡게 했다. 노신부는 상현의 손가락 끝을 잡았다. 끈적한 느낌에 뒤로 손을 빼자, 무언가 쑥 빠져나오는 느낌이 들었다. 손톱이었다. 노신부는 자기가 잡고 있는 물건이 사람의 손톱이라는 사실을 알고 기겁하며 떨어뜨렸다.

"보세요, 뱀파이어도 불사의 존재가 아니에요…… 해가 뜨면 옷장 속으로 기어들어가서 행여 빛이 들까 선잠을 자요. 해가 지고 어설픈 잠에서 깨어나면 어떻게 피를 구할까 그 궁리만 해요. 하루라도 피를 안 마시면 몸이 이렇게 썩어버린다구요. 손톱이 빠지고 피고름이 흐르고…… 먹어도 먹어도 성에 차지 않아요. 지금이야, 자살하는 사람 통해서 어떻게든 피를 구하지만, 언제 제가 사람을 죽일지 그건 저도 몰라요, 강우를 죽이면서도 죄책감 같은 건 없었어요. 목을 뜯어 피를 빨아먹을까…… 그 생각만 했는걸요."

더이상 듣기 싫었다. 상현이 이렇게 허술하게 허물어지는 육체를 지닌 뱀파이어라는 사실이 노신부는 두려웠다. 육체가 더 쇠하기 전에 어서 기적을 일으켜주어야 한다고 생각했다. 이번엔 노신부가 상현처럼 무릎에 매달려 애원하고 싶었다. 어서 빛을 달라고.

"그래도 제 피를 원하십니까?"

노신부는 서둘러 고개를 끄덕였다.

"……그렇게도 보고 싶으세요, 이 어두운 세상을?"

상현이 재차 물었다. 노신부는 노여움에 차서 버럭 소리를 질렀다.

"너는 남의 피로 연명하면서, 네 피 한 방울 나눠주는 건 아까워

하느냐!"

✝

　태주도 처음에 어떻게 하면 뱀파이어가 되느냐고 물었다. 자기도 하게 해주면 안 되냐고. 어른들 놀이에 끼워달라고 떼를 쓰는 어린애처럼. 류간호사는 효성의 피를 빨아먹은 걸 알면서도 자살을 도와달라고 청했었다. 그리고 지금, 상현의 눈앞에 신부복을 입고 있는 이 사람, 평생 금욕과 절제를 강요해왔던 이 사람. 진정한 아름다움은 보이지 않는 곳에 있다고 말해왔으나, 이제는 눈에 보이는 아름다움을 보기 위해 한없이 초라해져 있는 이 사람. 상현은 노신부를 딱하게 바라보았다.
"그래도 제 피를 원하십니까?"
　상현은 다시 한번 물었다. 물으면서 간절히 바랐다. 노신부가 아니라고 대답해주기를. 노신부만은 악의 영역으로 넘어오지 않기를. 평생을 지켜왔던 그의 신념과 믿음을 깨지 않기를 바라고 또 바랐다. 그래야만 상현이 여태 저질렀던 일들이 인간의 추악한 욕망 때문이 아니라, 단지 피의 갈증 때문이었다고 말해질 수 있으니까. 상현은 뱀파이어가 되는 걸 선택하지 않았다. 단 한 번도 뱀파이어의 삶을 원한 적이 없었다. 하지만 노신부는 뱀파이어의 삶을 선택하려고 한다. 이 더럽고 어두운 세상에 무엇이 볼

게 있다고, 제 눈으로 그걸 확인하려고. 노신부는 더이상 존경하는 아버지가 아니었다. 욕망에 사로잡힌 한 구의 늙은 육체에 불과했다.

갑자기 기침이 나오며 피가 쏟아졌다. 이젠 이브가 내장까지 침투한 듯했다. 시간이 없었다. 상현은 노신부를 향해 침착하게 말했다.

"사죄경을 해주시면…… 드리죠."

노신부가 오른손을 뻗어 더듬더듬 상현의 머리를 찾았다. 노신부의 손을 끌어다 제 머리 위에 올려놓았다. 그리고 고개를 숙였다.

"인자하신 하느님 아버지, 성자의 죽음과 부활로 세상을 구원하시고……"

피가 솟구쳤다. 목구멍에서 핏덩어리가 쏟아져나왔다. 어지럼증이 일었다. 피고름 터지는 소리가 들렸다. 힘이 없었다. 상현은 노신부의 목소리가 점점 멀어지는 걸 느꼈다. 노신부의 손에 힘이 들어갔다. 노신부는 애써 태연한 척 침착하게 기도를 이어갔다.

"죄를 용서하시려고 성령을 보내주셨으니 교회를 통하여 이 사제에게 용서와 평화를 주소서. 나는 성부와 성자와 성령의 이름으로 당신의 죄를 용서합니다."

상현도 신부를 따라 성호를 그었다.

"아멘."

"주님을 찬미합니다."

숨을 쉴 수가 없었다. 눈과 귀에서까지 피가 흘러나왔다. 온몸이 온통 피로 물들고 있었다. 상현은 헐떡이며 겨우겨우 말을 이었다.

"……주님의…… 자비는…… 영원합니다."

"주님께서 죄를 용서해주셨습니다."

노신부가 상현의 눈에 손을 댔다. 노신부는 자신의 손에 묻은 것이 상현의 피라는 걸 알아차렸다. 그 피는 노신부의 눈을 뜨게 하고 굳은 다리를 풀리게 할 피였다. 노신부는 피를 핥기 위해 손바닥을 가까이 가져갔다. 상현은 재빨리 노신부의 손목을 움켜쥐었다. 노신부는 혀를 길게 뺀 채 피를 핥으려고 안간힘을 썼다. 피 한 방울을 혀끝에 대기 위해 안감힘을 쓰는 노신부의 모습에 상현은 고개를 돌렸다. 흉측했다. 피를 나누어줄 수 없었다. 노신부는 자신을 제압하고 있는 상현의 손아귀에서 벗어나려고 몸을 뒤틀고 있었다. 상현은 휠체어 오른쪽에 달린 주머니에서 와인오프너를 꺼냈다.

돌돌 말린 와인오프너를 주욱 늘려 송곳 모양으로 폈다. 그리고 노신부의 손바닥에 오프너를 올려놓고 손가락들을 굽혀 자루를 쥐게 만들었다. 그리고 천천히 노신부의 심장 쪽으로 칼을 가져갔다. 안간힘을 쓰던 아까와는 달리 노신부는 의외로 침착해 보였다. 상현이 무슨 일을 하려는지 미처 깨닫지 못했거니와, 뱀파이어가 되는 순간을 겸허히 받아들이려는 중인지도 몰랐다. 노신부의 얼굴에 희미한 미소가 잠깐 드리웠다 사라졌다.

상현은 결심한 듯 힘껏 칼을 밀었다. 칼은 노신부의 심장에 정확히 가 박혔다. 노신부의 심장 박동 소리가 들렸다. 박동 소리가 점점 더 빨라지다가 천천히 속도를 줄였다. 소리가 나는 심장의 중심부를 향해 힘껏 누른 다음 칼을 비틀었다.

"고통은 없을 겁니다, 신부님. 심장이 멈춰가고 있는 소리가 제게 들리는걸요."

노신부는 비명도 지르지 못했다. 희어멀건한 눈동자를 부릅뜨고 입은 헤벌린 채 고개를 숙였다.

두려워 말라 네가 수치를 당치 아니하리라
놀라지 말라 네가 부끄러움을 보지 아니하리라 [1]

상현은 노신부의 심장에 손바닥을 얹고 천천히 중얼거렸다. 그리곤 노신부의 옷을 벌려 가슴을 헤쳤다. 칼을 뽑자 피가 솟구쳤다. 상현은 그대로 입술을 갖다대었다. 노신부가 축 늘어지며 칼을 떨어뜨리는 것이 느껴졌다. 상현은 젖 빠는 아기처럼 혀를 모으고 힘차게 빨아댔다. 노신부의 뜨끈한 피가 식도를 타고 넘어갔다. 상현은 빨고 또 빨았다. 더이상 피가 돌지 않을 때까지 아무 생각 없이 피를 마셨다. 노신부의 피가 위장으로 흘러들어가는 동안, 상현은 처음으로 아버지 품에 안긴 듯한 기분이 들었다. 도무지 기억할 수도 없던 것들이 마치 기억처럼 안락하게 밀려들고 있었.

"이렇게 편안하게 안아주셨던 적이 있었던가요?"

상현은 몸을 떼며 노신부를 향해 읊조렸다.

"팽개쳐졌단 기분이 내 인생을 지배한 거잖아요, 신부님이 진짜 부모랑 같나요? 좆빠지게 기도해봐야 무슨 응답이 있길 하나……"

어디선가 물 흐르는 소리가 들리는 것 같았다. 절벽절벽 진창을 밟으며 걸어오는 소리가 들리는 것도 같았다. 불안감이 엄습했다. 상현은 귀를 세우고 주위를 둘러보았다. 아무도 없었다. 사람의 숨소리가 들리지 않는 것은 분명했다. 하지만 똑, 똑, 물 떨어지는 소리는 어렴풋이 들려왔다. 상현은 두리번거리며 자리에서 일어났다.

"해를 보게 해드릴게요."

상현은 노신부를 조수석에 태우고 차를 몰았다. 차에 피가 묻지 않도록 사체를 방수포로 꽁꽁 포장을 한 상태였다. 노신부의 피를 실컷 마신 탓인지 기분이 상쾌했다. 자꾸만 웃음이 나오려고 했다.

"근데 이 뱀파이어로 살아가는 기분이 어떠냐 하면요…… 한마디로…… 선택받은 거 같아요. 아, 내가 무관심 속에 버려진 게 아니었구나, 내 힘이 정말 필요한 곳이 있구나, 그런 선택받은 기분 아실는지 모르겠어요……"

혼자 떠들며 웃으며 운전을 하는 사이 바닷가 절벽에 도착했다.

"어쨌든 나한테 어떤 특별한 역할을 맡기셨구나, 이런 거 무슨 역할이냐? 난 모르지……"

차에서 내렸다. 습습한 바닷바람이 볼에 와 닿았다. 조수석에서 노신부를 꺼내 절벽 끝으로 끌고 갔다.

"유부녀 사랑하는 역할인가? 자살하는 사람 잘 가게 도와주는 역할인가? 난 모르지······"

절벽 끝에 섰다. 시신의 발을 잡았다.

"한 사람의 흡혈귀로서 성실하게 살아가다 보면 언젠간 알게 되지 않겠어?"

시신 발을 잡고 투포환하듯 빙글빙글 몇 바퀴 돌리다 던졌다. 시신은 검은 바닷물 속으로 흔적도 없이 사라졌다.

"그죠?"

> 이름을 위하여 내가 노하기를 더디 할 것이며
> 내 영예를 위하여 내가 참고 너를 멸절하지 아니하리라
> 보라 내가 너를 연단하였으나 은처럼 하지 아니하고
> 너를 고난의 풀무에서 택하였노라
> 내가 나를 위하며 내가 나를 위하여 이를 이룰 것이라
> 어찌 내 이름을 욕되게 하리요
> 내 영광을 다른 자에게 주지 아니하리라 [2]

상현은 단정하게 서서 한참 동안 바다를 바라보았다. 노신부는 그곳을 통해 천국으로 돌아갈 것이었다.

✝

해가 뜨기 전에 들러야 할 곳이 있었다. 손목에 찬 시계를 확인했다. 유리가 깨져 있었고 시간은 멈춰 있었다. 아홉시 십오분. 강우를 안고 물에 뛰어들었던 그 시간이었다. 상현은 시계를 풀어 바닥에 내동댕이쳤다. 파편을 튀기며 나동그라진 시계가 어쩐지 불길하게 느껴졌다.

상현은 서둘러 병원으로 갔다. 태주가 있을 터였다. 응급실에 들어섰다. 이블린이 태주 곁을 지키고 있었다. 두 손을 가지런히 모으고 기도를 하고 있었다. 태주는 귀에 붕대를 감은 채 잠이 들어 있었다. 이블린이 인기척을 느끼고 자리에서 벌떡 일어나 상현을 맞았다.

"가서 주무세요, 피곤할 텐데."

이블린은 고개를 저었다. 그리고 선언이라도 하듯 똑똑 끊어 말을 했다.

"내 유일한 친구걸요."

이블린은 손을 모아 태주를 가리키며 말했다.

"신부님이 기도해주시면 나을 거예요."

"아, 예…… 그런데……"

"어서요, 신부님!"

해를 보여드릴게요

상현은 할 수 없이 무릎을 꿇고 앉았다. 이블린은 선 채로 합장을 하고 눈을 감았다.

"태주씨께 비옵니다, 태주씨…… 지친 잠에서 잠시 깨어 이 기도를 들으소서."

태주가 가느다랗게 눈을 떴다. 상현은 침대에 팔꿈치를 대고 태주에게 바싹 다가갔다. 그리곤 목소리를 죽여 말했다.

"강우가 술을 좀 마신 상태였다고 말해두었으니 태주씨도 참고인 조사 받을 때, 소주 한 병이라고 증언하소서."

이블린은 아무것도 모르고 제 언어로 열심히 기도를 하고 있는 중이었다.

"힘든 시간이 지나면 우리 언제까지나 함께 있게 될 것이니…… 일단 내가 떠나 당분간은 만나지 말아야 할 줄 아옵니다. 내 얼굴은 비록 냉담하고 둔감할 것이나, 내 심장은 항상 당신을, 오직 당신만을 생각하며 뛰겠나이다…… 그리하여 우리가 다시 만나는 그날, 우리가 끝내 행복해질 것임을 굳게 믿사옵니다. 우리 주 그리스도의 이름으로 비옵나이다."

상현은 목소리를 조절해가며 태주를 위한 기도를 했다. 더이상 태주와 상현을 가로막는 걸림돌은 없을 것이었다. 기도를 끝내고 성호를 그었다. 이블린이 잠시 멈칫거리다가 엄숙하게 성호를 그었다.

"아멘."

애도의 절차

✝

　수색작업은 사흘 동안 계속되었다. 물에 빠진 시신은 저절로 떠오르게 되어 있다고들 말했지만, 강우의 시신은 어느 곳에서도 발견되지 않았다. 잠수부까지 동원되어 호수 밑바닥을 뒤졌다. 잠수부가 건져낸 것은 엄청난 분량의 쓰레기들뿐이었다.
　수색이 진행되는 동안 라여사는 매일 호수에 나가 수색과정을 지켜보았다. 처음에는 어딘가 살아 있을 거라는 희망을 버리지 않았다. 그러더니 시신이 발견되기 전까지는 장례를 치를 수 없다고 고집을 피웠다. 녹초가 되어 돌아온 라여사는 밤새 술잔을 기울이며 목울음을 놓았다. 태주는 라여사의 울음소리를 듣지 않기 위해 방문을 걸어 잠그고 귀를 막은 채 아아아 고함을 질렀다. 가끔 발작처럼 울음소리가 새어나오기도 했다. 태주는 식음을 전

폐하고 방 안에 처박혀서 남편 잃은 슬픈 미망인의 역할을 제대로 수행했다.

라여사가 집에서 나가면, 태주는 홀로 집에 남아 창밖으로 고개를 내밀고 비 내리는 모습을 보다가 집 안 곳곳을 배회하며 곧 자신의 것이 될 집을 감상했다. 발걸음은 가벼웠고, 가끔 콧노래도 흘러나왔다.

비는 사흘째 쉬지 않고 내렸다. 그렇지 않아도 눅눅한 집이 더욱 눅눅하게 느껴졌다. 태주는 복도를 지나가다가 습기 때문에 들떠 있는 벽지를 발견했다. 건강에 좋지 않다고 라여사가 특별히 방충제가 들어 있는 벽지를 발랐건만, 푸르스름한 곰팡이까지 여기저기 피어 있었다. 비가 그치면 제일 먼저 화사한 벽지로 도배해야겠다고 태주는 생각했다.

그리고 부엌 구석구석에 쌓여 있는 별의별 약초와 벌레들. 몸에 좋다는 것은 무엇이든 싸들고 왔던 라여사의 민간약들을 모조리 없애리라 마음먹었다. 볼 때마다 소름끼치는 뱀술이며 지네 말린 것, 굼벵이나 동충하초 등. 뭐에 좋은 건지도 모른 채 강우를 먹이기 위해 태주가 먼저 먹어야만 했던 것들이었다. 태주는 지난 세월이 다시금 떠올라 진저리를 쳤다. 그리곤 다시는 지난 세월을 떠올리지 않고 앞으로 살아갈 날들만 생각하겠다고 다짐했다.

당장 물침대부터 바꿔야지. 물과 관련된 것들은 다 버릴 거야. 물침대는 물론이고, 거실 벽에 걸려 있는 잉어 그림도 버려야지. 라여사의 술병들까지. 약장 그득히 들어 있는 알약과 물약들도 버리고. 병신 냄새가 나는 모든 것들은 다 버릴 거야. 태주는 생각만으로도 기분이 좋아졌다.

이젠 제 속에 들끓고 있던 열의와 자유분방함을 애써 억누를 필요가 없었다. 태주는 생각난 듯 방으로 뛰쳐들어가 옷장 문을 활짝 열어젖혔다. 사놓고 한 번도 입지 않았던 시폰 원피스. 가슴이 깊게 파인 붉은색 니트. 강우가 손사래를 치거나 라여사의 눈치 때문에 입지 못했던 옷들이었다. 간병인 차림으로 살아왔던 세월에 다시 한번 치가 떨렸다. 간병인이거나 철 지난 한복집 마네킹과도 같았던 삶. 이제는 마음대로 입고 마음대로 돌아다니고 마음대로 살리라. 태주는 옷을 몸에 이리저리 대보며 거울 앞에 섰다.

거울 속에는 살아 있는 얼굴이 있었다. 조금만 꾸며주면 충분히 아름다울 얼굴이었다. 어쩔 수 없이 어릴 때부터 드리워왔던 이 그늘, 이 슬픈 그림자를 다 걷어버리고 여느 스물몇 살의 여자들처럼 살아보리라. 억압된 시선들 속에 숨겨진 관능적인 부드러움을 맘껏 발휘하리라. 거울 속에는 기대로 들뜬 여자의 얼굴이 보였다. 태주는 몸을 이리저리 돌려가며 허리와 엉덩이, 가슴과 어깨선을 살펴보았다. 가꾸고 살아오진 않았지만 충분히 쓸 만한 육체였다. 태주의 몸을 탐하던 상현의 얼굴이 겹쳐졌다. 병신을 제거하는 데 태주는 손도 까딱하지 않았다. 그저 고개를 끄덕이는 것만으로도 되었다. 태주에게는 이제 자신이 원하는 것이라면 무엇이든 들어줄 상현이 옆에 있었다.

콧노래가 흘러나왔다. 살인자. 그리고 미망인. 태주는 자신에게 붙은 꼬리표를 또렷하게 발음해보았다. 하지만 내가 죽인 것도 아니잖아. 결혼식도 정식으로 한 적 없어! 거울 속 태주는 천천히 입꼬리를 올리며 씨익 웃고 있었다. 태주는 두 팔을 벌리고 한 바퀴 휙 돌았다. 그때 태주의 귀에 익숙한 소리가 들렸다.

 엣취!

 재채기 소리였다. 강우의 재채기 소리. 몸이 얼어붙는 것 같았다. 엣취! 다시 한번 재채기 소리가 들렸다. 태주는 소리가 난 쪽을 슬그머니 돌아보았다. 침대 위에 강우가 누워 있었다. 강우는 커다란 바위를 배에 얹고 물을 토해내며 괴로워하고 있었다.

 상현은 지하창고 말고는 달리 갈 곳이 없었다. 빛을 피해 안전하게 숨을 만한 곳을 찾기가 쉬운 일이 아니었다. 당분간 어둠이 되어야 했다. 그림자도 남겨서는 안 되었다. 상현은 멀리 가지도 못하고 태주네 지하창고에 몸을 숨겼다.

 상현을 가장 괴롭히는 것은 강우를 제거했음에도 불구하고 태주를 안지 못하는 것이었다. 태주를 지척에 두고도 안을 수 없는 괴로움. 그리고 슬그머니 떠오르는 강우의 얼굴. 강우 배 위에 얹어놓았던 커다란 바위가 상현의 가슴을 짓눌렀다. 끝끝내 수면 위로 올라가려는 강우의 몸부림이 자꾸만 떠올랐다.

밤이면 거리를 배회했다. 해가 지자마자 지하실을 나와 차를 타고 최대한 먼 곳으로 달려갔다. 가능한 태주의 집에서 멀리 떨어져 있어야 했다. 상현은 사람들을 찾아나섰다. 언젠가 자살을 하고 싶다고 고해를 해왔던 사람들을 한 명 한 명 찾아다녔다. 상현은 그 사람들을 찾아 자살을 도와주기 시작했다. 어떤 이는 그냥 한 번쯤 자살을 꿈꾼 사람이었고, 어떤 이는 몇 번의 자살시도 끝에 산 것도 죽은 것도 아니게 하루하루를 보내는 사람이었다. 자살을 도와주고 나면 상현에게는 일용할 양식이 생겼다. 따끈따끈한 피를 배부르게 먹을 수 있었다.

  자살을 돕는 일은 최상의 자선이었다. 삶과 죽음의 기로에서 무수한 미련과 흔들림에 지쳐버린 사람들. 그들에게 삶은 거추장스러운 빛이었다. 상현의 손은 그 거추장스러운 빛을 대신 끊어주는 손이었다. 상현은 죽음으로 가는 어려운 절차를 모두 생략하고 특별한 예우로 그들을 대했다. 절차 없이, 혼란 없이, 간단하게. 영원한 안식으로 그들을 인도했다.

  죽음의 순간이 눈앞에 닥쳤을 때 대부분은 감사와 기쁨을 표시했다. 죽기 직전에 생기는 망설임으로 후회하는 기색이 드러나기도 했지만, 죽지 않으려고 기를 쓰거나 살려달라고 애원하는 사람은 아직까지 없었다.

  상현은 자살을 도와주기 전 반드시 종부성사를 해주었다. 상현이 행하는 종부성사는 자살자들이 죽기 직전에 가질 법한 공포를 없애주었다. 지옥에 대한 공포나, 찢어지고 퉁퉁 붓고 피범벅되는 훼손된 육체에 대한 공포들. 그들은 그 대가로 자신의 피를 헌납해야 한다는 사실은 알지 못했다. 어차피 피를 빼앗기는 것은 죽은 후의 일이었다.

빗길을 헤치고 집으로 돌아왔다. 집. 며칠째 내린 비로 홍수가 나버린 이 더러운 지하창고를 집이라 할 수 있을까? 태주와 함께 누웠던 매트리스와 캐비닛은 물에 잠겼고, 물비린내와 곰팡내가 뒤섞여 역한 냄새까지 풍겼다. 칠이 벗겨진 마네킹은 팔이 떨어진 채 나뒹굴고, 온갖 잡동사니들이 뒤섞여 있었다. 이곳에서 살 수 있는 것은 병균을 옮기는 쥐새끼들과 노래기와 그 밖에 비루한 벌레들 뿐일 것이었다.

상현은 따뜻한 온기가 그리웠다. 상현은 태주를 안고 있을 때 느꼈던 따뜻함을 생각했다. 심장이 빠르게 뛰고 살이 바르르 떨리는 흥분을 생각했다. 태주와 함께 있으면 볼 수 있던 환한 빛을 생각했다. 태양빛보다 따뜻한 빛. 얼었던 몸에 잠시 훈기가 감도는 기분이었다.

매트리스 위에 캐비닛을 올려놓는 걸로 대충 잠자리를 해결했다. 그 위까지 물이 차오를 것 같지는 않았다. 상현은 지친 몸을 캐비닛 안에 구겨넣었다. 커다란 바위를 안고 호수 밑바닥으로 가라앉는 듯 몸이 무거웠다. 먼 곳까지 갔지만 자살자를 찾지 못해 허탕을 치고 돌아온 탓도 있었다. 냉장고에 저장해둔 피는 넉넉하지 않았다.

캐비닛 문을 닫았다. 상현은 벌레처럼 웅크린 채 잠이 들었다.

잠이 들자마자 호수에 빠져 허우적거리는 꿈을 꾸었다. 강우가 호수 밑바닥에서 바위에 깔린 채 손을 버둥대며 상현의 발목을 잡고 놓아주질 않았다. 상현은 물 위로 얼굴을 내밀기 위해 연신 어깻짓을 해대었다.

 눈이 번쩍 뜨였다. 물 듣는 소리가 났다. 캐비닛 문 좁은 틈으로 물이 새어들어오고 있었다. 상현은 캐비닛 문을 열기 위해 몸을 일으켜 세웠다. 어쩐 일인지 문이 열리지 않았다. 무언가 거대한 바위 같은 것이 문짝을 막고 있는 것 같았다. 힘을 주자 문짝이 살짝 올라갔다가 내려왔다. 그 틈으로 물줄기가 쏟아져내렸다. 빗물이라기에는 너무나 많은 양이었다. 목구멍으로 비린 물이 쳐들어왔다. 숨이 막혔다.

 사고가 일어난 지 나흘째 되는 날 강우의 장례식이 치러졌다. 강우의 시신은 결국 발견되지 않았다. 시신도 없이 치러지는 장례식은 허망했다. 오아시스 멤버들과 함께 강우의 옷가지 몇 개를 태우고 그 재를 호수에 뿌리는 걸로 장례식을 대신했다. 호숫가에서 걸음을 떼지 않는 라여사를 겨우 부축해 집으로 돌아왔다. 비가 내리고 있었다. 장례식을 하는 내내 비가 내렸다. 그러고 보니 비가 내린 지 벌써 나흘째였다.

애도의 절차

라여사는 보드카를 마시기 시작했고, 승대와 영두는 거실을 서성이며 라여사의 눈치만 살폈다. 이블린이 그 사이를 분주히 오가며 잔일을 보고, 태주는 계단참에 주저앉아 멍하니 벽만 쳐다보았다. 누군가가 턴테이블에 음반을 올렸다.

강우만 사라지면 행복해질 거라 생각했다. 후련할 것이라고, 지긋지긋한 삶을 끝내게 될 거라고, 손끝에서부터 강렬한 희망이 차올랐었다. 그 희망은 태주가 지금껏 한 번도 느껴보지 못한 짜릿함을 가져다주었었다. 몸과 마음이 한꺼번에 맞이하던 짜릿하고 강렬한 희망의 기운. 태주의 손끝에서는 더이상 그 기운이 느껴지지 않았다.

강우는 사라지지 않았다. 강우는 이제 커다란 바위를 안고 호수 밑바닥에서 집으로 돌아왔다. 출렁이는 물침대 위에도 낡은 가죽소파 위에도 부엌 식탁 밑에도 어디든지 강우가 있었다. 강우가 살아 있을 때보다 더 끔찍하고 끈덕진 모습으로 태주의 숨통을 쥐고 흔들었다. 태주는 강우를 제거하지 못했다.

태주는 강우의 시신이 발견되기를 바랐다. 라여사와는 다른 이유로. 시신이 발견되고 깨끗하게 태워버리고 나면, 애도의 절차를 밟고 나면 홀가분해질 것 같았다. 그러고 나면 강우가 정말로 깨끗하게 사라질 것 같았다.

"생각을 말어야지. 생각하면 무엇 해."

승대가 〈선창에 울러 왔다〉 후렴구를 따라불렀다. 그러자 영두도 따라 노랫속 독백을 중얼거렸다.

……파도치는 선창가에 나는 홀로 왜 섰는가 부서지는 달빛 속에 울고 섰는 저 물새야…… 내 설움을 네가 알면 밤새도록 울어다오 누굴 위해 바쳤던가 보드러운 이내 순정…… 믿은 내가 바보였지 어리석은 천치였지……

 노래가 끝나고 나자 잡음과 함께 툭툭 바늘 들썩이는 소리가 들렸다. 영두가 바늘을 올리자 남은 것은 집 안을 가득 메운 빗소리였다. 영두가 큼큼 목을 가다듬고 먼저 말을 했다.
"봄비치고는 징하게 내리네."
"벌써 나흘째야."
"강우 죽고 내내 오는 거 같아. 호수 물이 불어서……"
"그래두 이 경찰 입장에서는 시신이 나와줘야 사건을 종결할 수가 있는데……"
"그리구 라여사, 강우가 말야…… 수영도 못 하지, 어디 살아 있겠거니…… 미련 가지구 그러면 안 돼요."
 승대가 라여사 어깨에 손을 얹으며 말했다.
"강우…… 수영…… 해요……"
 라여사가 힘없이 대답했다. 승대가 슬그머니 손을 거둬들였다. 그리곤 머쓱하게 주위를 둘러보며 중얼거렸다.
"신부님은 계속 전화 안 받나?"
"충격이 크셨나봐."
"장례식엔 올 만두 한데……"
 어색한 침묵이 이어졌다. 그때 계단을 올라오는 발걸음 소리가 들렸다. 태주는 천천히 몸을 일으켰다. 비에 흠뻑 젖은 상현이 계단을 올라오고 있었다.

†

상현은 기력이 하나도 없었다. 너무 오랫동안 캐비닛 안에서 몸부림친 탓이었다. 가까스로 캐비닛 문을 열고 나오니, 바닥에 고여 있던 물은 모두 빠져 있었다. 빗줄기는 여전했다. 장례식을 마치고 이층으로 올라가는 사람들 소리가 들렸다. 라여사의 울음소리가 건물 입구에서 오랫동안 머물렀다가 올라갔다. 그리고 축축 늘어지는 음악 소리가 들렸다.

상현은 흠뻑 젖은 채였다. 갈아입을 만한 옷을 찾아보았지만, 가방에 든 몇 안 되는 옷들도 젖어 있기는 마찬가지였다. 상현은 젖은 채로 지하창고를 나와 이층으로 올라가는 계단을 밟았다. 계단을 밟을 때마다 물이 뚝뚝 떨어졌다.

검은 상복을 입고 계단참에 앉은 태주는 초췌해 보였다. 슬픔을 가누지 못하는 미망인처럼 눈 밑에 짙은 그림자를 드리운 태주를 내려보자니, 오른쪽 가슴께가 저릿했다. 휘청거리며 일어서는 태주를 일별하고 거실로 들어섰다. 상현이 모습을 드러내자마자 라여사가 두 팔을 휘저으며 달려나왔다.

"강우야!"

라여사는 강우의 이름을 부르며 상현의 목에 매달렸다. 상현의 몸을 흔들어대며 우는 라여사의 울음소리가 귓전을 때렸다. 상현은 잠시 그대로 서 있다가, 슬며시 라여사를 떼어냈다.
"저 상현이에요, 어머니…… 제가 다 젖어서……"
라여사는 상현의 얼굴을 감싸고 울면서 어깨를 때렸다.
"아이고, 내 강아지…… 왜 이제 왔어! 전화 한 통 안 하고……"
라여사의 울음소리가 점점 격렬하게 고조되고 있었다. 사람들은 모두 시선을 피하며 라여사의 울음소리만 들었다.
"나쁜놈…… 개새끼, 이 상놈의 새끼……"
라여사가 소리를 바락바락 지르며 상현을 쳤다. 그러더니 갑자기 눈이 뒤집히며 뒤로 넘어갔다.
"라여사님!"
누가 먼저랄 것도 없이 모두들 라여사에게 달려왔다. 상현은 무겁게 늘어진 라여사를 붙들어안았다. 태주가 라여사를 덥썩 끌어안았다.
"엄마!"
태주의 입에서 엄마, 라는 말이 튀어나오는 순간, 상현은 무언가 잘못되었다는 생각이 들었다. 그리고 태주가 상현 쪽을 향해 흘려보낸 경멸의 눈빛을 놓치지 않았다.
"어서 물, 물……"
영두가 수선을 피우며 소리를 지르고, 이블린은 비명에 가까운 신음 소리를 내며 부엌으로 달려갔다. 승대는 라여사의 뺨을 때리고 몸을 흔들어댔다. 아무것도 하지 않고 있는 사람은 상현뿐이었다. 태주는 눈물을 뚝뚝 흘리며 엄마라는 말만 외치고 있었다. 태주의 눈물을 보는 것은 처음이었다. 연기라고 보기에는 너무 현실적이었다. 상현은 그제야 자신이 무슨 짓을 저질렀는지 깨달았다. 상현은 울고 있는 태주를 보지 않기 위해 고개를 돌렸다.

 그때였다. 강우가 눈앞에 나타났다. 두꺼운 오리털 파카를 입은 강우는 상현을 스쳐지나 거실장 옆에 쭈그리고 앉았다. 상현을 똑바로 쳐다보며 훌쩍이고 있는 것은 강우가 분명했다.

 라여사는 정신이 들지 않았다. 정신이 돌아오더라도 몸을 움직일 수는 없을 거라고 했다. 각종 링거줄과 계기들을 달고 누운 라여사 침대를 오아시스 멤버들이 둘러싸고 있었다. 태주는 이블린 손을 꼭 잡고 라여사를 쳐다보았다.
 "이러니까 평소에 혈압관리가 중요하다는 거야, 술 조심하고."
 승대가 주위를 둘러보며 말했다. 그리곤 다짐하듯 덧붙였다.
 "절대 짜게 먹지 말고."
 "우리, 오아시스답게 긍정적 에너지를 막 보내서 어떻게든 라여사를 붙잡읍시다. 태주부터, 돌아가면서 한마디씩!"
 영두가 태주의 옆구리를 찔렀다.

"엄마…… 죄송하고요……"
 태주는 훌쩍이며 라여사의 몸에 손을 얹었다.
"긍정적으로!"
"……꼭 벌떡 일어나세요!"
"다음! 이블린, 한마디!"
 이블린은 눈을 감고 타갈로그어로 기도를 했다. 사람들은 모두 무슨 말인지 몰라 멀뚱멀뚱 쳐다보았다. 기도를 마치고 번쩍 눈 뜨는 이블린, 어설픈 한국말로 마무리를 했다.
"꼭 버르떡 일어나세요……"
 슬그머니 영두가 이블린의 귀에 대고 말했다.
"벌. 떡."
"얼른 다음 순서."
 상현 차례였다. 사람들이 상현을 쳐다보았다. 상현은 주위를 둘러보며 머뭇거리고 있었다. 지금이야말로 상현이 기도를 할 때였다. 강우에게 그랬던 것처럼 머리에 손을 얹고 축복을 내려야 할 때였다. 하지만 상현의 손은 이미 피로 더럽혀진 상태였다. 강우를 죽이고, 라여사를 쓰러지게 만든 것이 바로 그 손이었다. 태주는 이 순간 상현에게 모든 죄를 돌렸다. 태주는 아무 짓도 안 했다. 그저 고개만 끄덕였을 뿐이다. 태주는 눈을 부릅뜨고 상현의 더러운 손을 노려보았다.

✝

 예전 같지 않았다. 그토록 기다려왔던 순간이었는데, 정작 태주를 안았을 때의 느낌은 환희가 아니라 섬뜩함이었다. 태주에게서 느껴졌던 환한 빛이 완전히 꺼져버리고, 남은 것은 어둠보다 깊은 절망과 먹먹함뿐이었다.
 라여사를 병원에 두고 나온 후, 상현은 어서 빨리 태주를 안고 위안을 찾고 싶어 애간장을 태웠다. 수도원 쪽으로 일부러 에둘러 갔다가 오는 내내 혼자 있을 태주를 생각했다. 태주 방에 들어설 때까지만 해도 그랬다.
 태주 몸에 상현이 손을 댄 그 순간, 서늘한 기운이 싸하게 번져왔다. 상현의 멈칫거림을 태주도 알았는지, 태주는 더 열정적으로 상현을 끌어안았다. 거칠게 키스를 퍼붓고, 가장된 신음 소리를 내고, 허겁지겁 옷을 벗었다. 상현도 태주가 하는 것처럼 과장된 몸짓으로 태주를 안고 으르렁거렸다.
 "왜 이렇게 젖었어요?"
 태주의 팬티를 벗겨내다가 손을 거둬들이며 물었다. 손에 진물 같은 게 만져졌다. 끈적끈적하고 미끈거리는 불쾌한 액체였다.
 "네?"
 "물이 새나?"

상현은 태주에게서 몸을 떼고 시트 아래 침대 여기저기를 살펴보았다.

"이 물침대, 새는 거 아닌가?"

"일루 와요, 신경 쓰지 말구……"

태주의 다리 사이에서 느껴지던 끈끈한 액체가 점점 더 넓게 번져가고 있었다. 손으로 쓰다듬고 냄새를 맡아봐도 도무지 어디서 물이 새고 있는지 알 수가 없었다. 태주가 지겹다는 듯 벌떡 일어나 목소리를 높였다.

"……그냥 심리적인 거예요…… 일루 좀 올래요, 호들갑 떨지 말고?"

상현이 다시 태주를 끌어안자, 태주는 얼른 상현의 허벅지에 올라탔다. 키스를 퍼부었다. 아무 감흥이 없었다. 상현은 태주의 가슴을 거칠게 움켜쥐었다. 가슴을 만지는데도 태주는 흥분이 되질 않는지 그냥 멀뚱히 있었다. 상현은 그럴수록 더 거칠게 가슴을 애무했다. 힐끔힐끔 침대 주변을 돌아보았다. 어디선가 분명 물이 새는 구멍이 있을 터였다. 지루해진 듯 태주가 자세를 조금 고쳐 상현의 목을 애무하기 시작했다. 상현은 침대 주변을 살피느라 태주의 몸짓에 집중할 수가 없었다. 상현이 태주의 왼팔을 들어올려 겨드랑이에 혀를 대면, 태주는 머리 위로 팔을 올리고 표정 없이 정면만 쳐다보았다. 상현이 반대쪽 겨드랑이를 애무하면 태주는 심드렁한 태도로 또 그 팔을 들어주었다. 상현의 혀가 부지런히 태주의 몸을 자극하는 동안에도 눈동자는 불안하게 이리저리 움직이며 주위를 살폈다.

 상현과 태주는 그렇게 서로를 속이며 흥분을 가장하고 있었다. 결국 상현이 태주를 옆으로 밀어내며 바닥에 풀썩 누워버렸다. 그리고 태주 귀에 대고 조용히 물었다.

"여기두 왔다 갔어요?"

 뭔가 다른 시도를 해보려고 상현 몸에 올라타던 태주의 움직임이 싸늘해졌다. 태주는 눈을 지릅뜨고 상현을 쏘아보았다. 그게 뭔지 말할 테면 말해보라는 표정이었다.

"누가요?"

 어디, 자신 있으면 말해봐. 태주의 눈이 상현에게 그렇게 말하고 있었다.

 태주야 놀자아. 눈 좀 떠보지. 그렇게 잠만 자지 말고 얼른 일어나 봐. 재미난 놀이를 해야지. 네가 가르쳐준 거잖아. 이번엔 내가 가위를 넣을 테니까, 입을 벌리는 건 네가 해. 될 수 있는 한 크게 벌려야 하는 거 알지? 그러지 않으면 다친다고 네가 알려줬잖아.

 그 입 좀 열어서 가위를 받아. 차갑고 날카로운 가위를 삼켜야지. 있는 힘껏 잡아당겨도 괜찮아. 쪽쪽 빨아먹어도 좋아. 내가 가위를 빼면 너는 다시 입을 벌려 준비를 해야 하는 거야. 천천히. 그러다

빨리. 속도를 맞춰야 한다는 거 알지?

　눈 감지 말라구. 그러다가 다친다아. 입 벌리기 싫으면 다른 걸 벌려볼래? 다리를 벌리겠다면 그렇게 해. 다리를 벌리고 거기 달린 검은 입술까지 쫙 벌려. 무얼 넣어줄까? 가위를 넣어줄까? 그게 싫으면 뱀은 어때? 지네나 굼벵이가 좋을까? 네가 잘도 먹던 것들이잖아.

　눈 뜨고 날 좀 봐. 널 위해 내가 생각해낸 놀이가 있어. 넌 그냥 내 배를 누르면 돼. 물을 너무 많이 먹어서 올챙이처럼 볼록한 내 배를 꾹 눌러주기만 하면 되는 거야. 어때 쉽지? 그러면 내가 먹은 걸 나눠줄게. 물도 주고 썩은 나뭇잎도 주고 죽은 물고기랑 지렁이랑 다 나눠줄게. 내가 먹는 건 다 따라 먹었잖아. 재밌겠지이? 정말 재밌겠지? 태주야 놀자아.

　태주는 차렷자세로 누운 채 꼼짝도 할 수가 없었다. 벌린 입도 다물어지지가 않았다. 겨우 입을 다물면 어느새 다시 입이 벌어졌다. 눈을 감을 수도 없었다. 누군가 눈꺼풀을 잡아당겨 고정시켜놓은 것만 같았다. 강우가 보였다. 눈을 까뒤집은 채 퍼렇게 질린 강우의 얼굴이 보였다. 강우는 태주를 옴짝달싹 못 하게 만들어놓고는 실밥가위를 들이댔다.

　실밥가위는 목젖까지 들어왔다. 가위가 나가고 나서 겨우 입을 다물면 이내 다시 턱이 벌어졌다. 아무리 이를 악물고 힘을 줘도 저절로 벌어지는 걸 막을 수가 없었다. 가위가 들어왔다 나갔다를 반복하는 동안 태주는 숨도 제대로 쉴 수 없었다. 재봉틀의 간

헐운동처럼 반복되는 실밥가위질. 가위질이 끝나면 귀에 입을 바싹 들이대고 속삭이는 섬뜩한 쇳소리를 들어야만 했다.

 겨우 몸을 비틀어 이불을 뒤집어썼다. 이불을 뒤집어써도 강우는 사라지지 않았다. 이힛, 간지럼 타듯 몸을 비틀며 웃는 강우의 웃음소리만 귓가에 울렸다. 그녀가 저지른 일보다 훨씬 나쁜 일이 벌어질 것만 같았다. 태주는 비명조차 지르지 못했다.

 악몽을 꾼 것인지 현실인지 분간이 되질 않았다. 태주는 밤이 오는 것이 두려웠다. 밤이면 어김없이 실밥가위를 든 강우가 나타나 태주를 괴롭혔다. 강우가 찾아오지 않는 날에는 소리가 들렸다. 빈 거실에 울리는 낡은 전축 소리. 기침 소리. 코 훌쩍이는 소리. 끈질기게 태주의 이름을 부르는 짜증스런 목소리.

 아침이 오고 낮이 되어도 괴롭긴 마찬가지였다. 짙은 피로와 두통이 태주의 혼을 뺏아갔다. 졸음이 쏟아졌으나 잠은 오지 않았다. 눈을 뜨고 있어도 악몽은 반복되었고, 정신이 몽롱하여 생각이라는 걸 할 수가 없었다. 태주는 좀비처럼 걸어다녔다.

 가끔씩 한밤중에 초췌한 얼굴을 한 상현이 방문을 열기도 했다. 상현은 미친 듯이 태주를 탐했다. 그것이 환영을 몰아낼 수 있는 유일한 방법이기라도 한 것처럼 기를 쓰고 섹스를 해댔다. 하지만 그토록 충만했던 상현과의 섹스는 태주에게 더이상 어떤 희열도 주질 못했다. 오히려 상현의 손이 닿을 때마다 욕지기와 함께 두려움이 몰려왔고, 공포가 몸을 휘감았다. 아무리 이를 악물고 심리적인 압박감 때문에 생긴 환상이라고 되뇌어도, 차갑게 식어버린 몸을 다시 덥힐 수는 없었다. 그것은 상현도 마찬가지여서, 어느 결엔가부터는 서로 얼굴을 보고서도 외면하고 돌아서는 사이가 되었다.

라여사는 사지가 마비된 것은 물론이고 말도 하지 못하게 되었다. 라여사가 자유롭게 움직일 수 있는 것은 오직 눈동자뿐이었다. 그나마 그 눈동자도 자주 초점을 잃고 허공을 헤매곤 했다. 라여사는 슬픈 표정으로 휠체어에 앉아 있었다. 멍하니 입을 벌리고 앉은 라여사를 마주하자, 태주는 라여사가 불쌍하게 느껴졌다. 라여사는 태주를 보는 것만으로도 강우가 떠올라서 눈물을 흘렸다.

퇴원수속을 마치고 병원을 나왔다. 병원에서는 조금 더 있어보자고 했으나, 태주는 그러고 싶지가 않았다. 라여사가 집에 있으면 강우도 태주를 어찌지 못할 거라는 막연한 희망을 갖고 있었다. 휠체어를 밀고 공원까지 걸어갔다. 봄바람이 따사로웠다. 부드럽게 일렁이는 버드나무가지와 그 사이에서 부서지는 햇살. 가끔 울려퍼지는 아이들의 웃음소리. 태주가 꿈꾸었던 것은 이런 따뜻한 봄날이었다. 봄이 왔지만, 태주의 몸은 여전히 혹독한 겨울이었다.

가방에서 화장품들을 꺼냈다. 콤팩트를 열고 라여사 볼에 톡톡 두들겼다. 얼굴이 푸석푸석하기는 태주나 라여사나 마찬가지였다. 립스틱을 찍어 입술도 발라주고 볼터치도 해주었다. 라여사에게 거울을 보여주었다. 라여사의 눈동자가 좌우로 움직였다.

"고만 할까, 엄마?"

라여사가 눈을 깜빡였다.

"고맙다구? 아유, 우리 엄마, 이쁘다……"

태주는 라여사를 꼭 껴안았다. 라여사의 어깨가 이렇게 따뜻하고 든든했었는지 미처 몰랐었다. 어깨에 얼굴을 기대니 슬며시 졸음이 왔다. 태주는 그냥 이대로 잠이 들면 좋겠다고 생각했다. 포근하고 아늑했다.

잠이 들었다. 잠깐이었지만 달디달았다. 전화벨 소리가 아니었으면 해가 질 때까지 그렇게 라여사 어깨에 매달려 자고 있었을지도 몰랐다. 비몽사몽으로 전화를 받았다. 강우 사건을 담당한 형사였다.

"몇 가지 조사를 더 해야겠는데요. 경찰서로 한번 나오셔야겠습니다. 사체가 없어서 사건을 종료시키려면 목격자들의 진술이 더 필요한데요…… 거짓말 탐지기를 할 겁니다. 내일 서로 나오셔서……"

"내일은 제가 시간이 없는데, 병원에 계신 어머니 때문에……"

태주는 불안감을 애써 감추며 말을 얼버무렸다.

"그럼 모레 나오십시오. 더이상 늦출 수는 없습니다. 아시겠어요?"

"예, 그럼…… 모레…… 오후에……"

입술을 깨물며 전화를 끊었다. 더이상 거절을 할 수가 없었다.

거짓말 탐지기. 거기까진 생각하지 못했다. 그걸 통과할 자신도 없었다. 기력이 쇠하기도 했고 정신도 없어서, 자신이 무슨 말을 하는지도 모른 채 모든 걸 고백해버릴지도 몰랐다. 아니면 복화술사처럼 강우의 목소리를 내게 될지도 모를 일이었다.

　상현이 필요했다. 그 형사를 죽여달라고 하면 들어줄까? 심복을 거느린 듯 든든했었는데. 까마득한 일처럼 느껴졌다. 태주는 멍한 눈을 들어 하늘을 바라보았다. 그냥 그렇게 앉아 있었다. 아무 생각도 하지 않은 채, 멍한 눈으로.

　라여사는 아무것도 먹지 않으려고 했다. 고집스럽게 다문 입을 겨우겨우 달래 몇 술 뜨게 했다. 라여사 때문이었는지, 지난밤은 다행히 악몽을 꾸지 않았다. 그래도 잠은 오지 않았다. 잠을 자지 못한 것이 며칠째인지 기억조차 나지 않았다.
　태주는 오늘이 라여사의 생일이라는 걸 기억해냈다. 생일상을 근사하게 차려주지는 못해도, 케이크라도 하나 살 요량으로 집을 나섰다. 불현듯 이블린의 집으로 걸음을 옮겼다. 태주가 그나마 마음 편히 만날 수 있는 사람이라고는, 말도 잘 안 통하는 이블린밖에 없었다. 태주의 손을 잡아줄 사람이 필요했다. 닿아도 섬뜩함이 느껴지지 않는 누군가의 손.
　이블린은 집에 없었다. 영두가 이끄는 대로 소파에 앉았다. 몸이 푹 꺼지면서 노곤함이 밀려왔다. 베란다 창문으로 들어오는 햇살이 따사로웠다. 자꾸 졸음이 왔다. 영두가 차를 타는 소리가 어렴풋이 들렸다. 그리고 잠시 후 태주 앞에 녹차 잔이 놓였다. 태주는 허리를 펴며 겨우 입을 열었다.

"이블린은 언제 와요?"

"걔야 친정에 잠깐 갔지만서두……"

"아까 전화했을 땐 잠깐 나갔다구 그랬잖아요?"

납덩이를 매단 것처럼 눈꺼풀이 무거웠다. 말을 하면서도 쏟아지는 잠을 참을 수가 없었다. 몸이 가라앉고 있었다. 영두는 슬그머니 태주 옆자리로 다가와 앉았다. 그리곤 탁자 위에 무언가를 툭 올려놓았다.

"일단 넣어두시면서……"

영두가 내민 것은 흰 봉투였다.

"이런 걸 왜……?"

"여자가 혼자 있으면 어려운 게 많다는 얘기지."

영두가 바싹 붙어앉았다. 정신이 번쩍 들었다. 자리를 옮기려고 몸을 돌리는데 영두의 손이 태주의 가슴을 거머쥐었다.

"몸이 외롭고…… 그치?"

태주는 벌떡 일어서며 영두의 손을 떼어내었다. 영두는 옆으로 쓰러지면서 치마 속으로 머리를 집어넣었다. 순식간에 팬티를 끌어내렸다. 눈 깜짝할 사이 이루어진 민첩한 동작이었다. 그 모습을 보는 순간, 태주는 웃음이 나왔다. 한쪽 입꼬리를 올리는 태주의 웃음은 경멸로 가득했다.

태주는 오른발에서 팬티를 빼내곤 영두를 짓밟았다. 영두가 몸을 웅크린 사이, 현관문 쪽으로 냅다 뛰었다. 문을 열기도 전에 태주는 영두의 손에 머리채를 잡히고 말았다. 영두는 태주를 자빠뜨리며 곧바로 배 위에 올라타고 앉았다. 손을 높이 들어 태주의 얼굴을 후려쳤다. 정신이 아득해져왔다.

  태주는 한쪽으로 돌아간 고개를 그대로 두고 마룻바닥에 내려앉은 햇살의 무늬에 눈길을 주었다. 거부하고 제어하고 되돌릴 의지가 한순간에 사라졌다. 태주는 영두의 모든 행동들을 그냥 내버려두었다. 햇살에 환히 드러난 먼지들이 부유하는 것이 보였다. 태주는 호수가 피워올리던 안개 입자들이 생각났다. 그리고 안개를 헤치고 앞으로 나아가던 배의 흔들림이 느껴졌다. 상현이 강우를 향해 기어갈 때 심하게 흔들리던 배. 위태로운 움직임도 느껴졌다. 태주는 지금 그 위험한 배 위에 누워 있는 중이었다. 온몸이 위아래로 흔들리고 있었다. 태주는 먼지들을 반짝거리게 하는 햇살만 쳐다보았다. 졸음이 쏟아졌다.

  영두의 손이 블라우스 단추 사이로 슬그머니 들어왔다. 그제야 태주는 정신이 들었다. 홀딱 벗은 영두의 아랫도리가 보였다. 태주는 영두를 밀쳐내고 바닥에 눕혔다. 그리곤 영두 위에 올라탔다. 두 손바닥으로 영두의 가슴을 힘껏 누르며, 몸을 움직였다.

  태주는 몽유병 환자처럼 집을 뛰쳐나가 달리기를 하고 있는 중이었다. 숨을 헐떡이며 바람을 획획 가르며 달렸다. 입에서 신물이 올라오고, 심장박동이 온몸을 휩싸고, 길의 끝에 가 닿기라도 할 듯이 달렸던 지난날들처럼. 그러나 태주는 자신이 앞으로 달

애도의 절차

리는 것 같지가 않고 자꾸만 뒤를 향해 달리는 것 같았다. 풍경들이 획획 뒤로 물러서는 듯했다.

태주의 젖가슴을 영두가 움켜쥘 때에야 달리기를 멈췄다. 태주는 영두의 손을 야멸차게 뿌리쳤다. 마룻바닥에 내팽개쳐진 팬티를 주워들고 블라우스 단추를 여몄다.

"가려구?"

영두가 쉰 목소리로 물었다. 태주는 입술을 일그러뜨리고 현관으로 나갔다.

"사람이 어떻게 연달아서 다섯 번을 해……?"

영두의 목소리가 뒷목덜미를 잡아챘다.

이브가 태어나다

✝

 거의 대부분의 시간을 캐비닛 안에 갇혀 지내야 했다. 지하창고에서는 물 흐르는 소리가 끊이지 않았다. 상현은 잠에서 깨어나자마자 애써 잠을 불러들였다. 잠은 또다시 쉽게 찾아왔다. 죽음이라는 것도 이 비슷한 것일까. 잠과 잠의 연속. 잠시 깨어 한기를 느끼다 또다시 잠을 자는 것.
 상현은 캐비닛째로 땅속에 매장되는 상상을 해보았다. 삽에 담긴 흙더미가 후둑후둑 캐비닛으로 떨어지는 소리가 들려왔다. 상현은 눈을 부릅떴다. 강우의 얼굴이 시야를 가득 메웠다. 헤벌린 강우의 입에서 더러운 진흙이 쏟아져나왔다. 온갖 쓰레기와 함께 썩은 음식들과 꿈틀거리는 벌레들도 쏟아졌다. 상현은 눈꺼풀이 없는 사람처럼 그 모든 것들을 지켜봐야 했다. 차라리 죽어 땅속에 묻히는 편이 나았다. 하지만 상현은 죽을 수도 없었다.

 이층집에는 라여사 혼자 휠체어에 앉아 있었다. 불도 켜지 못한 채 어둠 속에 놓여 있었다. 태주는 보이지 않았다. 얼마나 오래 집을 비웠는지, 방바닥에는 라여사가 싸놓은 오줌으로 흥건했다. 침을 질질 흘린 채 멍하니 앉아 있는 라여사의 모습이 상현을 불편하게 했다. 태주의 몸에 상처를 냈던 강우야 죽어 마땅하다지만, 그래서 응징을 받은 것이라 하지만, 오직 아들만 바라보고 살아온 라여사의 이 모습은 누가 무엇 때문에 내린 죄값인지 착잡했다. 상현은 라여사의 얼굴과 옷을 대강 닦아주고는 집을 나왔다.
 골목을 서성이며 태주가 오기를 기다렸다. 초조했다. 아주 먼 곳으로 떠나버린 것은 아닌지. 아무리 귀를 기울이고 코를 벌름거려봐도 태주의 흔적을 찾을 수가 없었다. 캐비닛 안에서 너무 오래 시달려 기력이 쇠한 탓도 있었다.
 소리가 들렸다. 태주의 구둣굽 소리였다. 상현은 소리가 난 쪽으로 부리나케 달려갔다. 어둠 속 모퉁이를 돌며 태주가 나타났다. 태주 손에는 작은 케이크 상자가 들려 있었다. 상현을 본 태주는 그 자리에서 걸음을 멈추고 움직이지 않았다. 상현은 태주에게로 다가갔다.
 이상한 냄새가 났다. 상현은 태주 몸에 코를 바싹 들이대고 냄새를 맡았다. 태주의 몸에서 남자의 체취가 느껴졌다. 그리고 시큼한 정액 냄새까지. 태주는 본능적으로 몸을 뒤로 뺐다.

상현은 골목 끝을 뚫어져라 쳐다보았다. 태주는 말이 없었다. 고개를 숙이고 입을 꽉 다문 채 그 자리에 붙박여 있었다. 상현은 태주를 그대로 둔 채 몸을 돌렸다. 그리고 집 쪽으로 성큼성큼 걸어갔다. 가슴 한쪽이 칼에 베인 듯 쓰라렸다. 뜨거운 피가 발바닥을 통해 쏴악 하고 빠져나가는 듯했다. 상현은 가슴 한쪽을 벤 칼날의 정체를 알 수가 없었다. 온몸에 한기가 몰려왔다.

태주는 라여사에게 한복을 입히고 화장을 시켰다. 진초록에 자주고름이 달린 한복이었다. 라여사를 단장시키고 음식을 준비하면서 태주는 계속 술을 마셨다. 라여사가 마시던 보드카를 다 비우고 난 후, 맥주도 병째 마셔댔다.

상현은 의자에 우두커니 앉아 태주의 모든 행동을 소리로만 들었다. 눈은 라여사의 얼굴만을 응시했다. 침실용 가운만 걸친 채 비틀거리며 부산하게 왔다갔다하는 태주를 상현은 똑바로 쳐다볼 수 없었다. 태주는 마치 상현이 없는 것처럼 행동했다. 라여사와 단둘이 이 집에 있는 것처럼 부산을 떨었다. 상현도 강우처럼 유령이 되어버린 것 같았다.

전등을 끄고 초에 불을 붙였다. 촛불 빛을 받은 라여사의 얼굴이 환하게 빛났다. 태주는 눈이 풀린 채로 촛불을 한참 쳐다보았다. 어쩌면 아무것도 보지 않고 있었는지도 몰랐다. 라여사의 콧김에 불꽃이 조금 흔들렸다. 라여사는 불을 끄지 못했다. 술 취한 태주가 대신해서 촛불을 껐다. 그리곤 박수를 쳤다. 상현도 따라 박수를 치고 케이크에서 초를 뽑았다.

이브가 태어나다

상현은 그제야 자신을 벤 칼날의 정체를 알아챘다. 그것은 슬픔이었다. 분노가 아닌 슬픔. 박수를 치고 초를 뽑는 자신의 손동작을 보고서야 비로소 그것이 슬픔인 것을 알았다.

케이크를 쳐다보는 태주의 눈빛이 흔들렸다. 무언가 골똘히 생각하는 듯하더니 이내 슬픈 표정이 되었다.

"엄마는 나한테 생일파티 한 번 해준 적 없어!"

그러더니 갑자기 라여사의 뺨을 후려쳤다. 그러고는 스스로도 놀랐는지 엉거주춤 손을 거두었다.

"버릇없이!"

상현은 저도 모르게 태주를 향해 손이 나가버렸다. 태주는 그 결에 옆으로 넘어져 엉덩방아를 찧었다. 라여사를 후려친 태주도 태주였지만, 정작 당황한 것은 상현 자신이었다. 슬픔은 분노만큼이나 감당할 수 없는 감정이었다. 어쩌면 분노보다 슬픔이 더한 광기를 갖게 될지도 모를 일이었다.

태주가 천천히 몸을 일으켰다. 순순히 일어나 문 쪽으로 걸어갔다. 전등 스위치를 켜고는 제자리에 다시 차분하게 앉았다. 태주는 말이 없었다. 그저 고개를 숙인 채 얌전히 앉아 있을 뿐이었다. 상현은 케이크를 잘라 접시에 담았다. 태주에게 접시를 내밀자, 태주는 스푼으로 케이크를 조금 떼어내 라여사 입에 먼저 넣어주었다. 누가 시켜서가 아니라 진심에서 우러나온 행동들 같았다.

"먹을 건 배불리 먹게 해줬어, 언제나."

"어서, 고맙습니다, 해."

"고맙습니다."

태주가 몸을 일으켜 라여사 볼에 뽀뽀를 하며 말했다.

"고마워요, 엄마. 엄마가 아니었으면 지금쯤 난 어떻게 됐을까? 벌써벌써 죽어버렸겠지. 죽지 않고 살아 있었어도 아무렇게나 막 살았을 거야. 거리의 여자가 되었을까? 죄송해요, 엄마."

태주는 한동안 라여사의 손을 어루만지며 앉아 있었다. 그러다 문득 상현 쪽으로 몸을 돌리며 걱정스럽게 물어왔다.

"있잖아, 당신이 그 형사 좀 만나보면 안 돼?"

"왜? 심문 땜에? 괜찮아, 마음만 편히 먹으면."

"그게 아니고…… 요즘 배 안 고파?"

상현은 그제야 태주가 무얼 말하려는지 알아차렸다. 상현은 얼른 라여사의 표정을 살펴보았다. 다행히 라여사는 아무 눈치도 채지 못한 것 같았다.

"정신 차려!"

태주의 이마를 손바닥으로 가볍게 밀었다.

"요번 생일은 내가 꼭 차려줄게."

상현은 태주의 관심을 돌리기 위해 말했다. 관심을 돌리기 위해서이기도 했지만, 진심이었다. 그 말에 태주의 눈에 금세 눈물이 맺혔다.

"정말? 태어나서 처음 생일파티?"

"그럼, 이제부턴 내가 생일파티 해줄게. 멋지게."

그 말이 끝나자, 태주가 상현을 덥석 끌어안고 뺨을 부볐다.

이브가 태어나다

"근데…… 나 있잖아, 사실은 생일을 몰라."

태주는 회한에 찬 눈물을 흘리기 시작했다. 상현을 더 세게 안고 키스 세례를 퍼붓더니 생각난 듯 투정했다.

"근데 상현씨가 대장이야? 이래라저래라…… 막 때리고…… 오빠는 나한테 손 한 번 안 댔는데."

태주의 눈빛이 흔들렸다. 상현은 눈을 부릅뜨고 태주를 쏘아보았다. 태주의 멱살을 잡았다. 태주도 상현을 노려보았다. 그러나 속임수를 들킨 마술사처럼 흔들리는 눈빛은 감출 수가 없었다.

상현은 태주를 손아귀에서 풀어놓고 조용히 일어섰다. 일단 라여사를 옮겨야 했다. 강우를 죽인 것은 자신이었지만 그 사실을 라여사가 알게 할 필요는 없었다. 아들을 잃고 사지가 마비된 것만으로도 라여사는 충분히 고통 속에 있었다. 자신의 아들을 죽인 자들과 한 집에 있다는 사실을 굳이 알아채게 할 필요는 없었다. 할 수만 있다면 상현은 태주와 함께 강우의 빈자리를 대신 채워주고 싶었다. 그것이 라여사에게서 아들을 빼앗은 것에 대한 최소한의 죄갚음이었다. 상현은 라여사를 의자째로 들어 라여사 방으로 옮겼다.

라여사를 방에 두고 문을 닫았다. 쿵쿵 소리를 내며 태주에게 다가갔다. 태주는 그 자리에 꼼짝도 않고 앉아 있었다. 상현은 태주를 끌고 방으로 들어갔다. 문을 닫고 태주를 방구석으로 밀어넣었다.

"강우가 손 댔어, 안 댔어?"

"그게 뭐가 중요해?"

다시 한번 손이 올라갔다. 태주는 고개가 휙 젖혀지더니 방바닥에 쓰러졌다. 쓰러진 그 자세로 고개를 숙인 채 구겨진 걸레처럼 앉아 있었다.

"걔는 그거 때문에 죽었어!"

"핑계 대지 마, 당신은 결국 죽였을 거야. 무슨 이유를 대서든 죽이구 오빠 자리를 차지했을 거야."

태주가 고개를 쳐들고 바락바락 소리를 질렀다. 태주의 눈은 원망과 경멸의 빛으로 이글거렸다. 상현은 손을 부르르 떨며 태주를 노려보았다. 태주가 이죽거리며 쏘아붙였다.

"그게 당신 본성이잖아!"

"내가 얼마나 노력했는지 알아? 사람 안 죽이려고…… 그게 얼마나 힘든지 알아? 뱃속에선 피에 굶주린 짐승이 울부짖고 날뛰는데, 행여 누구라도 다칠까봐 걸음까지 살살 다녔어. 너 때문에 무너진 거야, 너를 구하려고!"

"나를 구하려고?"

태주가 일어서며 소리쳤다. 태주는 상현을 쏘아보며 발악하듯 말했다.

"그런데 나는 왜 이렇게 됐어? 왜 잠 한번 푹 못 자고, 당신 그 싸늘한 손이 몸에 닿을까봐 벌벌 떠는 신세가 됐어? 왜? 이게 당신이 말한 구원이야?"

상현을 쏘아보던 태주가 방을 뛰쳐나갔다. 태주는 라여사 방으로 달려갔다. 상현은 그 뒤를 허탈하게 따라갔다. 태주는 방에 들어가자마자 라여사 무릎에 매달렸다. 눈물을 뚝뚝 흘리며 울부짖기 시작했다.

"엄마, 엄마…… 전 이제 끝이에요. 저 남자가 저를 죽일 거예요. 아이고…… 불쌍한 우리 오빠……"

태주의 들썩이는 어깨가 보였다. 라여사는 무슨 영문인지 모르겠다는 듯 이리저리 눈동자를 굴리고 있었다. 태주는 상갓집에서 곡하는 여자처럼 울어댔다. 상현은 옷장에 기대서서 태주와 라여사를 지켜보았다.

"엄마가 제일 불쌍해요. 이런 꼴을 당하려고 저 악마를 아들처럼 대해주셨네."

"내가 혼자 했어?"

상현은 싸늘하게 말했다. 그리고 이내 낯선 목소리가 튀어나왔다.

"……당신이 시켰잖아!"

상현은 제 목의 성대를 울리고 나온 낯선 목소리에 놀랐다. 그것은 분명 자신의 목소리가 아니었다. 변성기를 거치지 않은 듯 가느다란 목소리. 그것은 분명 강우의 음성이었다. 강우가 몸 속에 들어와 말을 하고 있는 것만 같았다. 그때 태주가 라여사에게 매달리며 말했다.

"아냐, 저놈이 먼저 그랬다니까! 강우고 어머니고…… 다 죽여버리겠다고!"

라여사의 눈 주위가 부들부들 떨렸다. 이젠 라여사도 모든 걸 파악한 듯싶었다. 라여사의 눈에서 이윽고 눈물이 주루륵 흘러내렸다.

"으아아아……"

태주가 귀를 손으로 막으며 고함을 질렀다. 태주의 목소리가 아니었다. 마지막으로 내질렀던 강우의 고함 소리. 태주의 목소리도 어느새 강우의 목소리로 변한 듯했다. 상현은 주위를 두리번거렸다. 그리고 집 안 어딘가 있을 강우를 찾았다. 어떤 손이 상현의 목을 뒤에서 끌어안았다. 코가 막히고 입에 걸레 같은 것이 들어오는 느낌이 들었다. 라여사도 강우를 찾느라 분주히 눈동자를 사방으로 돌렸다. 강우의 손이 상현의 얼굴을 감쌌다. 호수에서 상현이 강우에게 했던 그대로 재현되고 있었다. 그 사이 태주는 라여사 무릎에 아이처럼 찰싹 매달려 있었다.

"잘못했어요, 용서해주세요…… 제가 오빠를 지켰어야 했는데…… 너무너무 착한 오빠……"

태주가 상현 쪽으로 고개를 홱 돌렸다. 태주는 으르렁거리며 상현에게 쏘아붙였다.

"오순도순 우리 세 식구 잘 사는 집에 들어와가지고……"

태주가 상현을 향해 침을 뱉었다. 그리곤 눈물을 뚝뚝 흘리며 울부짖기 시작했다. 태주는 이성을 잃었다. 모든 것이 두려워서 미친 여자처럼 악을 써대며 울어대는 태주의 울부짖음에 상현은 분노가 치밀었다.

"언제는 귀엽다며, 이…… 씨발년아!"

상현은 태주를 무섭게 노려보며 성큼성큼 다가가 태주의 팔을 움켜잡고 뒤로 던져버렸다. 태주는 휙 날아 거꾸로 벽에 부딪혔다. 바닥에 내동댕이쳐진 태주는 몸을 추슬러 엉금엉금 라여사 쪽으로 기어갔다.

라여사의 입에 거품이 올라오고 있었다. 발작처럼 얼굴이 흔들리는가 싶더니 금세 고개가 꺾여 온몸이 축 늘어졌다. 태주가 라여사를 의자에서 끌어내렸다. 라여사를 바닥에 눕혀놓고 몸을 흔들며, 라여사의 팔을 주무르기 시작했다.

태주는 라여사의 건강을 걱정하는 것이 아니었다. 용서를 받기 위해 기를 쓰고 매달리고 있는 중이었다. 태주가 죄책감에서 벗어날 수 있도록 용서라는 말 한마디를 구걸하는 중이었다.

"엄마, 엄마…… 정신 차리세요, 이렇게 가시면 안 돼요…… 용서한다고 한마디만 해주세요……"

상현은 태주를 뒤로 밀쳐내고 라여사 위에 올라타 심장마사지를 하기 시작했다. 넘어졌던 태주는 곧바로 무릎으로 기어와 라여사에게 들러붙었다.

"엄마…… 저 좀 보세요. 눈만 한 번 깜빡여주시면 용서하시는 줄 알게요…… 눈 깜빡 한 번만 예? 제발요…… 제발 용서한다고 말해주세요."

라여사가 갑자기 기침을 하면서 눈을 떴다. 그리곤 태주의 얼굴을 보곤 다시 눈을 질끈 감았다.

"엄마 제발. 눈 좀 뜨세요."

태주가 억지로 라여사의 눈꺼풀을 위로 올리며 울부짖었다. 라여사는 눈을 뜨지 않았다. 살인자들을 보지 않기 위해 마지막 남은 모든 힘을 눈꺼풀에 쏟고 있는 듯했다. 한참을 울부짖던 태주가 몸을 돌려 상현에게 달려들었다. 상현은 태주의 손목을 붙들었다. 태주는 발버둥치며 절규했다.

"차라리 죽여, 이 악마야! 전에도 불행했지만 지금이 더 끔찍해!"

어디선가 노랫소리가 들려왔다. 강우가 즐겨부르던 남인수 노래였다.

"찾어갈 곳은 못 되드라."

상현과 태주가 동시에 고개를 돌렸다.

"찾어갈 곳은 못 되드라 내 고향, 마즈막 울든 고향이길래 이슬비 나리는 낯설은 지붕 밑을 헤매 돌며 울 적에……"

"오빠 어딨어? 내가 가엾어서 못 가고 있지? 그지?"

태주가 허공을 두리번거리며 울부짖었다.

"이제야 알 것 같아, 오빠가 얼마나 아껴줬는지…… 이렇게 살려던 게 아니었어……"

태주가 라여사 겨드랑이에 손을 꼈다.

"나가요, 엄마. 저 악마가 엄마 피두 쪽쪽 다 빨아마실걸?"

태주는 복도에 나가 라여사를 끌어당겼다. 상현은 라여사의 발목을 쥐고 힘을 주었다. 태주가 상현의 힘을 당할 리 없었다. 태주는 라여사에게서 손을 떼고 계단 쪽으로 달아났다. 상현은 태주를 쫓아가 머리채를 잡았다. 계단을 내려가는 태주를 잡아올려 거실장으로 내던졌다. 장이 넘어지면서 그 속에 들었던 유리그릇들이 와르르 깨졌다. 태주는 고통에 찬 신음 소리를 내면서도 포기하지 않았다. 태주는 도망치고 상현은 다시 붙들고 실랑이가 이어졌다. 태주는 도망가기를 포기하더니 비명을 질러대기 시작했다. 상현은 조용히 태주를 놓아주었다. 태주는 눈물만 흘렸다. 그리곤 천천히 말했다.

"오빠한테 갈래. 죽여줘요, 제발……"

"오빠한테…… 갈래?"

태주는 말없이 고개를 끄덕였다.

"가고 싶어, 남편한테?"

태주는 겁에 질린 얼굴로 다시 고개를 끄덕였다. 태주는 상현이 자신을 죽일 수 있다는 걸 분명히 알고 있었다. 그런데도 태주는 죽여달라고 애원하고 있는 것이었다.

"갈래?"

상현은 태주의 목을 잡고 물었다. 거짓말로라도 가지 않겠다고 말해주길 바랐다. 목숨을 건지기 위해서라도 아니라고 단 한마디만 해주길 기다렸다. 하지만 태주는 거짓말조차 하지 않았다. 태주는 말없이 고개를 끄덕였다.

"정말?"

상현은 다시 한번 물었다. 태주는 단호했다. 상현은 있는 힘껏 태주의 목을 졸랐다. 힘을 준 손등에선 혈관들이 일제히 부풀어 올랐다. 상현의 피는 슬픔과 분노로 끓어넘치고 있었다. 으드득 목뼈 부서지는 소리가 났다. 목뼈가 목을 뚫고 튀어나왔다. 태주의 목이 힘없이 뒤로 넘어갔다. 숨이 끊기면서 피가 울컥 쏟아졌다. 상현은 비로소 태주를 손아귀에서 놓아주었다. 태주는 줄 끊긴 마리오네트처럼 스르르 무너져내렸다.

 상현도 따라 바닥에 주저앉았다. 코에 귀를 가까이 대보았다. 어떤 훈기도 바람도 느껴지지 않았다. 태주가 죽었다. 상현은 태주의 목을 거머쥐었던 두 손을 쳐다보았다. 믿기지 않았다. 태주의 목숨을 상현이 직접 앗을 순 없는 일이었다. 상현은 태주를 끌어안았다. 눈물이 앞을 가로막았다. 상현은 코를 훌쩍이며 어린 애처럼 울었다.

 피 냄새가 상현을 자극했다. 상현은 저도 모르게 혀를 내밀었다. 태주 몸에 묻은 피를 핥기 시작했다. 태주 입에서 흘러나온 피는 벌어진 앞섶을 지나 가슴골로 흘러내리고 있었다. 상현은 태주 몸에 묻은 피를 격정적으로 핥기 시작했다. 가슴과 입술과 목덜미, 쇄골에 고인 피도 마셨다. 상현이 탐하고 있는 것이 태주의 피인지 몸인지 분간이 가지 않았다.

 흘린 피로는 만족할 수가 없었다. 상현은 그저 피가 부르는 대로 피의 욕망대로 움직일 뿐이었다. 깨진 병조각이 눈에 띄었다. 상현은 바닥을 더듬어 유리조각을 하나 집어들었다. 그런 다음 태주의 손목을 그었다. 깊숙이 힘을 주었다. 손목이 잘려나갈 듯 깊게 갈라지고 피가 솟구치기 시작했다. 상현은 얼른 입을 갖다 대었다. 그리고 힘을 주어 빨았다. 젖을 빨듯 쪽쪽 소리를 내었다.
 무심코 눈을 들었다. 문지방 바깥으로 라여사의 상체가 보였다. 라여사는 상현을 뚫어지게 쳐다보고 있었다. 그 눈동자를 통해서야 상현은 자신이 무얼 하고 있는지 깨달았다. 수치스러웠다. 상현은 태주를 내던져버렸다.
 다시 유리조각을 찾아 쥐었다. 이번엔 자신의 손목에 힘껏 내리꽂았다. 무릎걸음으로 기어가 태주의 입에 갖다댔다. 피는 나오지 않았다. 깊숙이 배었던 상처가 태주에게 오는 동안 아물어버린 것이었다. 이미 실컷 마신 태주 피의 힘이었다.
 상현은 다시 손목을 그었다. 태주의 입에 닿으려는 순간 상처는 번번이 아물어버렸다. 태주 입에 오른손을 먼저 갖다댄 다음, 다시 손목을 그었다. 손목에서 나온 피가 태주의 입 안으로 들어갔다. 그 순간, 태주의 손가락이 미세하게 움직였다. 상현은 다시 한 번 손목을 그었다.
 태주가 혀를 모아 상현의 손목을 빨기 시작했다. 태주가 피를 빠는 동안 상현도 태주의 피를 빨았다. 두 사람의 쪽쪽대는 소리와 꿀꺽이는 소리가 복도를 가득 메웠다. 어느새 태주와 상현의 손목이 다 아물어버렸다. 이번엔 혀끝을 깨물어 상처를 낸 다음, 태주에게 키스를 했다. 태주가 양손으로 상현의 얼굴을 붙들었다. 그리고 있는 힘껏 혀를 빨아들이기 시작했다. 이브. 상현만의 이브가 탄생하는 순간이었다. 상현은 감격스러운 눈빛으로 태주를 쳐다보았다. 자신의 피로 만든 자신만의 이브를 눈물겹게 바라보았다. 다시 살아난 태주의 얼굴에 화색이 돌았다.

"해피버스데이 태주씨."

†

굳은살이 사라졌다. 오래된 흉터들도 없어졌다. 낚싯바늘에 찢겼던 귀의 상처도 말끔하게 아물었다. 따뜻한 기운이 온몸에 번지고 있었다. 봄기운이었다. 땅을 들썩이고, 새순을 올려보내고, 언 물을 녹이는 봄의 강력한 기운. 만발한 꽃무더기 사이로 벌 나비들이 윙윙대는 소리가 들렸다. 향긋한 꽃내음과 달콤한 꿀 냄새가 풍겨왔다.

죽음에서 되살아난 태주가 제일 먼저 느낀 것은 단맛이었다. 피의 단맛. 태주가 먹어왔던 어떤 음식보다 달고 향긋했다. 하지만 상현의 혀에서 빨아들인 피로는 아쉬운 감이 있었다. 태주는 깨진 유리조각을 집어들고 라여사를 향해 다가갔다. 그저 피가 필요했을 뿐이었다. 꿀처럼 달콤한 피. 뜨끈뜨끈한 사람의 피. 라여사의 목에 칼을 대려는 순간, 상현이 손목을 잡았다.

"안 돼, 태주씨."

상현은 부드럽게 말하며 고개를 저었다. 그제야 라여사의 얼굴이 눈에 들어왔다. 모든 걸 알아버린 라여사는 그저 눈만 동그랗게 뜨고 있을 뿐이었다. 자신의 아들을 비참하게 살해한 살인자들이 짐승처럼 광포하게 날뛰는 모습을 그 눈동자를 통해 모두 확인하고 있었다. 태주는 들고 있던 유리조각을 툭 떨어뜨렸다. 상현이 태주의 손을 당겨 몸을 감싸안았다. 그렁그렁한 눈으로 상현을 올려다보았다.

"해피버스데이 태주씨."

 상현은 마치 태주를 창조한 자상한 신처럼 말했다. 갈비뼈를 내어준 아담처럼. 진흙으로 사람을 만든 신처럼. 자신의 피로 만든 창조물을 바라보는 감격스러운 시선이었다. 상현은 다시 태주의 가슴에 얼굴을 묻었다. 태주는 그런 상현의 모습을 불쌍하게 내려다보았다. 태주는 상현의 창조물이 아니었다. 상현의 모습은 어미의 품을 비로소 찾아낸 길 잃은 어린 양이었다. 젖무덤에 얼굴을 묻고 투정부리듯 부벼대는 어린 양. 비록 상현의 피로 새 생명을 얻었지만, 그렇다고 해서 상현의 소유가 되지는 않을 것이었다. 태주는 어린애처럼 매달린 상현을 쳐다보며 조용히 웃을 따름이었다.

 처리해야 할 일이 생각났다. 태주는 전화기를 찾아들었다.

"형사님? 제가요, 낮에는 안 될 것 같거든요? 좀 늦출 수……"

 태주는 자신의 목소리가 마음에 들었다. 생기 있고 자신 있는 목소리였다.

"……예, 해 떨어진 다음에요……"

아주 깊은 잠을 잤다. 얼마만에 가져본 달콤한 잠인지…… 비록 비좁은 캐비닛에서였지만, 정말로 깊고 단 잠을 잤다. 아무 근심도 들지 않았다. 눈을 뜨자 상현의 얼굴이 보였다. 언제부터 깨어 있었는지 태주의 뺨을 쓰다듬으며 미소짓고 있었다. 태주는 배시시 웃으며 기지개를 켰다.

"아함. 해가 벌써 졌네."

태주는 알몸인 채로 캐비닛에서 나왔다. 춥지도 덥지도 않았다. 한쪽에 던져두었던 가운을 걸치고 한걸음에 이층으로 올라갔다. 간밤의 난리법석을 그대로 보여주는 잔해들이 계단에서부터 보였다. 도망치고 붙잡고 몸부림치며 박살냈던 거실장과 유리조각들, 그리고 바닥에 얼룩진 태주의 핏자국. 부엌도 사정은 마찬가지였다. 깨진 뱀술병에서 흘러나와 굳어 있는 뱀이며 유리조각이며 술병들이 함부로 널려 있었다. 태주는 집을 한 바퀴 휙 둘러보고는 방으로 들어갔다.

시폰 원피스를 입고 하이힐을 꺼내 신었다. 옷을 입으며 거울에 슬쩍 비춰본 얼굴은 전에 없던 생기로 빛나고 있었다. 얼굴엔 혈색이 돌고 입가에는 미소가 새겨져 있었다. 태주는 자신의 모습이 마음에 들었다. 또각또각 구둣굽 소리를 내며 집 안을 걸어다녔다. 뒤따라온 상현이 집 안을 치우는 소리가 들렸다.

라여사 방문을 열었다. 라여사는 넋 빠진 얼굴로 의자에 앉아 있었다. 무언가에 힘을 쓰기라도 했는지 머리카락이 땀으로 범벅이 되어 있고, 옷은 흘린 침으로 젖어 있었다. 라여사는 태주를

이브가 태어나다

보자마자 눈을 질끈 감아버렸다.

"이젠 강우가 아니라 엄마 수발을 들게 되었네?"

태주는 깔깔 웃으며 라여사의 옷을 벗겼다. 젖은 속옷을 벗겨내자 늘어진 젖가슴이 축 흘러내렸다. 쭈글쭈글해진 목덜미와 언제 생겼는지 모를 작은 검버섯. 늙고 비루한 몸이었다.

나는 늙지 않을 것이다. 싱그러운 몸을 유지하고 영원히 젊을 것이다. 죽지도 않을 것이다. 태주는 라여사의 처진 젖가슴을 쳐다보았다.

"밥 줄까, 엄마? 내가 과일이랑 야채 갈아서 먹여줄게요."

라여사의 옷을 갈아입혀주면서 말했다. 자꾸만 웃음이 나왔다. 방에서 나오는 태주의 눈에 라여사의 경대가 눈에 띄었다. 자개가 촘촘히 박힌 오래된 경대. 처음 라여사 집에서 살기 시작했을 때, 손을 댔다가 라여사에게 매운 손지검을 당했던 일이 생생하게 떠올랐다. 태주는 낚아채듯 경대를 들고 방을 나왔다.

식탁에 경대를 올려놓고 냉장고에서 당근과 사과 몇 개를 꺼내왔다. 강판에 당근을 가는 동안에도 태주는 거울에서 눈을 떼지 못했다. 피부는 더할 나위 없이 윤택했다. 빛이 나는 것도 같았다. 눈동자는 선명했고, 야물게 닫힌 입술이며, 고집스러우면서도 부드러운 턱선까지 모든 것이 마음에 들었다. 거울 속에는 여태 태주가 상상하고 꿈꾸어왔던 여자의 모습이 들어 있었다.

정신없이 거울을 보다가 강판에 오른손 집게손가락을 긁히고 말았다.

"아야!"

태주는 단말마 비명을 지르며 손가락을 들여다보았다. 손끝이 약간 저릿한 느낌이 들었다. 뱀파이어도 통증을 느낀다는 사실을 알았다. 상처는 서서히 아물고 있었고, 통증은 잠깐이었다. 거짓말처럼 상처가 사라졌다.

"히힛!"

태주는 몸소 체험한 이 작은 기적에 기분이 더 좋아졌다. 신기한 듯 자신의 손가락을 쳐다보는 동안, 자신이 보지 못한 것이 있다는 걸 태주는 알지 못했다. 손가락에서 흘러나온 피 한 방울이 야채즙에 떨어진 것을. 딱 한 방울의 피였다.

✝

태주가 야채즙을 갈고 있는 동안 라여사는 팔걸이에 놓인 손을 내려다보며 온 힘을 쏟고 있었다. 손가락 하나만이라도 움직일 수 있다면 얼마나 좋을까. 이마에 땀방울이 맺히고 등에 식은땀이 흘렀다. 손가락은 미동도 하지 않았다.

라여사는 밤새도록 의자에 앉아 회한에 찬 눈물만 흘렸다. 믿을 수 없었으나 믿어야 했다. 이보다 더 끔찍할 일은 없을 것 같았다. 강우의 죽음만으로도 라여사는 세상 전부를 잃은 것보다 더한 고통을 받았다. 아들을 죽인 장본인이 그토록 믿어왔던 태주와 신부, 그 두 사람이라는 사실은 경악을 넘어서 있었다. 은혜를 원수로 갚은 살인마 연놈들의 행동을 라여사는 낱낱이 지켜보았다. 신부의 탈을 쓴 그 악마가 태주의 목을 부러뜨렸을 때, 라여사는 회심의 미소를 지었었다. 하지만 곧이어 눈앞에 펼쳐진 피의 전쟁과 포식과 향연, 그리고 피를 통한 해괴한 기적들을 라여사는 믿을 재간이 없었다.

경악의 순간이 지나고 나니 이상한 평화가 찾아왔다. 어떻게 해서든 그들을 처단하고 싶어졌다. 어둠 속에 홀로 앉아 라여사는 그 생각만 했다.

손가락을 움직여보려고 안간힘을 쓰고 있을 때, 태주가 잔을 들고 들어왔다. 라여사는 눈을 치뜨고 태주를 노려보았다.

"소용없어요, 엄마! 그래 봐야 뭐 해, 힘만 빠지지. 왜 손가락으로 도망이라도 치시려구? 그럼 안 돼요, 나랑 오래오래 살아야지, 안 그래요, 엄마?"

태주는 라여사의 머리를 쓰다듬으며 흥얼거렸다. 라여사는 눈을 질끈 감고 고개를 돌렸다. 할 수만 있다면 귀를 막아 가증스런 목소리를 지워버리고 싶었다. 입을 꼭 다물고 눈을 감았다. 라여사가 할 수 있는 일은 그것뿐이었다.

"자 먹어요."

태주가 라여사의 입에 잔을 갖다 댔다. 라여사는 이를 악물었다. 태주는 손가락 몇 개로 간단하게 라여사의 고개를 뒤로 젖혔다. 라여사의 입을 벌리고 야채즙을 억지로 넘기게 했다. 목젖이 울컥하며 야채즙이 쑥 넘어갔다. 태주는 라여사의 고개를 다시 세워주곤 입을 닦아주었다.

"아유, 잘 먹었어요, 이뻐요……"

태주는 아이를 달래는 투로 칭찬을 해주었다. 라여사는 눈을 부릅뜨고 태주를 쳐다보았다. 태주는 라여사 앞에 쭈그리고 앉아 라여사의 실내화를 벗겨냈다. 그리곤 주머니에서 구두를 꺼내 신겼다.

"앞으로는요, 집에서 신 신구 다니기…… 미국처럼…… 인제 내 맘이니까. 그리구 엄마두 낮에 주무셔야 돼요. 밥두 밤에 먹구, 응가두 밤에 하구…… 뉴욕 살다 왔다구 쳐요."

분노가 손가락을 움직였다. 라여사는 검지손가락 끝에 들어오는 미세한 힘을 느꼈다. 막혔던 피가 도는 듯했다. 미미한 감촉이었지만 라여사는 분명히 느낄 수가 있었다.

"움직였어? 지금 움직인 거야?"

태주가 고개를 홱 돌리며 라여사의 손가락을 쳐다보았다. 라여사는 숨을 죽였다. 태주는 의심의 눈초리를 거두지 않았다.

"움직일 리가 없지…… 그럴 리가 있겠어?"

라여사는 그 어떤 감정도 들키지 않으려고 눈을 질끈 감아버렸다. 태주가 의자를 들어 텔레비전 쪽으로 향하게 해주었다. 리모컨으로 텔레비전을 켜고 라여사 손에 쥐어주었다.

"나갔다 올 테니까 티비 봐, 졸지 말구."

태주가 콧노래를 부르며 방을 나갔다. 태주가 나가자마자 라여사는 팔걸이에 올려진 손을 쳐다보았다. 검지손가락에 힘을 모아 보았다. 꿈틀. 손가락 끝이 움직였다. 라여사의 입가에 굳은 의지가 드리워졌다.

†

상현은 집 안에 남은 잔해물들을 모두 치우고, 벽에 페인트칠까지 새로 해놓았다. 거실장과 소파 등을 치운데다 흰색 페인트칠을 해서인지 실내가 한층 넓어 보였다. 창문마다 두꺼운 커튼을 쳐 빛을 가렸다.
"이젠 햇빛은 영원히 못 보는 거야?"
태주는 상현에게 짐짓 토라진 투로 물었다.
"내가 여기 앉아서도 밖을 볼 수 있게 만들어줄게."
상현이 태주의 머리칼을 쓸어올리며 대답했다. 태주는 다시 방에 들어가 시폰 원피스를 벗고 평상복으로 갈아입었다. 최대한 초췌한 느낌이 나도록 머리를 헝클어뜨리고, 신발도 낮은 굽으로 갈아신었다. 아무래도 마음이 놓이지가 않았다. 거짓말탐지기라는 걸 잘 넘길 수 있을지. 태주는 방을 나서기 전 실밥가위를 집어 주머니에 넣었다. 상현도 나갈 준비를 마치고 태주를 기다리고 있었다. 상현이 태주 손을 꼭 쥐었다 놓았다.
"걱정 마요, 귀를 잘 기울이면 내 소리가 들릴 거야. 내가 하는 대로만 해요."

"당신이나 잘 해. 내 걱정은 말고."

"박태주를 사랑합니까?"

 상현을 심문하는 검사관의 목소리가 들렸다. 그리고 상현의 음성.

"허허 그럴 리가요."

 상현의 말대로였다. 옆방에서 심문을 받고 있는 상현과 검사관의 목소리가 그대로 들려왔다. 비위가 상했다. 거짓말을 하고 있는 줄 알고는 있었지만, 태주의 귀에는 그것이 진실인 것처럼 들렸다.

"현 신부가 필요 이상으로 집에 자주 드나들었다는데…… 두 분은 어떤 관계입니까?"

 검사관이 물었다. 태주는 얼굴을 찌푸리며 대답했다.

"저는 신부님이 처음부터 싫었구요…… 남편한테도 그렇게 말했어요. 남편이 워낙 착하다 보니까 사람 좋아하고 그래서……"

 심문은 계속 이어졌다. 심문을 받는 내내 태주는 외투 주머니에 손을 넣은 채 실밥가위를 꼭 쥐고 있었다. 실밥가위는 불안을 제거해주었다. 태주는 옆방에서 들려오는 상현의 목소리에 귀를 기울이며 조심스럽게 대답했다. 그러다가 문득 자신이 상현의 말을 따라하는 앵무새가 된 듯한 기분이 들었다. 비슷한 질문을 끈덕지게 해대는 검사관의 심문보다, 자신이 상현의 복제품인 것 같다는 느낌이 더 기분 나빴다.

심문이 끝나고 나서도 태주는 담당형사 앞에서 조서를 작성해야 했다. 태주가 응급실에 있는 동안 받지 못한 조서를 완성하기 위해서였다. 형사는 태주의 마음을 읽기 위해 집요하게 물었다.

"어째, 사고 당일에 비하면 살이 많이 붙으신 것 같네요? 마음이 편하신가?"

태주는 대답하지 않았다. 질문을 하면서도 끊임없이 태주의 몸을 훑는 형사의 눈길이 벌레처럼 불쾌하게 느껴졌다. 비열한 웃음을 흘리고 있는 형사의 입에 실밥가위를 푹 쑤셔넣고 싶은 걸 억지로 참았다. 밖으로 나가니 상현이 먼저 나와 기다리고 있었다. 상현도 표정이 좋지는 않았다. 상현이 지나가는 택시를 세웠다.

"택시 타구 가요. 같이 가는 거 보면 또 의심할 거야."

태주는 아무 말 없이 택시에 올랐다. 아무래도 분이 풀리지 않았다. 실밥가위를 손에 꼭 쥐고 차창 밖을 쳐다보았다. 밖에 내놓은 물건들을 옮기며 문을 닫는 상점들이 보였다. 태주는 택시를 세웠다. 철물점 앞이었다. 태주는 거기서 삽 한 자루를 샀다.

포식과 향연

"지금 어디쯤 오세요?"
"아니, 굴다리루 가든 갈고개루 가든 제시간에 가면 되잖아요……"
"그냥 지금 어디쯤 오셨나 궁금해서."
"갈고개루 가고 있어요, 도대체 무슨 얘기길래 갑자기 그래요?"
"아까 거짓말 조사, 그거요…… 해놓고 오니까 갑자기 또 생각나는 게 있네요."
"뭔대요?"
"현신부님이요……"

고개 너머에서 차 소리가 들렸다. 길 한복판에 몸을 웅크리고 있던 태주는 고개를 슬쩍 들어 차가 오는 것을 확인했다. 형사가 탄 차임에 분명했다. 태주가 그곳에서 형사를 기다리는 동안 차는 단 한 대도 지나가지 않았다.

헤드라이트 빛이 고개를 넘어오는 것이 보였다. 태주는 얼른 몸을 일으켜세웠다. 끼이익 브레이크 밟는 소리가 들렸다. 속도를 높여 내리막길을 내달리던 차는 태주의 몸을 받고 나서야 멈추었다. 차에 받힌 태주는 풀숲으로 그대로 튕겨져나갔다. 갈비뼈 부러지는 소리가 났다. 태주는 신음 소리를 참으며 그 자리에 그대로 엎어져 있었다. 문이 열리고 허겁지겁 달려오는 발걸음 소리가 들렸다.

"이것 봐요, 괜찮아요?"

형사의 손이 태주의 어깨에 닿았다. 그 순간 태주는 몸을 들어 형사의 멱살을 틀어쥐었다. 그리고 얼굴을 향해 주먹을 날렸다. 한 대 맞은 형사는 힘없이 주저앉았다. 태주는 형사의 옷을 잡고 숲 안으로 들어갔다.

숲은 어두웠다. 바람이 머리칼을 제멋대로 흩뜨리고 있었다. 형사의 몸뚱이가 돌부리에 차이며 질질 끌려오는 소리가 뒤따랐다. 태주는 도로에서 제법 떨어진 숲 한가운데서 멈춰섰다. 형사는 그 사이 정신이 들었는지 발버둥을 쳤다. 태주는 형사를 들어올려 나무에 던졌다. 형사는 어리둥절한 표정으로 태주를 쳐다보았다. 무슨 일이 벌어질지 짐작도 하지 못하는 얼굴이었다.

"그러니까, 그만 하지 그랬어. 사람 기분 나쁘게 꼬치꼬치 묻고 말이야!"

태주는 형사의 목을 거머쥐며 말했다. 낮지만 분명한 목소리였다. 손에 힘을 너무 주었는지, 형사의 혀가 바깥으로 튀어나왔다. 태주는 쥐었던 손을 내렸다. 형사가 컥컥대며 숨을 내쉬는 사이, 태주는 실밥가위를 꺼내 목을 땄다. 팔딱팔딱 뛰는 경동맥을 정확히 조준했다. 실밥가위가 닿자마자 형사의 목에서 피가 뿜어져 나왔다. 태주는 곧바로 입을 갖다댔다.

 어느 순간 형사의 몸부림이 멈췄다. 피의 양은 많지 않았다. 숨이 끊어지고 심장이 멈추고 나자, 피는 더이상 솟아나지 않았다. 태주는 죽은 사람의 몸 속에 여전히 고여 있을 피를 생각했다. 심장을 건드리지 않고서 피를 빨아먹을 수 있는 방법은 없을까. 태주는 형사를 아쉽게 쳐다보며 입을 훔쳤다.

 숲의 바람이 신선했다. 한순간 폭풍이 지나간 후의 바람 소리가 여운처럼 귓가에 남았다. 맛있는 음식을 허겁지겁 먹고 난 후에 코끝에 남는 음식 냄새와도 같았다.

 태주는 미리 준비해놓은 삽을 꺼내 땅을 파기 시작했다. 될 수 있는 한 깊게 팠다. 태주의 키 높이 정도까지 파는 데는 오래 걸리지 않았다. 힘도 들지 않았다. 구덩이에서 번쩍 뛰어올라갔다. 발로 형사를 밀어넣고 다시 구덩이를 채웠다.

 어쩔 수 없이 형사 차를 탔다. 태주는 차를 거칠게 몰아 갈고개를 빠져나왔다. 자꾸만 콧노래가 나왔다. 속에서는 방금 전에 마신 피 냄새가 올라왔다.

 모퉁이를 돌아 병원을 지나치는데 한복집 앞에 앉아 있는 상현의 모습이 보였다. 차를 세웠다. 잠깐 심호흡을 하고 차에서 내렸다. 상현이 천천히 몸을 일으키더니 태주를 향해 걸어왔다. 태주 앞에 멈춰 선 상현은 당혹스러운 표정으로 킁킁거리며 냄새를 맡았다. 태주는 숨을 내뱉지 않기 위해 숨을 삼켰다. 상현은 태주의 입과 목에 코를 대고 몇 번 더 킁킁대더니 냄새 맡기를 멈추었다. 슬픈 표정으로 한숨을 쉬었다. 상현의 입김이 태주의 코에 와 닿았다. 악취가 났다. 그 순간 태주는 자신의 입에서도 상현의 것과 같은 악취가 풍기게 될 거라는 슬픈 상상을 했다.

상현이 태주의 어깨에 가만히 손을 얹었다. 그리고 태주의 눈을 가만히 들여다보았다. 죄책감을 강요하는 눈빛이었다. 아니면 태주를 살려낸 것에 대한 깊은 후회와 슬픔 같은 것인지도 몰랐다. 그런 슬픈 표정 싫어. 태주는 거칠게 손을 뿌리치고 돌아섰다. 상현을 피해 얼른 차 위로 올라섰다.

"난 하나도 부끄럽지 않아!"

태주는 큰 소리로 외쳤다. 상현이 태주를 따라 자동차 보닛으로 뛰어올라왔다.

"피는!"

큰 소리로 피는! 이라고 외친 상현이 움찔하며 주위를 두리번거렸다. 그리곤 신경이 쓰이는지, 조용한 목소리로 말을 이었다.

"내가 구해준댔잖아!"

태주는 코웃음을 쳤다.

"뭐, 병원에서 훔쳐오는 피? 사람 안 죽이면 어떻게 피를 구해?

안 되면, 쥐새끼나 고양이나 개 같은 것도 먹으시려고?"

"딴 것도 있어."

"뭐?"

"자살하고 싶어하는 사람들 도와주고 있어. 고해성사를 많이 들었기 때문에 그런 사람 많이 알거든. 그 사람들 다 떨어지면 인터넷으루 모집할 생각이야."

상현은 잠시 말을 멈추었다. 그러더니 해맑은 표정으로 말을 이었다.

"내가 도와주면 사람들이 아무래두 좀 편하게 죽음을 맞이하는 거 같애."

상현은 입을 다물고 태주를 쳐다보았다. 태주도 상현을 쳐다보았다. 불쌍했다. 그리고 거추장스러웠다. 무언가 강요하는 상현의 눈빛과 설교하는 듯한 말투. 모두가 다 짜증을 불러일으키는 것이었다.

"순순히 내주면, 그게 무슨 맛이야?"

태주는 단호히 말했다. 그리고 담벼락 위로 뛰어올라갔다. 담벼락을 뛰어 옆집 지붕 위로 올라갔다. 꼭대기에 서서 상현 쪽으로 휙 돌아보았다. 그리곤 주머니에서 실밥가위를 꺼내 보였다.

"이게 더 맛있어."

찰칵찰칵, 쇳소리가 경쾌했다.

그 소리를 들은 상현이 담벼락으로 올라서서 태주 쪽으로 올라오는 것이 보였다. 태주는 몸을 휙 돌려 다음 건물로 도망쳤다.

"너 맛있자고 몇 명이 죽어야……"
 태주는 상현의 목소리를 지웠다. 설교는 듣고 싶지 않았다. 이래라저래라. 태주는 지겹다는 듯 입술을 비틀고는 상현을 피해 계속 달아났다. 건물 옥상에 멈춰섰다. 어느새 상현도 태주 뒤를 따라 옥상에 도착했다. 태주는 상현을 노려보며 말했다.
"자꾸 인간적으로 생각하지 마, 인간도 아니면서."
"그럼 뭐야, 우리가?"
 상현이 무서운 얼굴로 다가오고 있었다. 태주는 뒷걸음질치며 대답했다.
"뭐긴 뭐야, 인간 먹는 짐승이지."
 웃음이 나왔다. 그것은 발작이었다. 태주는 깔깔깔 웃으며 옥상 한쪽 끝으로 달려갔다.
"여우가 닭 잡아먹는 게 죄냐?"
 태주는 슬그머니 상현 쪽을 쳐다보며 들뜬 사람처럼 상기되어 말했다. 상현이 없었다. 방금 전까지만 해도 태주를 설득하려고 애를 쓰던 상현이 갑자기 사라졌다. 태주는 주위를 두리번거리며 상현을 찾았다. 상현은 보이지 않았다. 태주는 상현이 있던 쪽으로 걸어갔다. 아래쪽을 살피기 위해 난간에 올라섰다. 옆 건물로 건너가기 위해 도약하려는 순간 상현의 손이 발목을 붙잡았다. 태주는 균형을 잃고 그대로 고꾸라졌다.
 태주는 쓰러지면서 옆 건물 콘크리트 난간에 코를 박고 떨어졌다. 상현의 손은 여전히 태주의 발목을 거머쥔 채였다. 거꾸로 매달리면서 치마가 얼굴을 가렸다. 태주는 허우적거리며 치마를 걷어냈다. 상현은 난간을 한 손으로 잡고 한 손은 태주의 발목을 쥔 채 태주를 내려다보고 있었다. 코뼈가 부러진 것 같았다. 코와 입에서 피가 줄줄 흐르고 있었다.

"당신 살린 걸…… 후회하지 않게 해줘."

상현이 이를 악물고 말했다.

"당신은 날 죽여도 후회, 살려도 후회야……"

자꾸 목으로 넘어오는 핏물 때문에 말을 하기가 힘들었다. 피를 꿀떡 삼키며 상현을 향해 쏘아붙였다.

"우리 이제 헤어져!"

힘이 풀렸다. 태주의 입에서 흘러나온 말을 믿을 수가 없었다. 지금까지 상현은 태주를 여린 새라고 알고 있었다. 쓰다듬고 보살펴야 할, 상처 입은 어린 새. 하지만 상처가 없어지면 자유롭게 날아가는 건 새의 본능일 뿐이었다. 새는 자신을 손아귀에 가두자 날개를 파닥이며 도망치려 했다. 상현은 죽은 새를 버리듯 손을 비웠다. 태주의 발목이 스르르 빠져나갔다. 상현의 손에서 벗어난 태주는 그대로 땅바닥에 내리꽂혔다. 목뼈 부러지는 소리가 생생히 들렸다. 잠시 후 정신을 차린 태주가 몸을 추슬러 벽에 기대앉는 것이 보였다.

　상현은 벽을 타고 내려가 태주 앞에 앉았다. 피범벅이 된 태주는 피를 뿜어내며 숨을 헐떡이고 있었다. 상현은 상처를 치유해주느라 애지중지해온 새를 자유롭게 놓아줄 수 없었다. 놓아지지가 않았다.

　"나한텐 그런 능력이 없어."

　상현이 조용히 말했다. 그리곤 손으로 태주의 코를 움켜쥐었다.

　"헤어질 수 있었으면…… 너를 왜 살렸겠어."

　상현은 힘껏 손을 비틀어 태주의 코뼈를 맞추었다.

　"아악."

　태주가 두 손으로 코를 감싸며 비명을 질렀다. 벽에 기댄 채 손등으로 코밑을 쓱 훔쳐닦더니, 가래를 끓어올리듯 목구멍에서 핏덩이를 뱉어냈다.

　"……그럼 먹고 싶은 거 먹게 냅두든가."

　태주는 분이 풀리지 않는다는 듯 씩씩거리며 말했다. 상현은 주머니에서 손수건을 꺼내 태주 코 아래 대주며 대답했다.

　"안 돼."

　상현은 단호했다. 태주는 애원하듯 한껏 불쌍한 표정으로 말했다.

　"안 돼? 내가 죽어도 안 돼? 정말 안 돼?"

　상현은 태주의 얼굴을 낯설게 바라보았다. 더이상 태주는 상현이 알고 있던 사람이 아니었다.

나의 갈증에 바다를 주지 마세요,

빛을 청할 때 하늘을 주지 마세요,

다만 빛 한 조각, 이슬 한 모금, 티끌 하나를 ³⁾

  상현은 건물 외벽에 캠코더 두 대를 설치했다. 하나는 건물 스카이라인과 하늘이 잘 보이도록, 또하나는 한복집 앞 거리가 잘 보이도록 했다. 캠코더에 찍히는 화면은 집 안에 있는 대형 텔레비전 화면으로 전송되었다. 이젠 밖을 나가지 않아도 뜨고 지는 해를 볼 수 있었다.

  집 안의 조명도 바꾸었다. 집을 눅눅하게 만들었던 백열등을 빼고 형광등을 달았다. 구석구석 새로 설치한 조명 탓에, 태양빛보다 훨씬 밝게 느껴졌다. 상현은 새로 설치한 조명과 기계들이, 태주로 하여금 빛에서 영원히 추방당한 신세라는 사실을 잊게 해줄 수 있기를 바랐다.

  해가 지고 있었다. 상현은 피가 든 잔을 든 채, 텔레비전 앞에 멍하니 서 있었다. 빛과 어둠이 공존하는 시간. 빛과 어둠이 자리를 바꾸기 위해 서로의 몸을 내어주고 받아들이는 시간. 어느 것이 어둠의 몸이고 어느 것이 빛의 몸인지 알 수 없는 그 혼돈의 시간에 상현은 서 있었다.

  상현은 아프리카의 석양을 떠올렸다. 그리고 흙먼지 이는 황량한 벌판에 덩그러니 서 있던 자신의 모습이 그려졌다. 어둠이 빛의 팔짱을 풀고 나와 홀로 서는 동안, 그 어둠을 비집고 날아가던 박쥐떼들도 눈에 훤히 보였다. 모든 것이 시작된 그곳. 상현은 그곳이 고향처럼 느껴졌다. 상현을 키우고 보살피고 관리했던 수도원이 있는 이 고장이 아니라, 그곳 아프리카 벌판이 바로 상현의 고향인지도 몰랐다. 더이상 갈 곳 없는 지친 방랑자처럼 상현의 마음은 그곳을 향해 달려가고 있는 중이었다.

 상현은 텔레비전 앞에 몸을 웅크리고 누운 태주의 뒷모습을 쳐다보았다. 태주는 죽은 것처럼 꼼짝도 않고 있다가, 종종 발작처럼 사지를 떨었다. 온몸을 장악한 수포에 시달리고 있는 그녀는 지금 몸을 온전히 바꾸기 위해 홍역을 앓고 있는 중이었다. 이브. 그녀에게 새 생명을 준 상현의 피에는 이브 바이러스도 함께 들어 있었다.

 태주를 안아 의자에 앉혔다. 태주는 신음 소리를 내며 겨우 고개를 들었다. 수포가 터지면서 입술선이 거의 다 사라져 있었다. 상현은 태주의 입을 벌려 잔에 담긴 피를 흘려넣었다. 피를 삼킬 힘도 남아 있지 않은지 받아들이는 피보다 흘리는 피가 더 많았다. 잔에 남은 한 방울까지 떨어뜨렸다. 코를 쥐어보았다. 태주는 이미 숨이 끊어진 사람처럼 미동도 하지 않았다. 잠시 후, 태주가 구역질을 하며 피를 내뿜었다.

 마지막 남은 피였다. 더이상 줄 피도 없었다. 상현은 바닥에 흩뿌려진 피를 아쉽게 쳐다보았다. 태주는 쿨럭쿨럭 기침을 하며 피를 쏟아냈다. 그것은 태주의 피였다. 내장까지 침투한 이브가 혈관을 파괴하여 흘러나온 피였다. 상현은 태주를 부둥켜안았다. 이런 고통을 주고 싶었던 것은 아니었다. 상현은 그저 태주에게 한 줄기 빛이 되고 싶었을 뿐이었다. 갈증을 채워주고 구원을 해주고 싶었다. 분노와 슬픔으로 빼앗은 그녀 생명을 되돌려놓으려 했을 뿐이었다.

태주는 마지막 발악을 하듯 피를 토했다. 상현은 태주를 다시 소파에 눕히곤 땀에 전 머리칼을 안쓰럽게 쓰다듬어주었다.

"여자는 이브한테 안전하다며?"

"당신 피…… 내 피하고 완전히 섞였잖아."

"난 여자두 아니네, 인제?"

태주가 희미하게 쓴웃음을 지었다.

너희가 수치심의 옷을 짓밟을 때, 둘이 하나가 될 때, 그리고 남자가 여자와 더불어 남자도 여자도 아니게 될 때…… 그런 날에 종말이 온다고 했다. 상현은 멸망을 예언하는 예언서들과 성서의 구절을 떠올리고 있었다.

태주가 몸을 숙여 엄청난 양의 피를 게워냈다. 기침은 멈춰지지가 않았다. 피가 오래 되어서 그런 것인지, 피의 양이 모자란 것인지, 차도가 없는 태주의 상태에 슬그머니 겁이 나기 시작했다. 상현은 구박사를 떠올렸다. 어쨌든 상현을 치료한 경험이 있으니, 이브의 활동을 지연시킬 만한 방법을 마련해줄지도 몰랐다.

"좀만 참아, 의사 데려올게."

상현은 태주를 바로 눕히고 황급히 집을 나섰다.

✝

 평생을 일구어온 집이었다. 강우를 낳은 것도 이 집에서였다. 라여사는 자신의 집이 악마의 거처로 바뀌는 현장을 똑똑히 지켜보아야만 했다. 신발을 신고 함부로 나다니며 가구를 옮기고 벽을 칠하는 것은 물론이고, 온전히 악의 공간으로 만들기 위해 창이란 창은 모두 막아버렸다. 눈이 부실 정도로 환히 켜놓은 전등들은 어둠 속에 숨겨져 있던 악의 모든 실체를 환히 보여주었다. 라여사는 두꺼비 등껍질처럼 울퉁불퉁해진 태주를 쳐다보며, 빛에 드러난 악의 얼굴을 확인하고 있는 중이었다. 라여사의 집을 차지한 악마는 온갖 악취를 풍기며 피를 토해내어 악의 거처를 완성하고 있었다.

 라여사는 뒤집힌 채 한쪽 벽에 세워진 가족사진 액자만 쳐다보았다. 라여사가 한복경진대회에서 상을 받았을 때 찍은 사진이었다. 트로피를 치켜든 강우와 메달을 목에 걸고 웃고 있는 라여사, 그리고 라여사가 지은 한복을 입고 서 있는 태주. 모든 것이 지독한 악몽인 듯했다.

 상현은 의사를 데려오겠다며 뛰쳐나갔다. 그런 상현의 모습이 라여사의 눈에는 먹잇감을 구하러 사냥을 나서는 짐승처럼 보였다. 앞으로 또 무슨 일이 일어날지 짐작할 수도 없었다. 하지만 더 놀랄 일도 더 끔찍할 일도 없을 것이었다. 상현이 나가고 혼자 남은 태주는 입맛을 다시며 라여사를 쳐다보고 있었다. 라여사는 태주가 언제라도 자신의 피를 빨아먹을 수 있다는 사실을 잘 알고 있었다. 죽는 것은 두렵지 않았다. 하지만 이대로 죽을 수는 없었다.

 라여사는 조용히 손톱을 세우고 손가락을 움직였다. 며칠째 나무 팔걸이에 글자를 새긴 탓에 손톱은 뭉그러질 대로 뭉그러져 있었다. 포기할 수는 없었다. 움직일 수 있는 유일한 신체였다. 손가락이 다 닳아 없어진다 해도, 그만 두지 않을 것이었다. 라여사는 자신의 목숨이 붙어 있는 한 할 수 있는 모든 것을 하고 싶을 뿐이었다. 단지, 말을 듣는 것이 손가락 하나뿐일지라도……

 구박사를 앞세우고 상현이 돌아왔다. 구박사는 라여사를 잠깐 보고는 곧장 태주에게로 가 무릎을 꿇고 앉았다. 구박사가 태주의 몸에 손을 대는 순간, 구박사의 머리를 감싸는 태주의 손이 보였다. 구박사의 머리를 몸 쪽으로 바싹 잡아당긴 태주는 곧바로 구박사의 목에 실밥가위를 꽂았다. 구박사는 잠시 발버둥을 치는가 싶더니, 태주 몸 위로 스르르 무너졌다.

 눈을 질끈 감아버렸다. 태주와 구박사는 안 볼 수 있었지만, 꿀꺽대는 소리만은 피할 길이 없었다. 신음 소리를 내며 게걸스럽게도 먹어대는 악마의 식사시간. 할 수만 있다면 눈을 감듯 귀와 코도 닫아버리고 싶었다. 여사는 다시 손가락에 힘을 주었다. 그리고 그동안 파왔던 한 글자를 마무리짓고 있었다. 온 힘을 다 해

쓴 한 글자.

'죽'.

✝

본능이었다. 구박사의 손이 이마에 닿았을 때, 마침 수포가 뭉개지며 피고름 냄새를 풍겼을 때, 태주는 본능적으로 실밥가위를 손에 꼭 쥐었다. 그것만이 살 길이라는 걸 태주는 알았다. 가위는 정확히 동맥을 찾아갔다. 태주는 마지막 기력을 짜내듯 힘을 모아 피를 빨았다. 신선한 피 냄새가 기운을 북돋아주었다. 냄새만으로도 구역질이 나던 오래된 피와는 차원이 달랐다. 빠져나가려고 버둥거리는 구박사의 처절한 몸부림이 피의 향연을 더욱 맛갈나게 했다. 달큰하고 뜨뜻하고 향기로운 피. 온몸을 휘감아도는 수혈의 저릿함과 함께, 조금씩 되살아나는 세포들의 움직임이 분명하게 느껴졌다.

한참을 그렇게 피맛을 즐기고 있던 태주가 갑자기 입술을 떼고 고개를 들었다.

오늘이 무슨 요일이지?

그리 멀지 않은 곳에서부터 들려오는 상현의 목소리. 오늘. 수요일. 태주는 그제야 상현의 목소리를 이해했다. 그리고 상현이 밖으로 나가버렸다는 것과 오아시스 모임이 있는 날이라는 현실을 깨달았다. 태주는 피 묻은 입술을 손으로 훔치며 짐짓 바깥쪽을 향해 눈을 흘겼다. 곧 들이닥칠 오아시스 멤버들의 방문도 당혹스러운 것이었지만, 범죄현장이라도 된 듯 도망쳐버린 상현의 태도가 더욱 못마땅하게 느껴졌다.

다행히 수포는 거의 다 사라졌다. 태주는 구박사를 들어 벽장 속에 처박았다. 피를 닦아내고 그 위에 양탄자를 덮어 가린 다음 식탁을 옮겨 마작판을 만들었다. 조명들을 몇 개 끄고 라여사를 옮기고, 처박아두었던 가족사진을 다시 벽에 걸었다. 가족사진을 걸고 되돌아서는데 이블린을 앞세운 오아시스 멤버들이 계단을 올라오는 소리가 들렸다. 태주는 마음을 가다듬고 이블린을 맞았다.

이블린은 태주를 끌어안고 볼에 뽀뽀를 했다. 무언가 하고 싶은 말이 많은 듯했지만 단어가 생각나지 않는지 이내 포기하고 라여사에게 달려갔다. 그리곤 태주에게 했던 것처럼 라여사를 끌어안고 볼에 뽀뽀를 했다. 태주에겐 갑작스런 방문으로 인한 당혹스러움보다는, 한참 즐기고 있던 맛있는 식사를 방해받은 것에 대한 아쉬움이 더 컸다.

영두는 태주를 보자 비열한 웃음을 흘리며 슬그머니 태주의 허리를 감았다가 놓았다. 뒤따라온 승대조차 무언가 비밀을 알고 있다는 표정으로 그런 영두를 쳐다보며 유난히 큰 소리로 웃었다. 태주는 모든 게 못마땅했다.

영두나 승대는 대강 돈을 잃어주면 신이 날 사람들이었고, 말도 잘 못 알아듣는 이블린은 의심 같은 건 할 줄 모를 사람이었다.

그리고 산송장과 같은 라여사는 눈알이나 굴리며 앉아 있을 뿐이었다.

강우가 앉던 자리에 대신 태주가 앉아 마작을 하는 것 말고는 변한 것은 없었다. 앞치마를 두른 이블린이 과일을 깎고 빈 잔을 채워주는 등 혼자 시중 들기를 자처했다. 태주는 한 손에 실밥가위를 꼭 쥔 채 한 손으로 마작패를 쌓았다. 상현은 태주 쪽을 흘끔거리며 영두와 승대의 비위를 맞추고 있었다.

"그거 알아요? 눈빛이라는 게 오묘한 거예요. 긍정하고 부정 사이에 수많은 단계를 표현할 수 있거든?"

영두가 마작패를 버리며 운을 떼었다. 잠자코 마작을 하던 승대가 끼어들었다.

"긍정 부정만 갖구 의사가 표현이 되나? 뭐 명사가 있어야지, 동사나."

승대가 묻자 영두는 손으로 제 눈을 가리킨 다음 마작패를 버리는 승대를 가리켰다.

"눈이 바라보는 대상이 있잖아, 응시. 누가 사 초 이상 뭘 쳐다보면요. 다른 사람이 반사적으로 그걸 보게 돼요, 거기 뭐 있나 싶어서."

"발표된 연군가요?"

상현이 마작패를 버리며 흥미롭다는 듯 끼어들었다.

"아직 발표를 못 했지, 내가⋯⋯ 결혼 이 년 동안 눈빛 분야는 내가 권위자잖아, 그래서 이블린이 한국말이 안 늘어."

말을 마친 영두는 이블린을 사랑스럽게 바라보았다. 이블린과 영두는 애정 가득한 눈길로 마주 보았다. 태주는 비아냥거리며 영두를 쳐다보았다.

"그럼 엄마가 뭐라는지도 아시겠네요?"

태주가 마작패를 가지고 오며 물었다. 태주의 말이 끝나자마자 영두가 제 무릎을 탁 쳤다.

"바로 이거거든, 태주가 지금 내가 여사님을 슬쩍 보는 걸 본 거야. 내가 말을 하기 전에 하고 싶은 말을 이미 안 거지."

영두는 라여사를 잠깐 쳐다보며 눈을 찡긋거렸다.

"여사님은 지금 내가 이 패를 가져가면 난다고 하셨어요."

영두가 쌓여 있는 패를 가져오며 말했다. 그리곤 이블린에게 눈빛을 보내며 말을 이었다.

"그리고 아까는 보드카가 드시고 싶다고 하셨고……"

이블린이 일어나 보드카와 숟가락을 들고 왔다. 그러는 사이 영두는 가져온 패를 테이블에 탁 하고 치며 자신의 패를 넘어뜨렸다.

"났네!"

영두는 호기롭게 주위를 둘러보았다.

"멘, 쓰, 겐쇼 셋, 대사만! 봤지 응? 여사님 고맙습니다."

영두는 주위를 돌아보며 호탕하게 웃었다. 사람들이 영두에게 돈을 건네고 다시 패를 섞는 사이, 영두는 라여사의 눈을 뚫어지게 쳐다보고 있었다. 라여사는 자기 손과 영두를 번갈아 보기를 반복했다.

포식과 향연

"……여사님, 마작이 그렇게 하고 싶으세요?"

라여사가 눈을 깜빡거렸다.

"호오, 신기한데? 그럼 이블린하고 같이 편먹고 하면 어때?"

"좋아요, 여사님…… 그럼 눈 깜빡이면 예스고, 길게 감았다 뜨면 노예요, 예? 알았으면 눈 깜빡?"

라여사가 눈을 깜빡였다. 그러자 사람들은 웃고 박수치며 환호성을 질렀다. 이블린이 의자를 가지고 와 라여사 앞에 앉았다. 라여사가 취하지 않고 마작 테이블에 앉은 것은 처음이었다. 다들 조용히 입을 다물고 마작을 했다. 사람들의 관심은 이블린과 라여사의 눈동자였다. 이블린이 마작패를 가지고 가 라여사 눈앞에 들이대면, 라여사는 눈을 깜빡여 가지고 올 것과 버릴 것을 알려주었다.

이블린이 '東'자가 씌어진 패를 가지고 와 라여사에게 보여주었다. 그러자 라여사는 눈을 길게 감았다 떴다. 그러자 승대와 영두가 동시에 버려, 라고 말했다. 이블린은 고개를 끄덕이고 패를 버렸다.

"이야아! 역시 라여사! 이블린 이블린, 보드카, 보드카!"

이블린은 숟가락에 보드카를 조금 따른 다음, 라여사의 입에 넣어주었다. 그러다가 숟가락을 든 채로 시선을 아래로 옮겼다. 이블린이 손가락으로 무언가를 따라 그렸다.

"다."

"다, 뭐?"

이블린이 식탁을 가리켰다. 식탁에 깔린 보라색 인조 벨벳 위에는 손톱으로 새긴 글씨가 있었다. '다'. 어렴풋하긴 하지만 분명히 보였다. 태주는 그제야 라여사의 손가락을 눈여겨보았다. 손톱은 이미 너덜너덜해져 거의 빠지기 직전이었다. 라여사의 손가락이 부들부들 떨리고 있었다.

"엄마, 손가락이 움직여요? 손톱은 왜 그래?"

라여사의 손가락이 덜덜 떨렸다. 태주는 그 사실을 부정하듯 라여사의 손을 숨기기 위해 얼른 감싸쥐었다. 팔걸이 위에 다시 올려놓았다. 하지만 그걸로 시선을 돌릴 수는 없었다. 오히려 승대가 몸을 일으켜 라여사 앞쪽에 있는 마작패를 한쪽으로 치우며 식탁 위를 살펴보기 시작했다. 결국 마작패 밑에 다른 글자 하나를 찾아내고야 말았다.

"어, 여기도 하나 있다! '여'." 승대가 말했다.

"여다? 다여?" 영두가 대꾸했다.

"'다'가 끝……'여다'." 이블린이 아는 척을 했다.

사람들은 글자놀이를 하는 애들처럼 신이 나 있었다.

"여기다가 아닐까요?"

상현이 벨벳을 쓸어내 글자를 슬그머니 지우면서 말했다.

"그럼 어디 '기'자가 있을 거 아냐. 그렇죠, 라여사님?"

그 순간 모두의 시선이 라여사의 눈으로 향했다. 라여사가 눈을 한번 깜빡이더니 다시 눈을 내리깔았다. 라여사는 의자 팔걸이를 뚫어지게 쳐다보고 있었다. 사람들의 눈도 라여사의 시선을 따라

팔걸이로 이동했다. 이블린이 안락의자 팔걸이에서 라여사의 손을 들어올렸다. 나무팔걸이에는 오랫동안 손톱으로 공들여 판 듯한 글자 하나가 드러났다. 사람들이 한 목소리로 글자를 읽었다.

"'죽'."

승대와 영두가 몸을 일으켜 라여사를 둘러쌌다. 승대가 미간을 모으더니 뭔가 알아차렸다는 듯 큰 소리로 외쳤다.

"다, 죽, 여?"

"안 그래도 어머니 때문에 요번 판 다 죽게 생겼어요."

상현이 껄껄 웃으며 주의를 흩뜨렸다. 그때 이블린이 다시 순진한 목소리로 말했다.

"'다', 가 끝! '죽여다'!"

"에이 죽여다가 뭐야, 라여사, '다 죽여!'지?"

승대의 말에 라여사가 눈을 길게 감았다 떴다.

"그럼 죽였다?"

영두가 물었다. 라여사가 이번엔 눈을 짧게 한번 깜빡였다.

"맞아요? 죽였다?"

영두가 다시 물었다. 라여사가 눈을 짧게 깜빡였다. 영두는 이블린의 뺨을 쓰다듬고 의기양양하게 사람들을 돌아보며 환호했다.

"거봐, '죽였다'잖아!"

"알았으니까 빨리 하죠, 누구 차례예요?"

태주는 불안하게 눈을 굴리며 신경질적으로 말했다. 하지만 태주의 말에 움직이는 사람들은 없었다. 사람들은 라여사가 무언가

전달하고 싶은 것이 있다는 걸 직감한 듯 새로운 질문을 하기 시작했다.

"누굴…… 죽여……?"

승대가 조심스럽게 물었다. 그때 라여사가 눈을 돌려 어딘가를 뚫어지게 쳐다보았다. 최대한 왼쪽으로 눈동자를 흘기고 있었다. 흰자밖에 남지 않을 때까지 기를 쓰고 눈알을 왼쪽으로 돌렸다. 사람들이 비켜서서 라여사의 시선을 따라갔다. 상현이 엉거주춤 일어나 라여사와 사람들 사이로 들어가 시야를 막았다. 그러자 승대가 상현을 슬쩍 밀치며 라여사의 팔을 잡았다.

"잠깐만 있어봐. 누굴 죽였다는 거야, 라여사?"

라여사의 시선이 가 닿은 곳은 가족사진이었다. 강우와 태주 사이로 한복 경진대회에서 상을 받은 라여사가 서 있었다. 태주가 다시 그 앞을 가로막아서며 라여사를 껴안았다.

"마작하니까 자꾸 오빠 생각나는구나? 아냐, 엄마 탓이 아니에요. 엄마 때문에 죽은 게 아냐. 이제 그만 하고 들어가 주무세요."

"그래, 라여사, 자꾸 이상한 생각 하면 안 돼. 내 눈을 똑바로 봐, 라여사. 그건 사고야, 누구 잘못도 아니야. 누가 강우를 죽였다고 그래."

승대가 무릎을 꿇고 앉아 라여사를 토닥이며 말했다. 라여사는 다시 눈을 들어 한 곳을 뚫어지게 쳐다보았다. 라여사는 눈을 풀지 않고 집요하게 시선을 고정하고 있었다. 그 시선은 태주와 상현에게 꽂혀 있었다. 태주는 슬그머니 상현의 뒤로 몸을 숨겼다.

"태주하고 신부님이…… 죽인 건…… 아니잖……."

웃음 섞인 승대의 목소리가 차차 줄어들었다. 이제 사람들은 모두 상현 뒤에 숨은 태주와 라여사를 번갈아 보고 있었다. 라여사의 눈에서 눈물이 흘러나왔다. 라여사는 자동인형처럼 엄청난 속도로 눈을 깜빡이며 울었다. 모두들 얼어붙은 채 꼼짝 않고 서 있었다. 사람들은 움직이지도 않고, 말도 하지 못했다. 그 순간 움직이고 있는 것은 라여사의 눈동자뿐이었다. 맹렬히 움직이는 라여사의 눈동자에서 눈물이 흘렀다.

"아아아아아."

갑자기 이블린이 공포에 찬 비명을 질러댔다. 날카롭고 신경질적인 소리였다. 그러더니 두 손으로 얼굴을 감싸고 울음을 터뜨리고야 말았다.

그 순간 태주는 더이상 연극이 필요없다는 사실을 깨달았다. 태주는 이블린이 한 것처럼 아아아아 소리를 질렀다. 그리곤 상현을 쳐다보았다. 상현은 체념한 듯 어깨를 축 늘어뜨리더니 거실 쪽으로 나가버렸다. 차르르 커튼 치는 소리가 들렸다. 태주는 몰려 서 있는 사람들을 향해 천천히 걸음을 옮겼다.

"으이그…… 인간들아…… 니들은 남의 집안이 아작이 났는데 마작을 하겠다구 그렇게 오구 싶니?"

어안이 벙벙한 사람들을 지나쳐 부엌 창문 커튼을 쳤다. 그리고 돌아서서 사람들을 쳐다보았다. 이블린이 다시 비명 소리를 질렀다.

"아아아아."

이블린의 비명 소리에 무언가를 감지한 듯 사람들이 슬금슬금 부엌을 나가려고 움직이기 시작했다.

"거, 참 듣자듣자 하니까…… 그래, 관두자…… 어디, 똥이 무서워서 피한다드냐!"

승대가 침을 뱉었다. 그리곤 슬그머니 빠져나가려고 태주 앞을 스쳐 지나갔다. 태주는 주먹을 꼭 쥐고 승대를 향해 날렸다. 승대의 목이 뒤로 완전히 꺾이면서 뒤통수가 등에 가 붙었다. 그리곤 그대로 바닥에 처박혔다. 경련도 없었다.

"아아아아……"

태주는 이블린의 비명 소리를 들으며 조용히 웃었다. 그리곤 실밥가위를 만졌다. 짤각짤각. 짤각짤각.

상현은 비명 소리를 들으며 계단 난간에 앉아 있었다. 제일 먼저 목숨을 잃은 것은 승대였다. 목뼈가 완전히 부서지면서 숨통이 끊어졌으니 고통은 없었을 것이었다. 이블린의 비명 소리가 길게 이어졌다. 태주는 이 집 안에 있는 모든 사람을 죽여야만 그만 둘 것임이 분명했다.

미닫이 문이 무너지며 영두가 복도 쪽으로 뛰어나오는 것이 보였다. 정신없이 달려오다가 상현을 발견하고는 다시 부엌 쪽으로 뒤돌아가는 영두, 그 뒤로는 복도에 막 접어든 이블린과 여유 있게 뒤따르는 태주가 있었다. 영두는 다시 걸음을 멈추고 침실 옆 벽장을 황급히 열었다. 벽장문을 연 영두는 비명을 지르며 엉덩방아를 찧었다. 벽장 안에서 구박사의 시체가 스르르 빠져나오고 있었다. 영두는 얼른 뒤로 돌아 화장실 문을 열고 들어갔다. 뒤따라온 이블린이 화장실 문짝을 두드리며 애원해도 영두는 문을 열어주지 않았다. 이블린은 어쩔 수 없이 계단 쪽으로 달렸고, 상현을 보고는 어쩔 줄 모르고 비명만 질러댔다.

상현은 이블린의 입을 막았다. 그리곤 이블린을 번쩍 들어서 구박사가 들어 있던 벽장에 집어넣었다. 문을 닫고 걸쇠로 잠가버렸다. 이윽고 화장실 앞에 도착한 태주가 화장실 손잡이를 잡고 흔들어대고 있었다. 안쪽에서 문고리를 잡고 있는지 문이 잠깐 열렸다가 닫혔다. 하지만 영두가 아무리 안간힘을 쓴다 해도 태주 힘을 당해낼 리는 없었다. 태주의 힘에 의해 문짝이 떨어지면서 쓰러졌고, 영두는 손잡이를 붙잡은 채 그대로 엎어졌다. 태주는 영두의 등에 재빨리 올라타 목을 졸랐다. 영두의 몸이 활처럼 구부러졌다. 그 와중에도 끝끝내 도망쳐보려고 발버둥을 치는 영두의 모습이 처절하기까지 했다.

이것은 학살이었다. 살기 위해 피를 마시고, 피를 구하기 위해 어쩔 수 없이 살인을 해야 하는 피의 저주가 아니었다. 하나의 살인을 끝내고 나서, 또 하나의 살인을 앞두고 있는 태주는 살생에 중독된 살인마일 뿐이었다. 상현은 슬그머니 태주 앞을 막아섰다. 양손으로 태주의 옷깃을 움켜쥐고 위로 들어올렸다. 위로 올라가면서도 태주는 영두의 목을 놓지 않았다. 영두는 태주에게 붙잡힌 채 대롱대롱 매달려 있었다.

"그만해."

상현이 조용하게 말했다. 그것은 애원이었다. 영두의 목숨을 구하기 위한 애원이 아니라, 자기 자신을 보호하기 위한 마지막 애원이었다. 태주가 살생을 그만 두지 않으면 상현도 어떤 마음을 품게 될지 모를 일이었다. 태주는 상현의 마지막 바람을 들어주지 않았다.

태주는 상현을 똑바로 보면서 손아귀에 힘을 주었다. 대롱대롱 매달려 발버둥을 치던 영두가 피를 토하면서 숨이 끊어졌다. 태주는 그제야 손에 힘을 풀었다. 영두는 그대로 떨어져 바닥에 엎어졌다.

상현은 태주를 끌어당겨 품에 넣었다. 태주 속에 숨은 분노를 삭혀주고 싶었다. 태주가 다리로 상현의 허리를 감싸안고 힘껏 포옹했다. 상현이 태주의 머리칼을 쓰다듬으려는 순간, 태주의 다리에 힘이 들어갔다. 그러더니 두 손으로 상현의 목을 조르기 시작했다. 상현은 태주의 얼굴에 경멸의 미소가 드리워지는 것을 보았다. 숨이 막혔다. 눈알이 튀어나오는 것 같았다. 태주의 손을 풀려고 발버둥을 쳐보지만 쉽지 않았다.

태주의 손에 힘이 풀렸다. 상현은 무릎을 꿇고 엎드린 채 기침을 한참 해대고 나서야 숨이 돌아왔다. 태주가 그런 상현의 모습을 내려다보고 서 있었다.

"냉장고 피, 자살하는 애들 피나 마시는 주제에……"

태주는 상현을 향해 차갑게 내뱉었다. 그리고는 코웃음을 치며 부엌으로 걸어갔다. 태주의 콧노래 소리가 복도에 울려퍼졌다. 상현은 태주의 콧노래 소리를 들으며 더이상은 안 되겠다는 생각을 했다.

태주가 악한 마음을 품게 된 것은 그녀 스스로 비참했다고 생각했기 때문이라고 상현은 믿었었다. 그 비참한 과거가 분노와 증오를 증폭시켰고, 그것들이 결국 그녀를 완전히 잠식해들어간 것이라고. 그저 자신을 옭아매었던 비참함에 대해 울분을 터뜨린 것뿐이라고 생각했다. 하지만 지금 태주를 조종하고 있는 것은 그 비참함이 아니었다.

상현은 더이상 태주를 비호할 수 없었다. 태주는 이미 상현의 이브가 아니었다. 저 혼자 진화하는 악의 화신이었다. 상현이 제어할 수 있는 영역이 아니었다. 이미 악마의 빗장이 풀렸고, 사람들의 가녀린 목은 그녀의 실밥가위에 의해서 뚝뚝 부러지고 있었다. 그녀는 그저 꽃모가지를 부러뜨리듯 그들의 목을 따며 점점 더 광포해지고 있었다.

광포해진 말도
말에서 사뿐히 뛰어내린 사람도
그녀를 숲으로 인도해 믿게 할 수는 없나니,

그가 진실로 죽었음을.

아, 그의 귓바퀴를 물어뜯고
그의 삶의 빗장을 뽑아라, 그들이 이렇게 말했지.

푸른 잎으로 뒤덮인 도로 끄트머리 바로 거기서
그들은 호랑가시나무에 그의 목을 매달았지.
그리고 그녀는 울고 또 울었지, 눈물이 돌과 돌 위로 굴러
내 산허리로 흐를 때까지 [4)]

 이블린을 라여사 옆에 묶어두었다. 집을 나서기 전에 일단은 죽은 승대와 영두의 피를 먼저 마시고 싶었다. 태주는 집을 떠나고 싶지 않았다. 상현은 날이 밝기 전에 이 집을 떠나야만 한다고 몇 번이나 강조했다. 태주는 승대와 영두를 목욕탕으로 옮겼다. 실밥가위로 목을 따고 입을 갖다댔다. 아무리 힘을 주고 빨아도 쪽쪽 소리만 나고 피는 나오지 않았다. 가위로 상처를 더 내보아도 마찬가지였다.
 "죽어서 그래."
 상현의 목소리가 들렸다. 태주는 고개를 휙 돌려 상현을 쳐다보

았다. 상현은 팔짱을 낀 채 목욕탕 입구에 서 있었다.

"심장이 펌핑을 안 해주니까, 피가 안 나올밖에……"

"그럼 어떻게 해?"

태주가 사납게 쏘아붙였다. 잠시 태주를 내려다보던 상현이 내키지 않는다는 듯 천천히 말했다.

"이…… 발목을…… 자른 다음에 말야…… 머리를 매달아서 욕조 위에 널어놓으면 말야…… 빨래처럼…… 손목도 같이 잘라도 되고…… 피가 다 아래로 빠져. 중력 때문에…… 그럼 그걸 병 같은 데 담아서 냉장고에 넣어두면, 두고두고……"

태주는 실밥가위를 내팽개치고 자리에서 일어났다. 상현의 말은 계속 이어졌다.

"양수기도 생각해봤는데, 그래봤자 이만큼 철저하게 안 뽑혀. 원시적이지만 그만큼 단순하고 완벽한 거야. 조금 빨아먹고 버리는 건 일종의……"

상현이 잠시 말을 멈추었다. 자못 진지하게 말을 잇는 상현이 태주는 가소롭게 느껴졌다. 상현은 어떤 대단한 견해를 피력하는 학자라도 된 듯 허공을 보며 설명에 몰두하고 있었다.

"……인명경시가 아닐까?"

"인명경시 좋아하시네……"

인간을 죽여서 얼마나 많이 피를 얻을 수 있을까를 궁리하면서 인명경시라니…… 태주가 보기에 상현은 아무래도 제정신이 아니었다. 상현은 여전히 제 이론에 취한 듯 고개를 끄덕이고 있었다. 태주는 그런 상현을 뒤로 한 채 목욕탕을 나왔다.

 목욕탕 문을 나서는 순간 만난 것은 칼을 치켜들고 달려드는 이블린의 얼굴이었다. 이블린의 칼은 태주의 가슴팍에 꽂혔다. 놀라기는 했지만, 곧바로 이블린의 모습을 보며 웃음이 나왔다. 오히려 더 놀란 사람은 이블린이었다. 칼을 맞고도 거뜬하게 서 있는 태주를 보고 이블린은 한 발 두 발 물러나다가 자리에 주저앉고 말았다. 태주는 이블린 옆에 나란히 앉았다. 그리고 이블린의 볼과 목을 쓰다듬으며 말했다.

"이블린, 이블린…… 너 없었으면 나 혼자 그 많은 김밥을 어떻게 쌌을까…… 그런 개새끼하구 살면서 얼마나 힘들었니, 이블린…… 인제 다 괜찮아…… 좋지? 내가 보내줄게, 걱정 마."

 태주는 제 가슴팍에서 칼을 뽑아들었다. 이블린에게 칼을 들이대려는데 상현의 짜증 섞인 목소리가 들려왔다.

"빨리 안 가져올 거야! 어서 피 받아서 떠나야지. 안 갈 거야?"

 태주는 칼을 던져버렸다. 승대와 영두부터 처리하고 나서도 늦지 않을 터였다. 겁에 질려 바들바들 떨고 있는 이블린을 뒤로 하고 지하실로 내려갔다. 머릿속은 발목을 자를 톱과 밧줄 같은 것이 우선 떠올랐고, 곧이어 이어질 맛있는 식사에 대한 기대로 가득 찼다.

 지하실을 뒤지며 필요한 물건들을 챙겼다. 태주는 이 집을 떠나야 한다는 것이 못내 아쉬웠다. 태주의 집. 이제야 진정으로 자신의 것이 된 집. 태주는 위층을 향해 신경질적으로 소리쳤다.

"도망을 왜 가, 내 집 놔두고……"
"네 사람이 다 없어지면 이 집부터 수색하지 않겠어?"
 상현의 목소리가 들렸다. 태주는 톱과 밧줄을 찾아들고 성큼성큼 계단을 올랐다.
"낮에 캐비닛 확 열면 우리 죽는 거야? 꼼짝없이? 응?"
 상상도 하기 싫었다. 태주는 잔뜩 성이 난 채로 거실로 올라섰다. 거실에 들어서자마자 이블린의 목을 빨고 있는 상현을 보았다. 볼이 홀쭉해지도록 힘들여 빠는 것을 보니, 이블린은 이미 숨을 거둔 듯했다.
"지금 뭐 하는 거야?"
 태주는 앙칼지게 소리쳤다. 상현은 여전히 입을 떼지 않은 채 억울한 표정으로 대답했다.
"당신은 이미 많이 마셨잖아."
 상현은 부끄러운 일을 하다 들킨 사람처럼 이블린의 코트를 가져다가 얼굴을 덮어버렸다. 그리곤 태주에게서 톱을 받아들고 화장실로 갔다.
 태주는 우두커니 서서 주위를 둘러보았다. 그래도 거의 한평생을 살아온 집인데. 이제 다시는 이곳에 올 수 없겠지. 태주는 손때가 묻어 반질반질한 나무 난간을 쓱 쓰다듬었다.

 라여사를 뒷좌석에 태우고 집을 나섰다. 트렁크에는 몇 가지 도구들과 태주의 작은 짐가방이 실려 있었다. 짐가방 안에 무얼 넣었는지는 기억나지 않았다. 다만 마지막으로 넣은 상현의 낡은 구두 두 짝만 정확히 기억했다. 상현은 아무것도 들고 오지 않았다. 영두의 팔목을 자르다가 끌러낸 시계를 손목에 차고 왔을 뿐이었다. 영두와 승대에게서 담은 피는 생수통과 반찬통에 나누어 담았다. 둘이 마시기에 그리 넉넉해 보이지는 않았지만, 굳이 이블린의 발목까지 자르고 싶지는 않았다.

 태주는 여행을 떠난다는 생각에 잠시 들뜬 마음이 되기도 했다. 한 번도 가방을 챙겨 어딘가로 여행을 가본 적이 없었다. 차가 골목을 벗어나 집에서 멀어져가자, 두고 온 집 생각에 금세 울적해졌다.

"우리 집…… 사람들이 신에 흙도 안 털고 막 들어오겠지?"

 태주는 누구에게랄 것도 없이 혼잣말을 했다. 형사들이 들이닥치고, 시체들이 발견되고, 노란 경고 테이프가 감기고, 카메라 플래시가 터져대는 모습이 눈에 선하게 그려졌다. 얼마 전까지만 해도 자신의 취향대로 분위기를 바꿀 생각으로 들떠 있었지만, 현실은 그 집을 끔찍한 범죄현장으로 바꿔놓고 말았다. 태주 스스로 그렇게 한 일이었다. 이미 태주는 꽃무늬 벽지와 은은한 조명보다는 피로 얼룩진 집이 더 어울리는 악마가 되어버린 탓이었다.

"누구 딴 사람한테 넘어갈까?"

 태주는 집에 대한 미련을 버릴 수가 없었다. 다만 며칠만이라도 자신의 명패를 걸고 그곳에서 살 수 있다면…… 여행을 마치고 나면, 다시 그곳으로 돌아가 편안한 휴식을 취할 수 있기를 바랐다. 룸미러로 뒷자리에 앉은 라여사가 보였다.
"법적으로 내 거 맞지, 엄마 돌아가시면?"
태주는 상현을 쳐다보며 물었다. 상현은 묵묵히 운전만 했다. 어디로 가는지, 얼마나 가야 하는지도 말해주지 않았다. 마음 같아서는 상현을 떼어버리고 라여사와 둘이서 집으로 돌아가버리고 싶었다. 하지만 태주에겐 방법이 없었다. 아직은 상현이 필요했다.
"……어디 가는데?"
상현에게 물었다. 상현은 여전히 입을 앙다문 채 아무 말도 하지 않았다.
"어디 가는데? 해 떠!"

괴물일까, 성자일까

✝

　소녀는 눈을 깜박이며 누워 있었다. 바람에 흔들리는 텐트를 쳐다보았다. 많은 사람들이 옆에 누워 잠들어 있었지만, 소녀는 걱정이 가득한 얼굴로 잠을 이루지 못하고 있었다. 소녀는 저녁나절부터 초조하게 서성였다.
　팬티에 묻은 붉은 피가 초경을 뜻한다는 것쯤은 알아챌 수 있었지만, 이 붉은 피를 어떻게 다루어야 하는지에 대해서는 아는 바가 없었다. 소녀는 사람들 사이를 서성이며 여자 어른들을 골라 다가갔다. 그러나 사람들은 기도를 하느라 소녀의 기척을 눈치채지 못하거나, 급식판을 들고 앉을 곳을 찾느라 정신이 없거나, 소녀에게 감자 한 알을 쥐어주고 돌아설 뿐이었다. 소녀는 의논할 어른이 필요했다.

이 텐트촌에 사는 사람들은 어느 누구 하나 소녀의 불안한 표정을 살피지 않았다. 그럴 여유가 없었다. 모두가 병자이거나 불구였다. 그나마 소녀가 가장 멀쩡해 보이는 사람이었다. 어쩌다 열이 펄펄 난 채로 식은땀을 흘리며 누워 있을 때, 한 사람쯤 소녀의 이불을 다독여주는 게 그들이 할 수 있는 최선의 위로였다. 소녀는 지금 눈에 띄게 아픈 것도 아니었다. 초경이 시작됐다고 누군가에게 얘기를 꺼낸다는 것도 막막하기만 했다. 그저 두 장의 팬티를 껴입고 소녀는 하루 종일 그렇게 누워만 있었다.

모두가 잠들어버렸고, 소녀는 누군가의 도움을 구해야겠다는 생각마저 포기하고 말았다. 그때 발소리가 들려오더니, 텐트의 문이 열렸고, 누군가 바싹 다가오고 있었다. 소녀는 상체를 세우고 일어나 앉았다. 아직 잠들어 있지 않은 이 사람, 이 사람에게 도움을 청해야겠다고 순간 마음을 먹었다.

소녀에게 다가온 사람은 붕대 감은 성자였다. 반갑지만은 않았다. 두려움에 온몸이 오싹해졌다.

"신부님……?"

신부는 코를 킁킁대며 소녀를 눕히더니, 옷을 마구 찢기 시작했다. 소녀는 비명을 질렀다. 신부는 아랑곳하지 않고 바지를 벗고 팬티를 내리며 소녀에게 달려들었다. 소녀는 호주머니에서 호각을 꺼내어 물었다. 신부는 소녀를 깔아뭉갰다. 소녀는 수치스럽고 공포스러웠다. 더 세게 호각을 불어댔다. 신부의 표정은 포악하고 무서웠다. 눈을 질끈 감고 호각을 연신 불어댔다. 사람들의 움직임이 부스럭대며 생겨나자, 신부는 기다렸다는 듯이 소녀의 가랑이를 거칠게 벌렸다. 소녀는 더 크게 비명을 질러댔다.

 곳곳에서 불빛이 어른거리더니 텐트가 한순간에 걷혀졌다. 사람들이 소녀와 신부를 둘러싸며 랜턴을 비춰댔다. 사람들은 비명을 질렀다. 이내 달려들어 신부를 끌어내 땅바닥에 내동댕이쳤다. 소녀는 비로소 흘렸던 눈물과 콧물을 훔쳐내며 옷을 추슬렀다. 사람들은 신부를 둘러싸고 발로 밟고 매질을 해댔다. 자신을 신봉하던 사람들로부터 몰매를 맞고 있는 신부를 소녀는 눈물을 흘리며 쳐다보았다.

 신부를 밟아대는 사람들의 다리 사이로 신부의 얼굴이 언뜻 보였다. 신부는 웃고 있었다. 누군가 신부의 뺨을 세차게 밟아 누르곤 짓뭉개기 시작했다. 신부의 신음 소리가 들렸다. 소녀에게 한 노파가 다가와 따뜻한 물을 권했다. 소녀는 물통을 두 손으로 받아들고 목놓아 울기만 했다. 몇몇 여자들은 소녀를 둘러싸고 있었고, 입술에선 갖은 욕설들이, 두 눈에선 눈물이 새어나오고 있었다. 무릎에 걸린 바지를 추스르며 달아나는 신부를 향해 사람들은 돌팔매질을 해댔다.

 신부는 달아나며 손목시계를 보았다. 그리곤 이상한 웃음을 흘리며 소녀 쪽을 돌아보았다. 아주 잠깐이었다. 신부는 소녀를 깔아뭉갠 채 무언가를 기다리던 사람처럼 가만히 있던 그 순간에도 저런 웃음을 흘렸었다. 소녀는 사라지는 신부의 뒷모습을 끝까지 쳐다보았다.

괴물일까, 성자일까

저 사람은 미친 사람일까, 괴물일까, 성자일까. 기적밖에는 남은 게 없어서 여기에 모여든 병자와 불구자들. 더이상 갈 곳이 없는 이 무리들. 소녀에겐 이들보다 신부의 뒷모습이, 기적을 행한다는 신부의 뒷모습이 훨씬 더 처참해 보였다.

†

이블린은 정적을 감지하고도 한참 동안 더 그 자세로 누워 있었다. 상현이 이블린에게 다가와 코트를 덮어놓고 거실을 나간 이후, 욕실 쪽에서는 알 수 없는 소리들이 요란하게 들려왔다. 그리고 그들이 집을 나가는 소리가 들렸다. 이 집에서 그 어떤 발소리도 말소리도 들리지 않은 지 꽤 많은 시간이 흘러가는 동안, 낙숫물 소리는 계속해서 들렸다.

이블린은 조심스레 코트를 들추고 주위를 둘러보았다. 아무도 없었다. 일어나 화장실로 가보았다. 영두는 거기에 없었다. 부엌을 살펴보았다. 마작판을 벌였던 흔적들이 어지럽게 널려 있을 뿐이었다. 복도로 나와 조심스레 살피며 걸었다. 열려진 벽장 안에 구박사의 시체가 구겨진 짐보따리처럼 처참하게 들어 있었다. 욕실 문을 열어보았다.

이블린은 털썩 주저앉으며 비명을 질렀다. 욕조 위에는 영두와 승대가 나란히 매달려 있었다. 바짓자락 끝에서는 고장난 수도꼭

지처럼 피가 방울방울 떨어져내리고 있었다. 남편 영두의 모습을 확인하려고 욕조로 다가서는 순간 이블린은 타일바닥에 흘려져 있던 피를 밟고 미끄러지고 말았다. 영두의 다리가 넘어지던 이블린의 머리와 부딪쳐서 흔들거렸다. 이블린은 겨우 의식을 추스르며 엉금엉금 욕실에서 기어나왔다. 마지막으로 라여사 방을 열어보았다. 텅 비어 있었다.

상현의 간절한 눈빛이 떠올랐다. 이블린의 얼굴에 바싹 다가와 검지손가락을 세워 입술에 대고 무언가를 애걸하는 듯한 눈빛, 이블린은 주술에 걸린 사람처럼 상현의 부탁을 따랐다. 그저 죽은 듯 가만히 있었다. 계단을 오르는 태주의 발소리가 들리자 상현은 이블린의 목에 입을 갖다대며 목을 빨아댔었다. 이블린은 목을 빠는 상현도 무서웠지만, 앙칼지게 소리를 지르는 태주가 더 무서워 눈을 질끈 감고 옴짝달짝하지 못했다.

이블린은 화장대 앞에 서서 자신의 목을 쳐다보았다. 피가 묻어 있었다. 두려움에 사로잡힌 채 핏자국을 닦아냈다. 키스마크처럼 멍이 들어 있었을 뿐, 뜯기거나 물린 상처는 전혀 없었다.

괴물일까, 성자일까

마지막 합일

✝

안개 속이었다. 헤드라이트 빛을 받은 안개 입자들은 현실감이 없었다. 방향감각도 시간의 흐름도 느껴지지 않았다. 꿈결인 것만 같았다. 차가 굽이를 돌 때마다 빠르게 방향을 바꾸는 안개의 움직임만 몽롱하게 느껴졌다.

수도원 근처에서 차를 세우고 나갔던 상현은 흙투성이가 되어서 돌아왔다. 상현은 찍히고 긁힌 얼굴이 되어 있었다. 피가 흘렀고, 귀는 심하게 찢겨 너덜너덜했다. 무슨 일을 하고 왔는지는 말해주지 않았다.

태주는 차창에서 고개를 돌려 상현의 옆얼굴을 쳐다보았다. 상처는 말끔히 사라져 있었다. 상처는 사라졌지만 관자놀이에는 작은 수포가 하나 보였다. 태주가 처음 상현의 얼굴에 손을 대었을 때도 그 자리에 수포가 있었다.

"아까 이블린 많이 마시지 않았어?"

상현은 대답하지 않았다. 운전대를 붙들고 고집스럽게 앞만 쳐다보고 있었다. 집을 떠난 이후로는 한 번도 입을 열지 않는 상현에게 짜증이 났다.

"왜 뭐든지 대답을 안 해?"

태주는 상현의 팔을 쥐고 흔들며 신경질을 냈다. 하지만 상현의 굳은 몸은 풀리지가 않았다. 아무것도 들리지 않는 사람처럼, 한 번도 말이란 걸 해본 적이 없는 사람처럼, 상현은 그렇게 앉아 운전만 할 뿐이었다.

꿈을 꾸었다. 고함을 지르며 내달리는 아이들의 웃음소리가 들렸다. 그네를 미는 쇠사슬의 쇳소리와 땅에 박힌 타이어를 치고 올라갔다 내려오는 시소 소리도 들렸다. 꿈속에서 태주는 한 갈래로 머리를 묶은 소녀였다. 공기알을 던지고 받느라 힘을 준 작은 손. 보란 듯이 바닥을 획획 쓸며 공기알을 모아오는 야무진 손. 공기놀이를 마친 태주는 햇살 가득한 운동장 한가운데로 달려갔다. 콧잔등에 맺힌 땀방울이 간지러웠다. 간지럼을 타는 아이처럼 태주의 입에서 히힛, 웃음소리가 새어나왔다.

어렴풋이 볼을 쓰다듬는 손길이 느껴졌다. 눈을 떴다. 태주는 자신이 어디에 있는지 알 수 없었다. 정신은 여전히 환하디환한 운동장 어느 즈음을 달리고 있었다. 태주는 눈을 부비며 주위를 둘러보았다. 어둠뿐이었다. 분명 안개 속을 달리고 있었는데……차는 멈춰 서 있고, 운전석에 있던 상현은 보이지 않았다.

정신이 들면서 창밖의 풍경이 눈에 들어왔다. 하늘뿐이었다. 가로획을 긋는 하얀 포말이 보였다. 바다였다. 수평선에서는 어둠이 가시고 있었다. 팔짱을 끼고 서 있는 상현의 뒷모습이 보였다. 퍼뜩 정신이 들었다. 태주는 황급히 문을 열고 밖으로 나갔다. 태주는 상현의 팔을 붙잡아 당기며 소리쳤다.

"도대체 여기서 뭐 해? 해 뜨잖아."

상현은 두 팔에 힘을 주고 버티고 서 있었다. 앞뒤 가릴 새가 없었다. 어떻게 해서든 상현을 끌고 빛을 피할 수 있는 곳으로 가야만 했다. 태주는 상현의 팔을 질질 끌고 억지로 차로 데려갔다. 조수석 문을 열어주고 재빨리 돌아 운전석에 올랐다. 상현은 차에 탈 생각은 하지 않고 그대로 가만히 서 있기만 했다. 시동을 켜기 위해 키 박스를 내려다보았다. 열쇠는 보이지 않았다. 부러진 열쇠 조각이 그 구멍을 막고 있었다.

태주는 차에서 나와 주위를 둘러보았다. 아무리 둘러봐도 눈 닿는 범위 안에는 들어가 숨을 데가 없었다. 그저 황량한 고속도로의 갓길과 낭떠러지뿐이었다. 이리저리 왔다갔다하며 숨을 곳을 찾아보았지만 어디에도 없었다. 절벽 끝으로 갔다. 절벽 아래에는 파도가 매서운 소리를 내며 부서지고 있었다. 바다 속 말고는 숨을 데가 없었다. 처음 도착했을 때보다 하늘이 더 밝아져 있는 것 같았다. 이대로 있다가는 빛의 무참한 공격을 피할 수 없을 것이었다. 태주는 다급하게 차 쪽으로 뛰어갔다.

 트렁크를 열고 속에 든 것을 정신없이 내던졌다. 서둘러 챙겨온 여행용 가방 한 개와 피를 담은 병들을 꺼냈다. 삽이며 톱 같은 기구들도 끄집어냈다. 피 담은 병 하나가 깨졌고, 땅바닥에 피가 쏟아졌다.

 태주는 상현은 끌고 와 트렁크 안에 밀어넣었다. 상현은 트렁크 속으로 들어가지 않으려고 온몸에 힘을 준 채 고집을 피웠다. 주먹으로 상현의 배를 강타했다. 상현이 배를 움켜쥐고 허리를 숙였다. 태주는 그 틈을 타서 상현을 트렁크 안으로 밀어넣고는 그 옆에 가 누웠다. 트렁크 문을 닫으며 빛이 새어들어오는지를 확인했다. 큰 틈은 없는 듯했다. 옷을 벗어 덮으면 좀 더 안전할까? 태주의 머릿속에는 온통 빛을 피할 궁리뿐이었다.

 가만히 있던 상현이 발을 들어 트렁크 뚜껑을 차냈다. 뚜껑이 떨어져나가는 것과 동시에 찬바람이 획 들어왔다. 태주는 햇빛이 몰려들기라도 한 것처럼 몸을 움츠렸다. 상현은 트렁크에서 나가 뚜껑을 집어들었다. 뚜껑이 없으면 트렁크도 아무 쓸모 없는 공간이었다. 태주는 다시 몸을 일으켜 트렁크에서 나갔다. 상현은 트렁크 뚜껑을 든 채 절벽 쪽으로 걸어가고 있었다. 태주는 상현의 손에서 뚜껑을 낚아챘다.

 "죽으려면 너 혼자 죽어!"

 태주는 고함을 지르며 차로 돌아왔다. 다시 트렁크에 몸을 구겨

넣고 뚜껑을 덮었다. 잠시 후 뚜껑은 다시 상현의 손에 들려져 있었다. 태주도 얼른 몸을 일으켰다. 뒤따라가 뚜껑을 붙잡았지만, 상현은 빼앗길 기세가 아니었다. 뚜껑을 붙들고 뺏고 빼앗기기를 반복하는 동안, 상현의 얼굴에 급속히 번진 수포를 발견했다. 상현의 힘도 그만큼 약해져가고 있었다. 태주는 결국 뚜껑을 차지했다.

 태주는 뚜껑을 한쪽 팔에 끼고 상현을 향해 발길질을 해댔다. 뚜껑만은 반드시 빼앗아내겠다는 상현의 손을 뚜껑으로 악착같이 내리꽂았다. 소용없었다. 상현은 포기하지 않았다.

 상현과 태주는 뚜껑을 놓고 실랑이를 벌이는 게 아니었다. 살고자 하는 자와 살기를 포기한 자의 전투였다. 태주에게 그것은 마지막 은닉을 보장해줄 구원의 물건이었고, 상현에게 그것은 마지막 안식을 빼앗아갈지도 모를 마지막 방해물이었다.

 손에 찬 땀 때문에 손아귀에서 뚜껑이 빠져나가는 느낌이 들었을 때, 상현이 온힘을 다해 뚜껑을 빼앗았다. 그러곤 전속력으로 달려가 절벽 아래 바다를 향해 던져버렸다. 이제 태주의 은닉을 보장해줄 것은 이 세상 어디에도 없었다.

 살아야 한다는 일념뿐이었다. 살기 위해서는 빛을 피해야만 했다. 숨을 건물도 없고 차 트렁크 속도 틀려버렸다. 삽이 떠올랐다. 형사를 묻기 위해 땅을 팠던 때를 생각하면, 태주 몸 하나 누일 정도의 구덩이는 쉽게 팔 수 있을 것 같았다.

 태주는 내던졌던 짐들 속에서 삽을 찾아들었다. 그리곤 미친 듯이 땅을 파기 시작했다. 하지만 태주가 서 있는 곳은 숲이 아니라 절벽이었다. 흙이 아니라 바위였다. 삽날 끝에 단단한 바위가 부딪쳤다. 다시 주위를 둘러보았다. 나무 한 그루 없는 곳이었다. 태주는 자동차 밑으로 기어들어갔다. 이곳밖에는 없었다. 몸이 부르르 떨렸다.

 상현은 라여사에게 담요를 덮어주었다. 라여사는 뒷문이 열리자 흠칫 놀라며 두려움에 떨었지만, 손에 쥐어준 휴대폰을 보고는 다시 상현의 눈을 쳐다보았다. 경계심이 조금은 풀리는 눈빛이었다. 상현은 마지막으로 라여사에게 선물을 주고 싶었다. 상현은 앞자리로 가 라여사의 시야를 방해하는 머리받침을 떼어냈다. 그리고 카오디오의 전원을 눌렀다. 강우가 즐겨부르던 이난영의 노래가 흘러나오기 시작했다.
 태주는 자동차 밑으로 들어가 꼼짝도 하지 않고 있었다. 상현은 태주가 마지막 일출을 함께 보러 나오기를 바랐다. 그것이 상현이 꿈꿀 수 있는 태주와의 마지막 합일이었다. 상현은 까맣게 잊고 지내던 시 구절을 떠올렸다. 혼자서 조용히 소리내어 읊었다.

 내 몸을 던지기 때문에 난 죽는다, 죽고 싶어,

마지막 합일

불 속에서 살고 싶어, 바깥의 대기는
내 것이 아닌 뜨거운 호흡
입술이 닿으면 속부터 태우고는 금빛으로 빛나리라.

보게 해다오,
자줏빛 네 인생에 사랑으로 붉게 물든 얼굴을,
내가 죽음으로 영원히 삶을 포기해버린 곳에서
마음속 깊은 곳에서 우러나오는 네 깊은 외침을 보게 해다오. [5]

  상현은 엔진 덮개 위로 올라가 앉았다. 팔베개를 하고 앞유리에 기대니 마음이 편안해졌다. 아무것도 두렵지 않았다. 상현은 벌써 두 번이나 육체적 죽음을 경험했고, 그보다 훨씬 많은 죽음에 기생하며 살아왔다. 고통은 금방 끝날 것이었다. 조금씩 환해지는 하늘은 고통을 감내할 용기를 북돋아주는 듯했다.
  태주가 차 밑에서 나와 상현 옆에 나란히 앉았다. 태주의 무릎 위에는 작은 여행가방이 올려져 있었다. 여행을 간다고 생각해. 상현은 속으로 태주를 다독여주었다.
  붉은 기가 감도는 하늘에 손톱만큼 얇은 틈이 생겼다. 태주가 가방을 열었다. 가방에서 꺼낸 것은 상현의 낡은 구두였다. 태주는 가방을 던져버리고 구두에 발을 집어넣었다. 상현은 가만히 태주의 어깨를 감싸안았다. 그리곤 태주의 귀에 대고 나직이 말했다.

"……태주씨를 사랑했지만…… 지옥에서 만나요."

태양이 몸을 드러내기 시작했다. 온몸의 세포들이 부풀어오르는 느낌이 들었다. 상현은 이를 악물고 영혼 깊은 곳에서 새어나오는 신음을 내뱉었다. 태주의 어깨가 움찔거렸다.

"죽으면 끝. 그동안 즐거웠어요, 신부님."

태주가 상현에게 꼭 안기며 대답했다. 태양을 바라보던 태주의 이마가 황금빛으로 빛났다. 태주의 두 눈동자에는 붉은 태양이 하나씩 들어가 있었다. 상현은 고개를 들어 일출을 지켜보았다.

온몸에 수포가 생기기 시작했다. 세포들이 지글거리며 터지는 느낌이 들었다. 태주는 태양을 쳐다볼 수가 없어 상현의 품에 얼굴을 묻었다. 잠깐 고개를 돌려 차 안에 있는 라여사를 쳐다보았다. 속으로 엄마, 라고 불러보았다. 라여사는 싸늘하게 웃고 있었다. 통쾌인지 비통인지 알 수 없었다.

태주는 다시 고개를 돌려 상현을 쳐다보았다. 상현의 얼굴에서는 이미 연기가 피어오르고 있었다. 태주는 양 손을 들어 상현의 얼굴을 감싸쥐었다. 그리곤 상현의 고개를 억지로 돌려 자신의 얼굴을 마주 보게 만들었다.

태주는 상현의 모습을 통해서 자신의 죽어가는 모습을 보았다.

마지막 합일

상현 또한 태주의 얼굴을 쳐다보면서 자신의 죽음을 목도하고 있을 것이었다. 상현의 얼굴이 타들어가면서 새어나온 연기가 시야를 가렸다.

모세혈관이 일제히 터지면서 안구를 붉게 물들이고 피눈물이 흘러내렸다. 뺨을 타고 흘러내린 피눈물은 태양빛에 곧바로 증발해버렸다. 연기를 피워올리던 상현은 결국 잿덩이가 되어 스르르 무너졌다. 얼굴을 기댔던 어깨가 사라졌다. 허전했다. 이제 곧 태주도 재가 되어 상현의 재 위로 흘러내릴 것이었다.

다 타버린 팔이 먼저 툭 떨어졌다. 그리고 상현의 낡은 구두 속에 숨겨져 있던 발이 마지막으로 타기 시작했다. 그것이 태주가 느낀 마지막 촉감이었다. 따뜻하고 축축한 구두.

에필로그

귀향

열쇠꽃과 마술에 걸린
클로우버로 이루어진 밤이
발을 축축히 축여주어,
지금 내 발걸음은 한결 가볍다.

등 뒤로는 흡혈귀가
어린아이 걸음마를 연습하고 있어,
비틀거리며 내는
숨소리가 내 귀에 들려온다.

그 놈이 벌써 한참 쫓아온 것일까?
내가 누구의 감정을 해쳤기에?
나를 구원해줄 선물은
미처 주어지지 않았다.

막다른 바위 주변으로
풀줄기들이 천막을 치고 있는 곳에서,
맑고 정다운 샘물의
목소리가 터져나온다.

〈몰락하지 않으려거든,
더 오래 밖에 머물지 말라.
열쇠의 짤랑거리는 소리를 들으며,
초원의 집으로 들어오라!

순수한 육체를 사랑할 줄 모르며
도취와 비통에 관해
보고밖에 할 줄 모르는 자는,
순수한 육체로 인해 죽어가리니,〉

나를 내리쳤던

악의 힘으로,
흡혈귀는 비상의
날개를 활짝 펴고,

그 반지를 깨뜨리는
사투른의 그림자 아래서,
수천의 머리들을 파헤친다.
친구의 얼굴, 적의 얼굴을.

목덜미 속으로
상처자국이 파고드니,
문들이 열린다.
초록빛으로 소리없이.

그리고 초원의 문지방은
나의 선혈로 반짝인다.
내 눈을 덮어다오, 밤이여,
어릿광대의 모자로. [6)]

1) 이사야서 54 : 4

2) 이사야서 48 : 9~11

3) 하우게, 「내게 진실의 전부를 주지 마세요」 중에서, 『내게 진실의 전부를 주지 마세요』, 황정아 옮김, 실천문학사, 2008

4) 존 버거, 「그대로 옮겨 적은 꿈 하나」 전문, 『아픔의 기록』, 장경렬 옮김, 열화당, 2008

5) 비센떼 알레익산드레, 「그녀 안에서의 합일」 중에서, 『파괴냐 사랑이냐』, 김승기 옮김, 솔, 1995

6) 잉게보르크 바흐만, 「귀향」 전문, 『소금과 빵』, 청하, 1986

―
작
가
후
기
―
박
찬
욱

영화 보면 누가 무슨 일을 했는지 표시하는 자막들이 나온다. 흔히 '크레딧'이라 부르지. 예를 들어 〈박쥐〉에서 나는 제작, 각본, 연출 크레딧을 갖는다. 종종 영화에는 이야깃거리를 ― 때로는 본의 아니게, 이미 죽었으므로 ― 제공한 사람이 있는데, 완성된 영화에 얼마나 이바지했느냐를 가려서 '원작 based on' 크레딧을 주기도 하고 이따금은 암말 안 하고 슬쩍 넘어가기도 한다. 누구 '작품'이 아니라 실제 '사건'일 경우에는 대개 크레딧이 없고. 물론 그 사건을 취재해서 누가 작품을 썼다면 얘기가 달라지지만.

〈박쥐〉에서 문제는 에밀 졸라다. 이 영화의 이야기는 소설 『테레즈 라캥』에 '아주 느슨하게' 기초하고 있기 때문이다. 내가 이야기를 이렇게나 많이 바꿔놓고, 그것을 '원작'이라고 부르기는 송구하지 않겠나. "이놈아, 내가 언제 이런 말 안 되는 소리를 썼느냐!" 그렇다고 마치 내가 다 지어냈다는 듯 지나갈 수도 없고. "이런 호래자식을 보았나!"

영화 역사가 좀 더 오래된 서양에는 이런 경우에 '어디어디서 영감을 받아 씌어진 inspired by'이라고 표기하는 편리한 방법이 개발되어 있다. 송구스럽지도 않고 예를 갖추면서도 결국 자기가 주로 썼다고, 남에게서는 소재만 약간 가져왔을 뿐이라고 은근히 주장하고 있는 꾀바른 아이디어라 하겠다. 외국 여러 권위자에게 문의했더니 〈박쥐〉에 딱 어울리는 표현이라고들 했다. 그런데 한국 여러 권위자에게 문의했더니 딱 맞는 한국어 표현이 없다고들 했다. '원안' '영감' '기초' '영향' '착안'…… 하는 수 없이 한국어로는 '원작', 영어로는 'inspired by', 병기하기로 했다. 언젠가 똑똑한 어느 한국 감독이 이 난제를 해결해주기 바란다.

그나저나 객관적이고 과학적인 사실주의를 추구했던 졸라가, 타락한 종교와 성직자에 대해 매서웠던 그가, 자기 소설이 '뱀파이어가 된 신부를 주인공으로 한 영화'에 영감을 주었다는 사실을 알게 된다면 얼마나 놀랄까?

19세기 프랑스의 서민생활을 묘사한 사실주의 문학이 한국에서 영화화된다. 이 영화는 20세기에 구상되어 21세기에 만들어졌다. 그리고 이게 또 다른 작가에 의해 소설화되었다. 그 과정에서 애초의 사상은 얼마나 변질되고 훼손되고 왜곡되었겠나. 소설 『박쥐』의 작가는 영화는 한 장면도 보지 못했다. 오직 나와 서경이 쓴 각본에 '아주 느슨하게' 기초하여 쓴 것이다. 나는 머릿속으로 영상과 음향, 연기를 다 그리면서 썼는데 그런 것들을 전혀 모른 채 글로만 받았으니 그이의 머릿속에서는 또 어떤 이미지와 사운드가 소용돌이쳤을지. 입에서 입으로, 귀에서 귀로 말이 옮겨지면서 내용이 어떻게 달라지는지를 즐기는 게임을 다들 아실 것이다. 이 소설이 나오기까지의 과정이 그와 같다. '라캉 게임'이라 부를까? 남편 친구와 정을 통한 여자가 정부와 짜고 남편을 살해했다는 이 이야기는 어떤 유언비어, 일종의 루머다. 두 나라, 세 세기, 네 작가가 만들어낸 하나의 이야기. 이것이 소설 『박쥐』다.

2009년 4월

―
정
서
경

　원래도 건망증이 심했는데 아기를 낳고 나서 더 심해졌다.
　일 년 만에 〈박쥐〉를 읽었더니 기억이 나지 않는 슬프고 무섭고 아름다운 장면이 많았다. 박찬욱 감독님 말로는 우리가 함께 쓴 장면이라고 했다.

　에밀 졸라의 『테레즈 라캥』을 처음 읽었을 때의 느낌이 기억난다. 마지막 책장을 덮을 때 훅 끼쳐오던 무겁고 축축한 공기, 끈적거리던 손끝의 기운. 그런 느낌을 우리 이야기 속에 담고 싶었는데 과연 그렇게 되어서 기뻤다.

　어디다 손을 닦아버리고 싶던 그 기분은 책으로 만든 『박쥐』를 읽었을 때도 그대로였다. 어둡고 축축한 구두 속에 발을 넣은 것 같았다. 그렇게 발을 질질 끌면서, 일 년 전에 〈박쥐〉를 쓰던 때로, 『테레즈 라캥』을 처음 읽고 나서 어떤 이야기가 되었으면 좋겠는지 길에서, 택시에서, 사무실에서, 카페에서 이야기 나누던 시간으로 되돌아갈 수 있었다.
 아기를 갖기 전이었지.
 불안하고 행복하고 피곤하고 기대감이 있었다.

 그렇지만 그 때부터 일 년이 지나 우리가 생각하던 〈박쥐〉를 책으로 보고 영화로 보고 생각지도 못했던 아기를 눈으로 보고 손으로 만지게 된 지금이 더 좋다.
 아기가 책처럼 궁금하듯
 책이 아기처럼 예쁘다.

2009년 4월

―
최
인

 데스노스는 시인은 시를 위한 늑대라고 말했다. 시인은 시와 싸우고 시를 제압하고 아름다운 이빨과 긴 발톱으로 찢어, 그것을 자양분으로 삼는다고. 그것은 연인들의 무자비한 싸움과 같아서 증오나 죽음 같은 열정이 시인과 그의 이상적인 애인을 결합시키면서 동시에 갈라놓는다고 했다. 시인이 시를 쓰는 것뿐 아니라, 소설을 쓰는 것도 이와 다르지 않을 것이다. 세상에 발톱을 세우고 이빨을 박아넣어, 결국 하나의 세상을 장악하는 것.
 박쥐를 쓰면서 내내 사랑을 생각했다. 피와 살인과 징벌과 죄의식과 욕망의 여러 양상들 속에서도 내내 사랑이 떠나지 않았다. 사랑의 속성. 사랑을 할 때 느끼는 지고지순의 쾌락은 악행을 저지른다는 확신 속에 깃들여 있다는 것을 떨쳐낼 수가 없었다. 술과 피가 매한가지인 것처럼. 사랑과 악행은 같은 속성을 가지고 있었다. 같은 욕망을 가지고 있으며, 같은 자양분을 먹고 자라며, 같은 파국을 맞는다. 결국 사랑과 악행은 욕망에서부터 나온다. 뱀파이어를 둘러싼 다양한 사람들의 욕망. 그것을 자기애라고 표현해도 될는지.

  소설을 쓰는 동안 그야말로 박쥐처럼 살았다. 때론 늑대가 되기도 했다. 박쥐처럼 늑대처럼 사는 것도 제법 괜찮다. 박쥐나 늑대처럼 살다보니 정말 박쥐와 늑대가 되어버린 것도 같다. 박쥐는 모르겠지만 늑대는 괜찮다.

2009년 4월

박쥐

초판 1쇄 발행 2009년 4월 20일
초판 3쇄 발행 2009년 4월 30일

지 은 이 | 박찬욱 정서경 최인
펴 낸 이 | 정상준
펴 낸 곳 | (주)그책

기   획 | 정상준 김혜진
편   집 | 이현정 김현정
마 케 팅 | 김정혜 김동현
관   리 | 박지현
디 자 인 | (주)꽃피는 봄이오면
종   이 | (주)타라유통
인쇄 제본 | 새한문화사

출판등록 | 2008년 7월 2일 제322-2008-000143호
주   소 | 서울시 강남구 논현동 30-6
전자우편 | thatbook@thatbook.co.kr
전화번호 | 02) 3444-8535
팩   스 | 02) 3444-8534

ISBN 978-89-961448-3-0 03810

* 책값은 뒤표지에 있습니다.
* 잘못된 책은 바꾸어 드립니다.
* 이 책의 전부 또는 일부 내용을 재사용하려면 반드시
  사전에 (주)그책의 서면에 의한 동의를 받아야 합니다.